Über dieses Buch Wie die Mehrzahl seiner vormaligen Mitbürger in der DDR, die ›dank umfänglicher Maßnahmen ihrer Regierung nicht weltläufig in westlicher Richtung waren‹, kannte Erich Loest bis vor kurzem London nur vom Hörensagen. Gleichwohl siedelte er seine bislang meistverkauften Bücher ausgerechnet in der britischen Metropole an. Das kam so: Aus politischen Gründen mußte er sieben Jahre im Zuchthaus Bautzen absitzen. Nach der Entlassung wollte eine fünfköpfige Familie ernährt sein. Er verlegte sich aufs Krimi-schreiben (Loest: »Eine der fruchtbarsten Ideen meines Lebens«). Sie wurden allesamt Renner in jeglicher Publikationsform: als Hard-cover oder in Buchklubausgaben, als Taschenbücher, in Roman-zeitungen, wurden in mehrere Sprachen übersetzt. Paradetitel dieser Erfolgsserie war der 1967 erstmals erschienene Krimi ›Der Mörder saß im Wembley-Stadion‹. Loest hatte den spannungsträchtigen Einfall, Mordgeschrei und Torgebrüll miteinander zu kombinieren. Während der Fußball-WM 1966 kicken Seeler und Haller, Charlton und Stiles kunstvoll auf dem Rasen, im randvollen Stadionrund hält sich einer der meistgesuchten Gangster Londons in der Menge versteckt. Wie weiland sein Landsmann Karl May, dem er das Buch ›Swallow, mein wackerer Mustang‹ widmete, fabulierte Loest aufs schönste vom Schreibtisch aus. Bei seiner Arbeit stützte sich Loest auf Bücher, Reiseführer, Stadt- und Fahrpläne, um Gangster und Scot-land Yard aufeinander loszulassen. Erst fünfzehn Jahre später konnte der Autor leibhaftig die Tatorte besichtigen. Er schrieb eine launige Reportage über seine erste Begegnung mit London. Als Draufgabe zum Lesevergnügen am Krimi findet sich dieser Aufsatz im Anhang. Der Krimi ›Der Mörder saß im Wembley-Stadion‹ erscheint hiermit erstmals in der Bundesrepublik.

Der Autor Erich Loest, 1926 als Kaufmannssohn in Mittweida/ Sachsen geboren, wurde gegen Kriegsende zur Wehrmacht eingezo-gen; nach dem Krieg in der Landwirtschaft und im Leunawerk tätig; 1947 bis 1950 Volontär und Redakteur an der ›Leipziger Volkszei-tung‹; seit 1950 freier Schriftsteller; 1955/56 Besuch des ›Literatur-instituts Johannes R. Becher‹; 1957 aus politischen Gründen verhaf-tet, mehrjährige Strafhaft; seit 1966 kann Loest wieder publizieren. Bis 1981 lebte Loest in Leipzig, seitdem in Osnabrück; er ist stell-vertretender Vorsitzender des ›VS‹.
Von Erich Loest sind im Fischer Taschenbuch-Programm lieferbar: ›Pistole mit sechzehn‹ (Bd. 5061), ›Swallow, mein wackerer Mustang‹ (Bd. 5330) und ›Durch die Erde ein Riß‹ (Bd. 5380).

Erich Loest

Der Mörder saß im Wembley-Stadion

Kriminalroman

Fischer Taschenbuch Verlag

9.–11. Tausend: Oktober 1985

Ungekürzte Ausgabe
Veröffentlicht im Fischer Taschenbuch Verlag GmbH,
Frankfurt am Main, Mai 1985

Fischer Taschenbuch Verlag GmbH, Frankfurt am Main
Umschlaggestaltung: Rambow, Lienemeyer, van de Sand
Gesamtherstellung: Clausen & Bosse, Leck
Printed in Germany
880-ISBN-3-596-28173-3

Der Raub in der Celtic-Bank

Der Hintereingang der Celtic-Bank lag in einer Gasse; George Varney besann sich nicht, jemals hier gewesen zu sein. Die Menschen drängten sich wie immer in solch einem Fall, und es gab Ärger mit Leuten, die behaupteten, sie wohnten hier und müßten sofort nach Hause, weil sonst die Milch überkoche. Varney zeigte seine Marke und durfte passieren.

Ein älterer Mann stand neben den beiden ineinander verkeilten Fahrzeugen, sein Gesicht war hager und blaß, und seine Hände zitterten. »Der Fahrer«, sagte einer der Polizisten. Varney fragte: »Haben Sie schon alles erzählt?«

»Zweimal.«

»Ich muß Sie bitten, mir alles noch einmal vorzukauen.«

Der Fahrer seufzte. »Ich saß also am Steuer und wartete auf Abboth, den Kassenboten. Er kam aus der Tür und bog hinten um das Auto herum, wie immer. Aber er stieg nicht ein, und als mir das auffiel, bekam mein Wagen einen Stoß, daß ich in die Ecke flog, und dann knallte es. Wahrscheinlich hat sich Abboth gewehrt. Da bin ich natürlich 'raus.«

»Hatten Sie keine Angst?«

»Dazu war keine Zeit. Ich sah Abboth am Boden liegen, und die beiden Kerle rannten durch die Gasse. Ich brüllte und lief ihnen nach, aber sie hatten mindestens dreißig Meter Vorsprung. Dann sind sie um die Ecke, dort stand ein grauer Austin mit laufendem Motor. Weg.«

»Wie sahen die beiden aus?«

»Einer war groß und kräftig. Mir schien, als könnte er nicht so schnell rennen wie der andere.« Der Fahrer dachte nach. Dann lächelte er unfroh. »Bißchen wenig, was? Vielleicht fällt mir noch etwas ein.« Er rieb sich das Gesicht, und Varney fürchtete für einen Augenblick, der Mann könnte zusammenbrechen. »Kommen Sie mit«, sagte er und faßte ihn am Arm. Er zog ihn zum Eingang der Bank, wobei er begütigend auf ihn einsprach, er hätte sich

tapfer gehalten und mehr getan, als man von ihm verlangen könnte.
»Wenn ich bloß wüßte«, sagte der Fahrer, »was mit Abboth ist.«
»Ihr Freund?«
»Ein guter Kollege. Und er hat zwei Kinder.«
»Wahrscheinlich Lungendurchschuß«, sagte einer der Polizisten.
»Diese verdammten Hunde!« Der Fahrer wiederholte es, und als er es zum viertenmal hervorgestoßen hatte, sank sein Kinn auf die Brust, und er sackte mit einem kurzen Röcheln zusammen. Das ging so schnell, daß Varney nicht zugreifen konnte, obwohl er mit etwas Derartigem gerechnet hatte. Ein baumlanger Polizist zog den Fahrer hoch und trug ihn in den Flur.

Varneys Leute erledigten die Routinearbeit. Varney ging ein Stück zurück und versuchte, sich den Überfall vorzustellen. Ein Auto war also in die Gasse hineingeprescht, hatte den Wagen der Bank gerammt und die Gasse blockiert. Ein Mann, der vermutlich nicht in diesem Wagen gesessen hatte, hatte den Kassenboten niedergeschossen und ihm, zusammen mit dem Fahrer des Rammautos, die Tasche weggerissen. Dann waren die beiden die kurze Strecke bis zur Querstraße gerannt und in einem bereitstehenden Wagen getürmt. Das war alles andere als ein Gentleman-Verbrechen wie das der nun schon legendären Posträuber. Hier war eine brutale, schmutzige Tat verübt worden, die für die Verbrecher mit erheblichem Risiko verbunden war. Sie konnten niemals einkalkulieren, wer ihnen auf ihrer Flucht in den Weg treten würde. Wahrscheinlich hatten die Burschen beabsichtigt, sich notfalls diesen Weg freizuschießen.

Eine Viertelstunde später saß Varney dem Direktor der Celtic-Bank gegenüber. »Ich bin tief erschüttert«, rief der Direktor. »Abboth, ein biederer, rechtschaffener Beamter! Seit sechzehn Jahren in unserer Firma. Ein ruhiger Mensch, zuverlässig bis zur Selbstaufgabe. Ich bin sicher, er hat sich gewehrt, bis zum Äußersten.«

Der letzte Satz erschien Varney ein wenig theatralisch. »Und das Geld?«

Der Direktor winkte ab. »Sechstausend Pfund. Wir sind bis zu einer weit höheren Summe versichert.«

»Für wen war das Geld bestimmt?«

»Für eine Spinnerei und eine Großgarage in Chricklewood. Lohngelder. Haben Sie schon etwas aus der Klinik gehört? Wird Abboth durchkommen?«

»Es besteht keine direkte Gefahr. Ein Lungendurchschuß ist heute kein Problem, wenn der Betroffene eine gewisse Widerstandskraft aufbringt. Wir werden Sie sofort unterrichten.« Danach befragte Varney den Direktor, ob es üblich wäre, den Wagen für den Kassenboten am hinteren Eingang parken zu lassen, und erfuhr, man hätte bisweilen nicht anders handeln können, weil an der Vorderfront während der Hauptgeschäftszeit alles mit parkenden Autos verstopft wäre. Natürlich, jetzt sah das alles leichtsinnig aus. Aber wer hatte mit einer solchen Frechheit rechnen können?

Varney gab noch einige Anweisungen, dann ließ er den Wagen, mit dem die Räuber das Bankauto gerammt hatten, abschleppen. Die Gasse wurde freigegeben, und Varney sah gedankenverloren zu, wie Neugierige hineinströmten, als gäbe es jetzt noch irgend etwas Sensationelles zu sehen. Dabei festigte sich in ihm die Vermutung, die ihm schon beim ersten Augenschein gekommen war: Hier hatten Amateure einen wilden Streich verübt. Man würde sich bei der Ermittlung darauf einstellen müssen.

Im Polizeikrankenhaus erfuhr Varney, daß Abboth gerade operiert worden war. Noch war er nicht bei Bewußtsein und würde wohl vor dem Nachmittag nicht vernehmungsfähig sein. Eines war sicher: Abboth befand sich außerhalb jeder Gefahr. Varney warf einen Blick auf das schweißnasse Gesicht des Verletzten, auf den Mund, der halb offen stand, und auf die Augen, die in tiefen Höhlen lagen und deren Lider von schwärzlichen Adern überzogen waren. Der Arzt zeigte ihm die Kugel, die in Abboths Schulterblatt steckengeblieben war. Dann wurde sie in ein Kästchen gelegt; Fachleute würden sich mit ihr zu beschäftigen haben.

Varney überlegte während der Rückfahrt zum Scotland Yard, ob er jetzt etwas tun könnte, das über das gewöhnliche Maß hinausging. Der Überfall hatte einen Routineapparat in Gang gesetzt, der auch dann funktionierte, wenn er selbst die Hände in den Schoß legte. Irgendwann einmal, vielleicht heute noch, würde dabei etwas gefunden werden, was eine Kombination ermöglichte; aber bis dahin mußte man warten und kleine, unscheinbare, ermüdende Pflichten erfüllen.

Im Yard teilten ihm seine Leute das Ergebnis mit. Der Wagen, mit dem einer der Räuber das Bankauto gerammt hatte, war zwei Stunden vorher von einem Parkplatz gestohlen worden. Der Besitzer, ein Lehrer, hatte inzwischen die Identität festgestellt. Wie flüchtige Ermittlungen ergeben hatten, stand der Lehrer außerhalb jeden Verdachts einer Mittäterschaft. »Fingerabdrücke?«

»Die Burschen haben Handschuhe getragen.«

Am Nachmittag erhielt Varney die Nachricht, daß die Kugel, die Abboth getroffen hatte, aus einer belgischen FN abgeschossen worden war. Wenig später saß Varney wieder neben Abboths Bett. Abboth hatte die Augen halb geöffnet. Offenbar machte es ihm Mühe zu sprechen; der Arzt hatte Varney nur zehn Minuten zugebilligt. »Alles halb so schlimm«, sagte Varney, »in zwei Wochen sitzen Sie wieder in der Sonne, und in vier Wochen ist alles vergessen. Wie sahen die beiden Kerle aus?«

Abboth antwortete mühselig. »Einer war sehr groß. Bißchen krauses Haar.«

»War das der, der geschossen hat?«

»Der andere. Der aus dem Wagen. Ich dachte erst, er will mich über den Haufen fahren.«

»Und dann?«

»Ich bin zurückgesprungen.« Abboth schloß die Augen, leckte mühselig über die Lippen und machte ein paar flache Atemzüge.

»Wie alt war der Große?«

»Vielleicht dreißig?«

»Kein ganz junger Bursche?«

»Auf keinen Fall.«

Das war nicht das, was Varney vermutet hatte. Er warf sich vor, viel zu zeitig mit zu wenig Anhaltspunkten den Bau eines Gedankengebäudes versucht zu haben; das passierte ihm immer wieder trotz zwanzigjähriger Praxis, einer Reihe von Pannen und dem ständig wiederholten Vorsatz, seiner Phantasie Zügel anzulegen. »Der Pistolenheld war also kleiner, wenn ich Sie recht verstanden habe? Wie sah er aus?«

»Ich habe ihn nur einen Augenblick gesehen«, sagte Abboth. »Ich wollte wegrennen, aber der Wagen versperrte mir den Weg. Da drehte ich mich um, und gleich schoß er. Ich glaube, er trug einen dunklen Anzug. Und ein helles Hemd, ja, aber keinen Schlips. Keinen Hut, nein, keinen Mantel.«

»Wie alt?«

Abboth antwortete nicht; Varney war nicht sicher, ob er verstanden worden war.

»Kommen Sie bitte zum Schluß«, sagte der Arzt.

Draußen auf dem Gang schärfte Varney dem Arzt ein, niemand zu

Abboth zu lassen außer dessen Frau, auf keinen Fall einen Journalisten. Er selbst werde am nächsten Morgen wiederkommen.

An diesem Abend versammelte Varney seine Mitarbeiter um sich. »Wir haben nicht viel«, sagte er, »aber immerhin einiges. Heute morgen vermutete ich, wir hätten es mit Amateuren zu tun, die ihren ersten wüsten Streich riskierten. Inzwischen bin ich davon abgekommen. Ich sehe die Sache jetzt so: Diese beiden Burschen haben schon einiges auf dem Kerbholz. Sie sind rabiat und nicht besonders intelligent. Schlägereien, vielleicht ein paar Einbrüche, einige kleine Vorstrafen – irgendwie sind sie höchstwahrscheinlich schon mit dem Gesetz in Konflikt gekommen. Aber bei einem bin ich sicher: Einen solchen Überfall haben sie zum erstenmal gemacht. Er war zuwenig durchdacht und ungewöhnlich brutal. Wenn die Kugel den armen Abboth zehn Zentimeter weiter links getroffen hätte, wäre er tot. Wir suchen also nach einem Burschen von etwa dreißig Jahren, groß und kräftig, der nicht schnell rennen kann. Er fährt Auto. Und hat krauses Haar.«

»Eines noch«, sagte einer seiner Leute. »Die beiden haben ein Auto gestohlen. Sie haben dabei das Schloß nicht beschädigt.«

»Wahrscheinlich haben die Brüder nicht nur den Wagen des Lehrers aufgebrochen«, sagte Varney, »sondern auch den Austin, in dem sie geflüchtet sind. Einer ist ein versierter Automarder; vielleicht der, der den Fluchtwagen gesteuert hat. Der dritte Mann. Von ihm und dem Pistolenschützen wissen wir überhaupt nichts. Dunkler Anzug, weißes Hemd – was besagt das? Und ob es stimmt?«

Varney verteilte die Aufgaben für den nächsten Morgen, dann fuhr er nach Hause. Seine Frau machte ihm schnell etwas zu essen zurecht, und während er aß, erzählte sie ihm, was es tagsüber mit den Kindern gegeben hatte. Er konnte ausruhen dabei und fast vergessen, was ihn einen Tag lang unablässig beschäftigt hatte. Die Kinder hatten leidliche Zensuren nach Hause gebracht, am Nachmittag hatten sie Federball gespielt und die Kindersendung des Fernsehens angeschaut, jetzt lagen sie im Bett. Frau Varney kannte ihren Mann gut genug, um zu merken, daß er angestrengt gearbeitet hatte, wahrscheinlich an einem neuen Fall. Er würde, wenn er das Schlimmste hinter sich hatte, von allein erzählen, und bis dahin gönnte sie es ihm, wenigstens in den knappen Stunden zu Hause an etwas anderes denken zu können.

»Ich muß noch mal weg«, sagte er nach dem letzten Bissen.

»Vielleicht bin ich noch wach, wenn du kommst.«

Varney war nicht sicher, ob das, was er jetzt tat, richtig war. Er überlegte während der Fahrt die Vor- und Nachteile, und noch als er vor dem Haus parkte, in dem Privatdetektiv Pat Oakins wohnte, plagten ihn Zweifel. Er ging hinauf und klingelte, und er wäre nicht enttäuscht gewesen, hätte er Oakins nicht angetroffen. Aber Oakins öffnete und sagte: »Kommen Sie rasch 'rein.« Varney kannte Oakins gut genug, um zu wissen, daß dieser jetzt stolz war, nicht die mindeste Überraschung gezeigt zu haben; sie hatten immerhin einen erheblichen Krach hinter sich. »Whisky«, sagte Oakins, »finden Sie im Schrank wie immer. Sie wissen, ich kann mir das Trinken nicht leisten, wenn ich im Training bin.« Damit setzte sich Oakins wieder in den Schaukelstuhl vor dem Fernsehapparat und verfiel in Schweigen.

Varney nahm hinter ihm Platz. Die Lehne des Schaukelstuhls verdeckte Oakins fast ganz, obwohl dieser, so war Varney sicher, wie stets kerzengerade saß. Varney hatte an diesem Abend nicht die geringste Veranlassung, Oakins zu ärgern, sonst hätte sich die Bemerkung, ein hochlehniger Schaukelstuhl wäre nicht sonderlich passend für einen Mann von 1,51 m lichter Höhe, geradezu angeboten. So sagte Varney nur: »Wichtiges Spiel?«

»Portugal gegen die Tschechoslowakei. Weltmeisterschaftsqualifikation in Gruppe 4. Ich nehme an, Sie sind im Bilde.«

»Ein wenig«, sagte Varney. »Aber seit wann interessiert sich ein Rugby-Spieler wie Sie für Fußball?«

»Neuerdings von Berufs wegen«, sagte Oakins. »Sehen Sie, das ist Eusebio, zwei Mann läßt er stehen. Ich hoffe, der Name sagt Ihnen was.«

»Schon. Aber wie wär's, wenn wir von Geschäften sprächen?«

»Ich habe Ihnen die Tür geöffnet«, sagte Oakins mit aller Würde, zu der er fähig war, »ich habe Ihnen meinen Whisky angeboten, von dem Sie wissen, daß er nicht schlecht ist. Ich bin bereit, mit Ihnen zu wetten, wer dieses Spiel gewinnt. Aber von Geschäften wollen wir doch schweigen, nicht wahr?«

»Oakins«, sagte Varney, »ich bin in Ihrer Schuld. Aber ich habe Vorgesetzte, und Sie wissen genau, wie schwierig es für mich ist, einen Auftrag für einen Privatdetektiv wie Sie herauszuschinden. Das geht in vereinzelten Fällen, gewöhnlich dann, wenn uns das Wasser bis zum Hals steht. Aber mein großer Chef Sheperdson meinte damals, es reichte uns kaum an die Waden. Ich hatte Ihnen

Hoffnungen gemacht, mehr doch nicht! Das müssen Sie zugeben, Oakins.«

»Ich gebe es zu«, sagte Oakins gelassen. »Trotzdem: Ich hatte mich eingerichtet und einige andere Gelegenheiten verpaßt. Das da im Tor ist Perreira. Beachten Sie bitte, wie hervorragend portugiesisch ich diesen und die übrigen Namen ausspreche. Selbst wenn ich wollte, könnte ich Ihnen nicht helfen. Tut mir leid, Sir.«

Das war schon beinahe unverschämt, aber Varney schluckte es. Dieser Dreikäsehoch da schlug sich recht und schlecht mit kleinen und kleinsten Aufträgen durch, hatte immer wieder dem Yard mehr oder weniger nutzlose Tips angeboten und war zwei- oder dreimal unter der Hand mit bescheidenen Aufträgen bedacht worden, die er freilich nicht schlecht ausgeführt hatte. »Lassen Sie mich mit Ihrem Fußball in Ruhe«, sagte Varney. »Wollen Sie nun, oder wollen Sie nicht?«

»Ich habe zur Zeit feste Aufträge.«

Varney zweifelte keine Sekunde daran, daß das gelogen war. Aber es gab zwei Dinge, die Oakins auszeichneten: seine durch die geringe Körpergröße hervorgerufene Geltungssucht und die ungewöhnliche Halsstarrigkeit, wenn er sich einmal etwas in den Kopf gesetzt hatte. »Lassen Sie sich nicht stören«, sagte Varney, »und reichen Torsegen allerseits.«

Oakins begleitete ihn hinaus und bedankte sich für die Viertelstunde, die wirklich reizend gewesen wäre. Varney entschloß sich, noch einen zweiten Besuch zu machen, von dem er hoffte, daß er erfolgreicher verlaufen werde. Er stellte seinen Wagen auf einem Parkplatz ab und ging durch ein paar Seitenstraßen. Still war es hier, die Ladenbesitzer hatten ihre Reklame schon ausgeschaltet, die meisten Schaufenster lagen dunkel. Varney wartete in einem Hauseingang, bis er sicher war, daß niemand ihn beobachtete; dann betrat er rasch einen Hof und suchte zwischen Mülltonnen und Lieferwagen hindurch den Weg zum Hintereingang einer Gaststätte.

Wenige Minuten später saß Varney in einem Zimmer neben der Küche seinem alten Vertrauten Mario Sientrino gegenüber. Dieser, ein Neapolitaner, war als junger Kellner nach London gekommen, hatte sich mühevoll und listig hochgearbeitet und die Sprache des Landes nahezu perfekt erlernt. Jetzt war er Besitzer einer Nachtbar, in der allerlei kabarettistische Vorführungen von bescheidenem Niveau gezeigt wurden und die ein Stammpublikum von zweifelhaftem Ruf besaß. »Ich bin in einer schwierigen Lage«, sagte Varney. »Sie sollten die Ohren aufmachen. Hat man bei Ihnen schon über den Raub an der Celtic-Bank gesprochen?«

»Ein wenig«, antwortete Sientrino. »Freche Sache, sagen die meisten.«

»Und eine Andeutung, wer mit drinsteckt?«

»Ich habe nicht die beste Kundschaft«, sagte Sientrino, »aber schon gar nicht die dümmste. So schnell quatscht da keiner. Man müßte mal horchen, ob einer viel Geld ausgibt. Drei Mann? Vielleicht bekommen sie Krach untereinander.«

»Wenn was ist«, sagte Varney, »rufen Sie die übliche Telefonnummer an. Ich möchte nicht noch einmal hierher kommen, wenn es nicht unbedingt sein muß.«

»Gut. Was zu trinken?«

»Heute nicht, ich muß ins Bett.«

Während Varney nach Hause zurückfuhr, spürte er nicht die geringste Müdigkeit. Er konnte lange nicht einschlafen, weil die Erlebnisse des vergangenen Tages immer wieder in kurzen Bildern durch sein Gehirn zuckten, und als seine Frau ihn weckte, fühlte er sich zerschlagen wie nach einer durchzechten Nacht. Er aß ohne Appetit und überflog dabei die »Times«. Der Raubüberfall auf den Boten der Celtic-Bank war in einem zweispaltigen Artikel beschrieben, der sich exakt an die Wahrheit hielt.

»Wann kommst du zurück?«

»Ich weiß nicht«, sagte Varney, »auf alle Fälle rufe ich gegen Abend einmal an.«

Zunächst parkte Varney in der Nähe der Celtic-Bank. Es war ungefähr die Zeit, in der am Vortag Abboth niedergeschossen worden war. Jetzt, da Varney sah, wie wenig Verkehr in dieser Gasse herrschte, erschien ihm das Verbrechen nicht mehr so dreist wie bisher. Zwei Frauen standen im Gespräch, ein paar Schulkinder rannten vorbei, dann lag die Gasse leer. Der Hintereingang der Bank war mit einem hohen Gitter verschlossen. Zwei Männer blieben davor stehen, zeigten hierhin und dorthin; offenbar rekonstruierten sie, wie sich der Überfall abgespielt hatte. Dann gingen sie weiter und an Varney vorbei. Wieder war niemand in der Gasse.

Am Nachmittag nach dem Verbrechen hatten zwei von Varneys Mitarbeitern die Geschäfte in der angrenzenden Straße abgegrast, ohne einen nennenswerten Erfolg zu erzielen. Niemand hatte auf den parkenden Austin geachtet, niemand den Schuß gehört, niemand die flüchtenden Verbrecher gesehen. Varneys Hoffnung, noch etwas zu erfahren, war gering, als er einen Tabakladen betrat. Hier wurden auch Toto- und Rennwetten entgegengenommen, Zeitungen lagen aus, Männer standen im Gespräch. Varney kaufte Zigaretten, nahm eine Fußballzeitung und setzte sich. Ungarn gegen Österreich – Varney sah nur die Überschriften. Der Besitzer hatte, als er ihn bediente, ein Gespräch unterbrochen; nun nahm er es wieder auf. »Briggs«, sagte er, »nun schön, wir alle kennen ihn. Und warum ist er damit nicht zur Polizei gegangen?«

»Weil er nicht weiß, ob es was geworden ist.«

»Das werden sie ihm dort schon sagen.«

»Aber Briggs ist nicht einer, der etwas an die große Glocke hängt.«

Drei Männer und der Händler unterhielten sich, sie alle kannten Briggs und waren sich einig, daß Briggs bescheiden war, zurückhaltend, in gewisser Weise sogar schüchtern. Sie schätzten ihn, daran war kein Zweifel, aber sie mißbilligten auch, was er getan hatte. »Mit so einer Sache«, betonte der Händler, »muß man sofort zur Polizei gehen. Und dort entwickeln sie dir einen Film in Windeseile.«

»Briggs entwickelt selbst, das ist sein ganzer Stolz. Wenn er überhaupt zur Polizei geht, dann nur mit einem fertigen Foto. Und wahrscheinlich nur dann, wenn es erstklassig ist.«

In den ersten Jahren seiner Laufbahn als Kriminalist hatte sich Varney bisweilen gegrämt, daß er so gar nicht wie einer der harten Burschen aussah, die in den Filmen die Gangster jagten. Inzwischen hatte er die Vierzig überschritten, und jeder, der ihn nicht kannte, hielt ihn für einen durchschnittlichen Beamten oder Geschäftsmann. Auch diese Männer, die sich über einen gewissen Briggs unterhielten, kamen nicht auf die Idee, daß ihnen ein Kriminalist von Scotland Yard zuhörte, und Varney war froh darüber. »Heute abend wird er es wohl schaffen«, sagte der Händler. »Und mir wird er einen Abzug machen. Den hänge ich hierher.«

»Raffiniert warst du schon immer. Hast du Reklame nötig? Dein Laden läuft doch wie geschmiert.« Die übrigen Männer lachten, dann glitt das Gespräch ab. Varney wartete noch einige Minuten, bis die Kunden gegangen waren, dann zeigte er dem Händler seine Marke und fragte, ob er ihn ungestört sprechen könnte. »Sofort«, sagte der Händler, ohne überrascht zu sein, und rief seine Frau. »Kommen Sie nach hinten.«

Das Gespräch war kurz und bestätigte, was Varney vermutet hatte. Ein Mann namens Briggs, der drei Häuser weiter wohnte, hatte die flüchtenden Verbrecher fotografiert. »Ich denk mir«, mutmaßte der Händler, »er will eine Belohnung 'rausschinden. Jetzt ist er zur Arbeit, am Abend wird er wahrscheinlich bei Ihnen sein.«

Varney verspürte eine unbändige Lust, jemanden anzuschreien, aber der Tabakhändler war dazu nicht das richtige Objekt. Varney ließ sich Wohnung und Arbeitsstelle von Briggs nennen, dann rief er von der nächsten Telefonzelle aus Scotland Yard an. »Ich versuche, den Mann so schnell wie möglich aufzutreiben. Gibt's bei euch was Neues?«

»Der Fluchtwagen ist gefunden«, hörte Varney, »am Rande eines Parks von Beckenham. Die Geldtasche lag noch drin, mit einem Messer aufgeschnitten.«

»Wunderbar«, sagte Varney, »wir sind auf dem Vormarsch. Noch zwei, drei solcher Sachen, und wir können zupacken. Sobald ich Briggs habe, rufe ich wieder an.«

Briggs arbeitete als Lagerist in einer Maschinenfabrik in Brixton. Er war ein kleiner, drahtiger Mann mit klugen Augen und fast weißem Haar, obwohl er kaum die Fünfzig überschritten haben konnte.

Varney fragte: »Sie wissen, warum ich komme?«

»Keine Ahnung.«

»Ich war eben in einem Tabakladen in der Nähe der Celtic-Bank.« Varney wartete, aber Briggs biß nicht an. »Dort erzählten die Leute, Sie hätten gestern ein sensationelles Foto gemacht. Darf man mal sehen?«

»Es wird viel geredet«, sagte Briggs und machte eine wegwerfende Handbewegung. »Ich bin noch nicht zum Entwickeln gekommen.«

Varney preßte die Handflächen fest zusammen; das war für ihn das wirksamste Mittel, sich zur Ruhe zu zwingen. »Verehrter Herr«, sagte er dann, »haben Sie sich nicht eine Sekunde lang vorstellen können, was es für uns bedeutet, dieses Bild zu sehen? Daß dann vielleicht diese Gangster schon im Loch säßen?«

»Na«, sagte Briggs, »so schnell geht es wohl doch nicht.«

»Sie sind ein Fuchs«, sagte Varney. »Spielen wir mit offenen Karten. Ich bin sicher, daß Sie das Bild schon entwickelt haben, und wenn Sie sich die ganze Nacht um die Ohren schlagen mußten. Denn Sie sind neugierig. Wollen Sie es der Celtic-Bank anbieten? Oder wollen Sie eine Belohnung von uns?«

Briggs zögerte einen Augenblick, dann sagte er: »Wirklich, das Bild ist nicht fertig.«

»Dann geben Sie uns den Film, und wir entwickeln ihn.«

»Ich habe ihn nicht hier.«

»Dann fahren wir sofort zu Ihnen und holen ihn.«

»Ich weiß nicht, was mein Chef dazu sagt.«

»Ich habe bereits mit ihm gesprochen. Er ist einverstanden.«

Briggs war am Ende seines Lateins. Plötzlich spielte Varney seinen stärksten Trumpf aus: »Oder wollen Sie auf eigene Faust ermitteln und aus den verdammten Pistolenhelden einen Anteil herausholen?«

Briggs öffnete den Mund, schwieg aber. Seine Augen huschten hin und her, als könnten sie irgendwo eine Hilfe finden. Dann sagte er: »So etwas sollten Sie mir nicht zutrauen. Es ist etwas ganz anderes geschehen: Ich habe mich gestern im Tabakladen groß getan, ich hätte die Burschen auf dem Zelluloid. Natürlich habe ich abends das Bild entwickelt. Aber es ist nichts geworden. Damit ich meine Ruhe vor Ihnen habe. Hier ist es.« Er zog die Brieftasche heraus und hielt Varney ein Foto hin. »Der Rücken«, sagte er, »und auch der ist noch unscharf. Ich hatte keine Zeit, die Blende richtig einzustellen. Ich habe einfach drauflos geknipst. Dann habe ich in dem Zigarettenladen den Mund ziemlich weit aufgemacht. Nicht gerade schön in meinem Alter. Anschließend bin ich nach Hause und habe den Film entwickelt.«

»Sie haben nur das eine Bild?«

»Nur das eine.«

Varney bat darum, es behalten zu dürfen, obwohl er sich im klaren war, daß man mit ihm nicht weiterkam. Man sah lediglich den verschwommenen, gebeugten Rücken eines rennenden Mannes. Man konnte nicht erkennen, von welchem Stoff die Jacke war, und selbst dessen Helligkeitswert blieb ungewiß. Eine Frau starrte diesen Mann an, dahinter waren alle Buchstaben eines Reklameschildes zu lesen, und drüben auf der anderen Straßenseite stand ein junges Mädchen neben einem Fahrrad. Das war alles, und alles war scharf, nur nicht der flüchtende Mann. Varney sagte: »Ich werde Sie in dem Tabakladen nicht bloßstellen, Ehrensache. Nur eines noch: Erzählen Sie bitte alles ganz genau, was Sie gestern gesehen haben.«

Briggs war vor seiner Schicht ein wenig spazierengegangen. Er hatte seinen Fotoapparat mitgenommen, um in einem nahegelegenen Park Eichhörnchen oder Schwäne zu fotografieren, wie er es gelegentlich tat. Da hatte er, als er ein paar Meter von der Gasse entfernt gewesen war, einen Schuß gehört. Gleich darauf waren zwei Männer herausgerannt, und er hatte seinen Apparat hochgerissen. »Einer lief schwerfällig«, sagte Briggs, »als ob er verletzt wäre. Beide sprangen ins Auto und fuhren sofort los. Ich wollte noch ein Bild machen, aber plötzlich waren Leute vor mir, und dann war es zu spät.«

Varney sagte: »Geben Sie mir bitte auch das Negativ. Vielleicht kann man doch noch etwas herausholen. Und machen Sie sich keine Sorgen wegen der Leute in dem Tabakgeschäft. Erzählen Sie, Scotland Yard hätte das Bild mit Kußhand genommen. Und mehr dürften Sie aus Gründen der Geheimhaltung nicht sagen. Einverstanden?«

Nach diesem Gespräch fuhr Varney zum Yard. In einem der Höfe stand der Austin, in dem die Gangster geflohen waren. Auch er war gestohlen worden, das stand schon fest; der Besitzer war ein Rechtsberater aus Chelsea. Auf dem Tisch in Varneys Zimmer lag Abboths lederne Geldtasche, sie war der Breite nach aufgeschnitten und natürlich leer. »Nichts mit dem Bild«, sagte Varney. »Ein braver Mann, der für einen Augenblick glaubte, er stünde im Mittelpunkt des Weltgeschehens, dann platzte die Seifenblase, und er schämte sich so, daß er sich totstellte. Trotzdem: Unsere Fotofritzen sollen so stark vergrößern, wie es nur möglich ist.«

An diesem Nachmittag besuchte Varney noch einmal Abboth. Der Kassenbote begrüßte ihn weit munterer als am Vortag, das Sprechen strengte ihn aber immer noch an, und wieder hatte der Arzt die Redezeit auf zehn Minuten beschränkt. »Wir sind den Verbrechern auf der Spur«, behauptete Varney, weil er hoffte, Abboth damit aufmuntern zu können. Er stellte noch einige Fragen, aber Abboth konnte zu dem, was er schon gesagt hatte, nichts hinzufügen. Varney war nicht ärgerlich, als die zehn Minuten verstrichen waren; er hätte nichts mehr erfragen können.

Als Varney danach wieder in seinem Wagen saß, legte er die Arme auf das Steuer und stützte den Kopf in die Hände. Er überlegte, was er jetzt tun könnte, besser, was er jetzt tun müßte. Es war nichts so dringend, daß er es nicht auch in zwei Stunden oder am nächsten Tag erledigen konnte, und daran merkte er, daß er sich auf einem toten Punkt befand. Er hatte sein Netz ausgelegt, er konnte es hier und da verdichten, aber er konnte sein Wild nicht hineintreiben, solange er es nicht kannte. Seine Leute waren dabei, die Aktenberge nach einem großen, etwa dreißigjährigen Mann mit krausem Haar durchzuwühlen, der sich schon einmal eines Roheitsdeliktes schuldig gemacht hatte, und sie würden Dutzende davon finden. Dann mußte man einen nach dem anderen unter die Lupe nehmen und hoffen, daß sich der Schuldige eine Blöße gab. Zwischendurch konnte man einen Zufall ersehnen.

An diesem Tag ging Varney zeitiger als sonst nach Hause. Er schlief eine Stunde, duschte und aß, und als er gegen neunzehn Uhr wieder in seinem Büro auftauchte, fühlte er sich frisch und tatendurstig. »Die zweite Schicht beginnt«, sagte er. »Wollen wir hoffen, daß sie erfolgreicher verläuft als die erste.«

Einige Fotos von Männern lagen bereit, die zu dem großen Kreis der Verdächtigen gehörten; man wollte sie am nächsten Tag Abboth und dessen Fahrer zeigen. Die Aufnahme von Briggs war nach allen Regeln der Entwicklungskunst ausgewertet worden; ein paar großformatige Abzüge lagen vor, aber aus ihnen war nichts Neues zu ersehen. »Wir machen weiter Kleinklein«, ordnete Varney an, dann fuhr er nach Dullwich zu Sientrinos Nachtbar.

Diesmal war die Straße belebter als am Abend vorher, und Varney mußte eine Weile warten, ehe er ungesehen über den Hinterhof schleichen konnte. Er öffnete die Tür zur Küche. Sientrino war dabei, Käse zu schneiden und auf Platten zu verteilen. Er lotste Varney rasch in das kleine Zimmer neben der Küche, ging noch einmal zurück und kam mit einer Whiskyflasche und mit Gläsern zurück. »Sie brauchen Trost«, sagte Sientrino und lächelte, daß seine Goldzähne blitzten.

»Also haben Sie nichts erfahren.«

»So schnell geht es nicht. Natürlich wird von dem Fall gesprochen. Ein paar meinten, es sei eine Bande aus Liverpool.«

Varney packte einen Abzug des Fotos von Briggs aus. »Nahezu das einzige, was wir bis jetzt haben«, sagte er. »Können Sie etwas damit anfangen?«

Sientrino hielt den Abzug unter die Lampe, schob ihn hin und her, schüttelte den Kopf. »Nach diesem Schatten da würde ich nicht einmal meinen Bruder erkennen.« Dann fügte er schnell hinzu: »Moment! Das ist doch …« Er hob rasch den Kopf, dann starrte er wieder auf das Foto und sagte mit einer Stimme, die heiser vor Überraschung klang: »Das Mädchen neben dem Fahrrad ist die Freundin von Grebb.«

»Sie meinen den Messerstecher?«

»Er war ein paarmal mit diesem blonden Gift hier.«

»Wie heißt sie?«

»Das weiß ich nicht.«

»Haben Sie Grebb gestern oder heute gesehen?«

»Ich glaube nicht, aber das will nichts besagen. Er ist nicht oft hier.«

»Das wäre eine tolle Sache«, sagte Varney. »Grebb hat seine Flamme mitgenommen, damit sie Schmiere steht und sieht, was er für ein toller Hecht ist. Aber Grebb ist nicht der Große mit dem krausen Haar. Grebb ist der, der geschossen hat. Könnte es zumindest sein. Ihren Whiksy brauchen wir jetzt nicht mehr.« Er steckte das Foto ein und verabschiedete sich schnell. Von der nächsten Telefonzelle aus rief er im Yard an und gab die Anweisung, alle verfügbaren Leute aus den Betten zu trommeln; dann jagte er zweimal bei Rot über Kreuzungen, bremste so hart, daß die Reifen quietschten, rannte die Treppen zu seinem Büro hinauf und riß die Tür auf. Einer seiner Mitarbeiter stand bleich hinter dem Schreibtisch und sagte: »Ein neuer Überfall. Im Mercy-Kaufhaus. Vielleicht dieselben Leute.«

In den nächsten zehn Minuten verbrauchte Varney so viel Nervenkraft wie sonst in zwei Wochen. Er schickte Leute zu Grebbs Wohnung und beauftragte andere, Namen und Adresse von dessen Freundin festzustellen. Er ließ Grebbs Akte heraussuchen und hörte sich am Telefon an, was im Mercy-Kaufhaus geschehen war. Er stellte eine Gruppe zusammen, die dort die Spuren sichern sollte, dann beriet er am Telefon mit seinem Chef, Inspektor Sheperdson, ob es schon zu verantworten war, eine Großfahndung nach Grebb einzuleiten, und ließ sich dazu bewegen, einige weitere Ergebnisse abzuwarten. Schließlich fuhr er auf schnellstem Wege zum Mercy-Kaufhaus.

Der Überfall war mit der gleichen Brutalität verübt worden wie der an der Celtic-Bank. Als der Hauptkassierer das längst geschlossene Kaufhaus durch einen Nebeneingang verlassen wollte, war er von zwei maskierten Männern angefallen und zurückgedrängt worden. Einer hatte dem Kassierer die Pistole gegen die Rippen gedrückt, dann hatten sie ihn hastig durchsucht, ihm Brieftasche und Uhr entrissen und ihn immer wieder gefragt, wo die Schlüssel zum Safe wären. Die Räuber hatten mit Fäusten auf ihn eingeschlagen, und als der Kassierer beteuert hatte, diese Schlüssel würden beim Hausdetektiv aufbewahrt, war er mit dem Tode bedroht und schließlich zusammengeschlagen worden. Noch jetzt, fast eine Stunde nach dem Überfall, war er nur mühsam in der Lage, zu sprechen und sich auf Zusammenhänge zu besinnen. »Einer war sehr groß«, sagte er. »Er hat mich am brutalsten geschlagen. Der andere war höchstens mittelgroß und schlanker.«

»Wie sprachen sie?« fragte Varney.

»Londoner Dialekt.«

»Wer schien der Anführer zu sein?«

»Der Kleinere, der mit der Pistole.«

Varney zeigte ihm ein Foto von Grebb. Der Kassierer schaute es längere Zeit an. »Er trug eine Maske«, sagte er dann, »aber das Kinn, der Mund – beschwören möchte ich es nicht, doch möglich ist es.«

»Ich hoffe«, sagte Varney, »daß ich Ihnen diesen Mann bald gegenüberstellen kann.«

In dieser Nacht wurde Grebbs Wohnung durchsucht: sie sah nicht so aus, als ob er in den letzten Tagen zu Hause gewesen wäre. Die Kriminalbeamten fanden keinen Ausweis, kein Bild, keinen Brief, kein Geld. Sie sicherten eine Menge von Grebbs Fingerabdrücken und die Fingerabdrücke einer noch unbekannten Person, dann versiegelten sie die Wohnung und ließen einen Posten in der Nähe der Haustür zurück. In dieser Nacht erfuhr Scotland Yard, daß die Freundin von Grebb ein abgetakeltes drittklassiges Mannequin war und Jane Hetshop hieß. Sie hatte ein möbliertes Zimmer in der Nähe des Waterloo-Bahnhofs gemietet. Die Wirtin gab an, die Hetshop wäre seit zwei Tagen nicht mehr zu Hause gewesen. Die Kriminalpolizisten fanden zahlreiche Bilder, die die Hetshop in allen denkbaren Posen zeigten, und es gab genügend Vergleichsmöglichkeiten, um den Verdacht zu erhärten, daß das Mädchen neben dem Fahrrad auf dem Foto von Briggs niemand anders als die Hetshop war. In einem Brief, den ihr eine Tante aus dem nordenglischen Städtchen Blyth geschrieben hatte, stand zu lesen:

»Willst Du nicht endlich klüger werden? Ich werde Dir demnächst ein paar Krimis schicken, aus denen Du schwarz auf weiß ersehen kannst, daß es mit Dir ein schlimmes Ende nehmen muß. In ›Blonde Mädchen sterben früher‹ begann es genauso. Und erst in ›Keine Angst vor großen Colts‹! Wenn das alles meine arme Schwester, Deine Mutter, noch hätte erleben müssen!«

Gegen Morgen war klar, daß die Fingerabdrücke in Grebbs Wohnung von Jane Hetshop stammten. Als Varney, der inzwischen in sein Büro zurückgekehrt war, dies erfahren hatte, erwirkte er Großfahndung nach Grebb und Jane Hetshop.

Grebb hätte nicht geglaubt, daß seine Nerven in den letzten Tagen so gelitten hatten, aber er zuckte zusammen, als er sein Bild und das von Jane in der Zeitung sah. »Verdammt«, sagte er, »sieh dir das an!«

Sie saßen an Deck einer Fähre, die Kraftwagen und Personen von Birkenhead nach Dublin transportierte. Grebb fügte hinzu: »Ich glaube, wir haben großes Glück gehabt, daß wir unbemerkt auf diesen Kahn gekommen sind.«

Jane besah die Bilder und las den Artikel darunter. »Keine Schmeichelei für euch«, sagte sie. »Ungewöhnlich brutal, rücksichtslos, das gemeinste Verbrechen dieses Jahres.«

»Alles Unsinn«, sagte Grebb. »Der Kassierer aus dem Warenhaus bündelt jetzt schon wieder Geldscheine, der andere wird es in der nächsten Woche tun. Mit solchem Quatsch wollen sie bloß die Leute aufhetzen.«

Es war windig auf der Irischen See, dichte Wolkenfelder trieben vom Atlantik herüber, nur selten drang die Sonne durch. Grebb hatte es für das beste gehalten, sich mit seiner Freundin in der Nähe des Bugs an die Reling zu setzen; hierher kam selten jemand. »Vielleicht«, sagte er, »ist es am besten, wenn wir uns nicht mehr zusammen sehen lassen.«

»Aber deine Perücke ist doch großartig.«

»Schon. Aber deine blonde Mähne sieht man hundert Seemeilen weit.«

»Ich möchte wissen, wie die Brüder so schnell dahintergekommen sind, daß du die beiden Sachen gedreht hast! Du hast bisher noch nie mit einer Pistole gearbeitet. Auch Jesse ist Neuling auf diesem Gebiet.«

»Vielleicht war der zweite Überfall schon ein Fehler.«

»Es war Jesses Idee«, sagte sie sanft.

Grebb ließ sich nicht reizen. »Ich weiß, daß du Jesse nicht leiden kannst, aber er ist mein Freund. Er hat seine dreißig Prozent von der Beute bekommen, wie es ausgemacht war, und du kannst sticheln, solange du willst, es war nicht zuviel. Und nun sieh zu, daß du irgendwo ein Plätzchen findest, wo du nicht auffällst. Meinetwegen kannst du dich in der Toilette einriegeln.«

Jane Hetshop ließ Grebb während der restlichen Fahrt allein. Nichts geschah, was Grebb beunruhigt hätte, niemand hielt sich auffällig lange in seiner Nähe auf, und niemand sprach ihn an. Grebb überlegte, ob er seine Pistole über Bord werfen sollte, sie nutzte ihm hier nichts und belastete ihn nur, falls er doch geschnappt werden sollte. Aber wenn er von diesem Schiff herunter war, konnte ihm allerhand in die Quere kommen; er durfte sich noch längst nicht in Sicherheit fühlen. Grebb aß die Schinkenbrötchen, die er sich in Birkenhead gekauft hatte, und nahm hin und wieder einen Schluck Gin aus einer Taschenflasche. Er freute sich auf die Stunde, in der er zum ersten Mal wieder damit beginnen konnte, sich planmäßig vollaufen zu lassen, in der er keine Furcht zu haben brauchte, er könnte dummes Zeug reden oder eine Hand könnte sich auf seine Schulter legen. Aber bevor Jane und er Spanien erreicht hatten, war daran nicht zu denken.

Als sie in Dublin von Bord gingen, war es längst dunkel. Jane Hetshop trug einer älteren Dame die Tasche und unterhielt sich dabei so angelegentlich mit ihr, daß jeder annehmen mußte, die beiden gehörten zusammen. Nachdem Jane das Zollbüro passiert hatte, folgte Grebb über das Fallreep. Sein Paß war falsch, aber gut genug für eine oberflächliche Prüfung. Grebb war jetzt froh, daß er die Pistole nicht weggeworfen hatte; sollte er erkannt werden, wollte er einen Warnschuß abgeben und versuchen, im Hafengelände unterzutauchen. Aber der Zöllner reichte seinen Paß nach einem kurzen Blick zurück.

An der nächsten Straßenecke wartete Jane auf ihn, hakte ihn unter und drückte sich an ihn. »Wir können uns gratulieren«, sagte sie. »Das Schlimmste liegt hinter uns.«

»Ich bin nicht so sicher. Das Schlimmste kommt in einem Jahr, wenn das Geld alle ist.«

Sie lachte. »Bis dahin wirst du dir doch etwas Neues einfallen lassen.«

Sie quartierten sich in einem größeren, nicht sehr vornehmen Hotel ein. Sie ließen sich sofort hinauffahren und bestellten das Essen aufs Zimmer. Jane bestand auf einer Flasche Wein, obwohl weder sie noch er gern Wein tranken, aber sie hielt es für vornehm und glaubte, es passe zu ihrer Rolle. Aus dem Fenster hatten sie einen Blick über nasse Dächer, und bis gegen Mitternacht hörten sie Musik aus einem Tanzlokal, das nicht weit entfernt schräg unter ihnen lag. Sie schliefen schlecht, obwohl sie seit Tagen in keinem Bett mehr gelegen hatten. Grebb versuchte auszurechnen, wieviel Geld er und Jane pro Tag ausgeben durften, wenn sie ein Jahr lang von der Beute leben wollten. Er kam damit nicht zu Rande, knipste das Licht an und versuchte, dem Problem auf der Rückseite eines Reklamezettels, der auf dem Nachtschränkchen lag, schriftlich beizukommen. Zunächst zog er die Summe ab, die seine beiden Helfer erhalten hatten, dann dividierte er mühselig seinen Anteil durch 365. Das Ergebnis erschütterte ihn.

Am Morgen brachen sie zeitig auf. Grebb gab den Zimmerschlüssel ab und bat um die Rechnung; der Portier schrieb sie aus und schob sie ihm hin. Inzwischen trat Jane schon auf die Straße. Die Halle lag ziemlich leer; eine Frau war damit beschäftigt, eines der großen Fenster zu polieren, ein Mann saß in einem Ledersessel und las die Zeitung, der Liftboy stand mit übernächtigtem Gesicht neben dem Fahrstuhl.

»Bitte schön«, sagte der Portier. »Fünfhundert Pfund.«

Grebb lächelte. »Schon am frühen Morgen zu Späßen aufgelegt?«

»Keineswegs«, sagte der Portier und lächelte zurück. »Keineswegs, Mister Grebb.«

»Was soll der Unsinn!« sagte Grebb leise. Später, als alles vorbei war, machte er sich noch lange Zeit deswegen Vorwürfe: Durch einige Monate hindurch, bis er schließlich kaum mehr an diesen Zwischenfall dachte, glaubte er, es wäre alles anders gekommen, wenn er diesen Satz so laut gesagt hätte, daß der Liftboy und der Herr im Sessel und die Fensterputzerin ihn verstanden hätten; denn so vollkommen sicher konnte der Portier seiner Sache unmöglich sein.

»Das ist kein Unsinn, Mister Grebb«, sagte der Portier ebenso leise. »Ich habe drei Kinder und eine Hypothek auf meinem Häuschen. Das Leben ist teuer. Sie wissen es selbst. Unter meinem linken Fuß ist eine Taste. Wenn ich darauf trete, schließen sich die Türen, und die Polizei ist in einer halben Minute da. Außerdem ist Ihre Perücke zweite Wahl. Fünfhundert Pfund, bitte schön.«

Grebb dachte flüchtig an die Pistole in seiner Tasche, doch er sagte: »Ich gebe Ihnen hundert. Mehr habe ich nicht bei mir.« Aber er zählte dann doch mehr auf den Tisch, rasch und in großen Scheinen, und der Portier achtete stärker darauf, daß der Liftboy nicht zuschaute, als daß er nachzählte.

Bei zweihundertvierzig Pfund steckte Grebb die Hände demonstrativ in die Taschen, der Portier strich die Scheine vom Tisch und sagte: »Verbindlichsten Dank, mein Herr, und gute Reise. Eine Empfehlung an die Frau Gemahlin!« Steif ging Grebb durch die Tür.

Nachdem der Portier verstohlen das Geld gezählt hatte, steckte er es in seine Aktentasche. Minutenlang überlegte er angestrengt, wobei er auf den Tisch trommelte und leise, abgerissene Töne vor sich hin pfiff. Nachdem er sich entschlossen hatte, gab er telefonisch die Anweisung, ein bestimmtes Zimmer im vierten Stock vorerst nicht zu säubern. Dann rief der die Polizei an. Eine Viertelstunde später teilte er zwei Beamten mit, er hätte immer und immer wieder nachgedacht, warum ihm das Gesicht eines bestimmten Gastes bekannt vorgekommen wäre. Noch jetzt wäre er keineswegs sicher, ob es nur eine merkwürdige Ähnlichkeit mit dem Räuber Grebb wäre, die ihn nasführte. Oder – und das schien keineswegs ausgeschlossen – hatten tatsächlich Grebb und seine Geliebte, deren Bilder in allen Zeitungen waren, in diesem Hotel genächtigt?

Eilig liefen die Beamten in den vierten Stock hinauf.

»Dieser Zettel«, sagte Varney, »bringt uns einen Schritt weiter. Grebb ist nicht sehr klug, wir wußten es immer. Kopfrechnen gehört nicht zu seinen starken Seiten. Sehen Sie sich seine Kalkulation genau an.«

Varneys Mitarbeiter traten an seinen Tisch. Jedem von ihnen war die Erschöpfung anzusehen. Sie waren seit drei Tagen nicht aus den Kleidern gekommen, hatten kaum Zeit gefunden, sich zu waschen und zu rasieren. Jetzt belebten sich ihre Mienen ein wenig.

»Die Sache erscheint mir eindeutig«, sagte Varney. »Oben steht die Zahl 6305. Das ist die Beute aus dem Überfall an der Celtic-Bank. Dann kommt diese Zeile: B 1261. 1261 sind zwanzig Prozent von 6305. Ich schließe daraus, daß ein gewisser B mit zwanzig Prozent an der Beute beteiligt war. Die nächste Zeile: 1892. Das sind dreißig Prozent von der Beute, und J bedeutet den Vornamen oder den Namen des anderen Komplicen. Dann folgt eine umständliche und nicht ganz fehlerfreie Rechnerei, mit der Grebb versucht hat, seinen Beuteanteil durch 365 zu teilen, vermutlich, um zu sehen, wieviel er ein Jahr lang täglich ausgeben kann. Sollte Grebb tatsächlich entkommen und sich irgendwo versteckt halten, können wir damit rechnen, daß wir ihn in spätestens einem Jahr erneut auf dem Hals haben. Uns interessieren zunächst die Buchstaben B und J. Vermutlich hat der Schläger mit dem krausen Haar dreißig, der Fahrer zwanzig Prozent der Beute bekommen. Name oder Vorname des Fahrers beginnt also mit B, der des Schlägers mit J.«

»Warum nicht der Spitzname?« fragte einer.

Einen Augenblick lang war Varney überrascht. »Ich muß sehr müde sein«, sagte er dann, »daß mir das nicht selbst eingefallen ist. Dank für den Hinweis. So erschöpft wir auch alle sind, die Arbeit geht weiter.«

Die Arbeit ging weiter, aber sie brachte zunächst keinen Erfolg. Interpol wurde eingeschaltet und sorgte dafür, daß die Flugplätze und Häfen Irlands überwacht wurden. Die Akten im Yard wurden weiterhin nach dreißigjährigen, großen lockigen und brutalen Burschen durchsucht, jetzt vor allem nach solchen, deren Vornamen oder Namen mit B oder J begannen. Ermittlungen wurden geführt, die aber immer wieder ins Leere stießen: Einer lag mit gebrochenem Arm seit Wochen im Krankenhaus; andere konnten beweisen, daß sie zur fraglichen Zeit ihrer Arbeit nachgegangen waren; einer hatte am Morgen des Überfalls geheiratet und ein anderer einen Verkehrsunfall verursacht. Es waren alles große, breitschultrige Männer mit lockigem Haar von etwa dreißig Jahren, die vor den Kriminalisten beschwörend ihre Hände ausbreiteten und beteuerten, brav und sittsam gelebt zu haben seit diesem dummen Zufall damals, und nichts, nichts könnte sie jemals wieder auf die schiefe Bahn bringen. Einer gab ohne viel Federlesens eine Serie von Laubeneinbrüchen zu.

Es waren bittere Tage für Varney. Er machte sich weniger Sorge um Grebb und schon gar nicht um dessen Freundin. Grebb war auf der Flucht und würde kaum ein neues Verbrechen riskieren. Aber da war dieser J. Eines Abends, als Varney neben seiner Frau im Bett lag, machte er seinem Herzen Luft. »Ich versuche mich in diesen Kerl hineinzuversetzen. Er ist relativ jung und vielleicht von Grebb zum erstenmal in eine solche Sache hineingezogen worden. Grebb hat den Überfall an der Celtic-Bank vorbereitet, das ist klar. Daß Grebb zum erstenmal nicht mit dem Messer, sondern mit der Kanone gearbeitet hat, spielt dabei keine Rolle. Alles ist so brutal und dilettantisch eingefädelt wie der Überfall, den Grebb vor elf Jahren inszeniert und für den er acht Jahre gesessen hat.«

»Hast du den Fall bearbeitet?«

»Ich hatte nichts damit zu tun, erfuhr aber damals schon allerhand Einzelheiten, und inzwischen habe ich mich genügend informiert. Mir scheint, Grebb hat an der Celtic-Bank mit einer höheren Beute gerechnet. Offenbar will er ein Jahr lang davon leben, aber mit seinem Anteil von 3100 Pfund kann er natürlich keine Sprünge machen. Es ist fraglich, wieviel jetzt noch übrig ist. Weil es so wenig war, hat Grebb kurz darauf einen zweiten Überfall unternommen. Wie es scheint, war er diesmal mit dem Schläger allein; den Mann, der beim erstenmal den Austin gefahren hat, haben sie draußen gelassen. Der Raub im Mercy-Warenhaus ist nun überhaupt das letzte. Nicht durchdacht, nicht vorbereitet, ganz auf Krawall. Und natürlich ohne Ergebnis: eine Armbanduhr und Bargeld in Höhe von ein und einem halben Pfund. Es sollte mich nicht wundern, wenn J diesmal die treibende Kraft war.« Varney schwieg und starrte gegen die Decke. Für einen Augenblick glaubte er, seine Frau hätte ihm nicht zugehört, aber sie sagte: »Mir scheint, J ist dir im Augenblick wichtiger als Grebb.«

»Ich bin ziemlich sicher, was ich von Grebb zu halten habe. Aber ich weiß nicht, wie J handeln wird.«

»Paß nur auf«, tröstete sie, »in einer Woche oder in zwei hast du den Burschen hinter Schloß und Riegel. War es nicht schon manchmal so, daß du ganz verzweifelt warst, und dann fandest du plötzlich doch einen Weg?«

»Ich hoffe wirklich, es wäre diesmal wieder so.«

Am nächsten Tag vereinbarte Varney ein Zusammentreffen mit Sientrino. An einer bestimmten Straßenecke stieg der Italiener in Varneys Wagen, sie fuhren durch ein paar stille Straßen und hielten am Rande eines Parks. »Es ist alles ruhig«, sagte Sientrino. »Keiner gibt eine größere Summe aus. Alle sind der Auffassung, daß Grebb und seine Leute sich längst abgesetzt haben. Alle tun so, als ob die Sache abgeschlossen ist und der Yard keine Chance mehr hat.«

Varney dachte eine Weile nach, dann sagte er: »Wir kennen uns lange genug, und so sage ich Ihnen was: Ich habe Angst. Nicht um meinen Posten oder weil die Presse Geschrei erheben könnte. Ich habe ganz einfach Angst, daß J ein neues Ding dreht, noch härter als vorher, noch weniger vorbereitet und durchdacht, und daß dabei Blut fließen könnte. J hat Geld in der Tasche, vielleicht mehr, als er jemals besessen hat. Aber es ist nicht so viel, daß er damit wirklich großzügig leben kann. J hat Blut geleckt. Wir müssen ihn stoppen, ehe er jemanden umbringt.«

»Natürlich«, sagte Sientrino. »Da ist übrigens eine dumme Geschichte. Es liegt eine Anzeige vor, ich hätte gestohlene Zigaretten gekauft und in meinem Lokal verscheuert.«

»So etwas traue ich Ihnen einfach nicht zu. Waren es viel?«

»Fünftausend.«

»Also nicht viel. Ich werde mich darum kümmern, daß Gras über die Sache wächst.«

»Danke. Und sobald ich etwas weiß, rufe ich Sie an.«

An diesem und am nächsten Tag meldete sich Sientrino nicht, aber eine andere Stimme krähte in Varneys Telefon: »Oakins! Großer Meister, wie wär's, wollen wir zusammen ein Bier trinken?«

»Jetzt gleich?«

»Ich habe gerade Durst. Kennen Sie das Modehaus Greenglass? Ich sitze gegenüber in der Kneipe von Collins.«

Eine halbe Stunde später setzte sich Varney zu Oakins an den Tisch. Der Bierdeckel vor dem kleinen Mann wies eine stattliche Reihe von Strichen und Kreuzen auf, und seine Augen zeigten einen entsprechenden Glanz. »Mein Schicksal«, sagte Oakins dumpf. »Seit ein paar Wochen bringt es mein harter Beruf mit sich, daß ich mehr in Kneipen und Kaschemmen, Luxusbars und Hotels sitze, als mir lieb ist.«

»Und«, sagte Varney, »hat man Sie immer ohne weiteres in die Bars hineingelassen? Wie vereinbart sich das mit dem Jugendschutzgesetz?«

Oakins nahm einen Schluck, dann sagte er: »Die erste Frechheit heute abend. Trotzdem bin ich wie ein Vater zu Ihnen. Zu anderen Zeiten würde ich mir meinen Tip mit Gold aufwiegen lassen, aber jetzt habe ich es nicht nötig. Einer der angesehensten Londoner Fußballklubs, der nicht näher genannt sein möchte, bedient sich

meiner geschätzten Person. Einige prominente Herren Fußball-
profis, die ebenfalls nicht näher genannt sein möchten, tragen ge-
genwärtig ihre kostbaren Beine mehr als nützlich in Lokale guten
oder zweifelhaften Rufs, füllen ihre kostbaren Lungen mit Rauch
und ihre kostbaren Bäuche mit Whisky. Man interessiert sich dafür, Sie verstehen?«

»Deshalb sahen Sie sich also unlängst ein Fußballspiel im Fernsehen an.«

»Man muß auf dem laufenden sein. Die Weltmeisterschaft steht
vor der Tür, man wird mich brauchen.«

»Und was habe ich davon?«

»Ich sah bei meinen Streifzügen häufig einen Mann, der Ihnen
nicht unbekannt ist.«

»Sie spannen mich auf die Folter.«

»In Fachkreisen hat sich herumgesprochen, daß ein gewisser
Briggs Ihnen ein Foto verkauft hat.«

»Er hat es mir geschenkt.«

»Um so schlimmer. Dann ist erst recht kein Grund vorhanden,
daß er Nacht für Nacht durch die Lokale streift. Und zwar durch
die schlechten. Wir begegnen uns häufig.«

»Vielleicht ersäuft er seinen Kummer?«

»Er trinkt wenig«, sagte Oakins, »er sucht. Manchmal geht er nur
durch das Lokal hindurch. Manchmal trinkt er an der Theke ein
Bier, manchmal setzt er sich für eine Viertelstunde. Und immer
huschen seine Augen hin und her.«

»Wen sucht er?«

»Da fragen Sie nun wieder zuviel. Ich dachte, Sie sind selber Kriminalist.«

»Oakins«, mahnte Varney. »Sie sind mir seit langem sympathisch,
ich habe es mir nur nicht anmerken lassen. Sie wissen selbst, was
ein Privatdetektiv für unruhige Nächte hat, wenn ihm Scotland
Yard nicht grün ist. Und Sie ahnen, daß er auf Rosen gebettet
schlummert, wenn ihm die Sonne der Offiziellen lacht.«

»Ich kann Lieder davon singen.« Oakins legte die Stirn in Falten
und schob die Lippen vor, aber es gelang ihm trotz aller Mühe
nicht, seinem Gesicht tückische oder dämonische Züge zu geben.
Nach einer Weile knurrte er: »Sie sollten in meiner Haut stecken,
dann verginge Ihnen das Lachen.«

»Ich fürchte, Ihre Haut wäre für mich ein bißchen knapp.«

Wieder knurrte Oakins, dann sagte er: »Ich bin neugierig, wann

Sie einmal genug haben werden, Ihr ätzendes Gift über meine empfindsame Seele auszuspritzen.«

»Das ist ganz klar«, sagte Varney. »Wenn Sie es aufgeben, die Rolle des mit allen Hunden gehetzten, allen Wassern gewaschenen, dennoch unglücklichen Detektivs zu spielen.«

»Ich spiele nicht«, stöhnte Oakins, »ich bin's. Übrigens muß ich weiter. Soll ich Briggs etwas ausrichten?«

»Auf keinen Fall. Tun Sie nicht so, als ob er Ihnen auffiele.«

Bereits in der nächsten Nacht begannen Beamte von Scotland Yard, Briggs zu beschatten. Sie folgten ihm durch die Lokale von Dullwich und Westham, Lee und Plumstead. Es war alles so, wie Oakins gesagt hatte. Gegen Morgen schlich Briggs müde nach Hause, wenige Stunden später begann er seine Arbeit, und sobald es Abend wurde, nahm er seinen Streifzug wieder auf.

Noch einmal schlenderte Varney an der Rückfront der Celtic-Bank vorbei, noch einmal betrat er den Tabakladen in der Nebenstraße. Der Händler erkannte ihn sofort und grüßte ihn, indem er die Augenbrauen hob. Varney sagte: »Ich komme noch einmal wegen Ihrer Heizung.«

»Wir besprechen das in aller Ruhe.« Der Händler rief seine Frau und bat Varney ins Büro hinter dem Laden. »Neue Sorgen?«

»Und die alten extra«, sagte Varney. »Wie war das eigentlich, hat Briggs von sich aus erzählt, daß er die Gangster fotografiert hat, oder hat man ihn dabei gesehen und deshalb angesprochen?«

»Ist das ein wesentlicher Unterschied?«

»Mir erschien es erst auch nicht so.«

»Ich war nicht dabei«, sagte der Händler, »ich hab's aus zweiter Hand. Ich kann ja mal horchen.«

Varney hatte das Gefühl, daß die Entscheidung nicht mehr lange ausstand. Die Sichtung der lockigen, kräftigen Rowdys um die Dreißig näherte sich ihrem Ende; wenn sie vorbei war und kein Ergebnis gebracht hatte, blieb nicht mehr viel Spielraum für systematische Arbeit; dann war man mehr oder weniger auf den Zufall angewiesen.

Zwei Tage später saß Varney kurz nach Mitternacht noch in seinem Büro. Die Männer, die Briggs beschatteten, hatten einige Male angerufen; es war alles wie gewöhnlich. Varney hatte sich gerade von seinem Stellvertreter verabschiedet und wollte gehen, als das Telefon schrillte. »Briggs spricht seit einer Weile mit einem Mann«, hörte Varney. »Der ist aber mindestens vierzig.«

»Wo sind Sie?«

»Eastham, an der Straße nach Norwich, kurz vor dem großen Friedhof. Bahama-Bar.«

»Bleiben Sie am Mann, ich schicke sofort Verstärkung. Und ich komme selbst.«

Eine Minute später waren drei Funkwagen der Streifenpolizei unterwegs, aber als sie vor der Bahama-Bar ankamen, hatten Briggs und sein Gesprächspartner diese bereits verlassen. Der Kriminalist, der sie beschattete, war ebenfalls verschwunden. Als Varney vor der Bar aus seinem Wagen stieg, standen die Streifenpolizisten, Zigaretten rauchend, neben ihren Fahrzeugen. Hastig beschrieb ihnen Varney das Aussehen von Briggs und wies sie an, durch die umliegenden Sraßen zu patrouillieren, diesen Mann aufzuspüren und ihn und dessen Begleiter zu stellen. Er ließ seine beiden Kollegen an der Bar zurück, setzte sich in seinen Wagen und fuhr los. Er machte sich Vorwürfe, seit dem letzten Gespräch mit Oakins die Lebensumstände von Briggs nicht intensiver ausgeforscht zu haben. Dann versuchte er auszurechnen, wie weit Briggs und sein Gesprächspartner inzwischen schon gegangen sein konnten. Wenigstens, so tröstete er sich, war ihnen noch ein Kriminalist, der junge Williamson, auf den Fersen.

An einer Taxihaltestelle sah er Briggs zusammen mit einem anderen Mann und brachte seinen Wagen dreißig Meter hinter ihnen zum Stehen. Er stieg aus und ging zurück. Der Mann neben Briggs war groß und breitschultrig, und Varney wünschte für eine Sekunde, Williamson möchte in der Nähe sein. Als er heran war, fragte er: »Kein Taxi zu kriegen?«

»Wieso?« fragte Briggs zurück, »wollen Sie …« Er brach mitten im Satz ab; offenbar hatte er Varney erkannt.

»Ich geh' zu Fuß«, sagte der Große rasch. »Wird langweilig.«

»Aber warten Sie doch«, sagte Varney und machte ein paar Schritte auf ihn zu. Er mußte um Briggs herumgehen, der starr wie eine Salzsäule stand, und trat dabei vom Bordstein herunter. Er sah das Gesicht des Großen fast über sich, und in diesem Augenblick kam der Schlag, mit dem Varney gerechnet hatte. Er bückte sich blitzschnell und rammte seinem Gegner den Kopf in den Unterleib, versuchte, dessen Oberschenkel zu umklammern und die Beine wegzureißen, aber der Große ließ sich abrutschen; Varney spürte einen Schlag gegen das Kinn, dann stürzten beide.

Von der anderen Straßenseite rannte Williamson herüber und

schrie: »Bleiben Sie stehen, Briggs! Polizei! Hände hoch!« Er schlug dem Großen ein paar harte Haken gegen den Kopf. »Aufhören«, sagte der Große. »Was ist denn los?« Er ließ Varney fahren und setzte sich auf. »Man hat mich überfallen«, sagte er und zeigte auf Varney. »Dieser Kerl da hat mich überfallen!«

Varney stand auf und tastete sein Kinn ab. Als er sich über die Unterlippe leckte, schmeckte er Blut. Ein Funkwagen bog in die Straße, Polizisten sprangen heraus. »Rufen Sie noch einen Wagen«, ordnete Varney an, »und transportieren Sie die beiden getrennt ab. Aufpassen, daß keiner etwas wegwirft.« Dann trat er auf den Großen zu und sagte: »Ich bin Kommissar Varney von Scotland Yard. Wie heißen Sie?«

»Woodward«, sagte der Große. »Jesse Woodward. Ich möchte feststellen, Herr Kommissar, daß ich nicht wußte, wer Sie sind, daß ich mich bedroht fühlte, und deshalb ...«

»Schon gut, Woodward«, sagte Varney. »Sie sind doch der Mann, der vor ein paar Jahren den kanadischen Matrosen ausgeplündert hat. Wie hieß der gleich?«

»Herr Kommissar«, protestierte Woodward, »Sie haben nicht das Recht, diese alte Geschichte ...«

»Halten Sie den Mund und steigen Sie ein.«

Woodward ging einige Schritte auf den Funkwagen zu. Varney rief ihm nach: »Sie gehen so schwerfällig. Habe ich Sie verletzt?«

»Ach wo. Eine alte Sache. Hab' mal einen Motorradunfall gehabt.«

Eine Stunde später begann Scotland Yard die Vernehmung von Woodward und Briggs. Sie waren in getrennten Zimmern untergebracht; jeder wurde von zwei Beamten vernommen; Varney ging hin und her, rief manchmal einen Beamten heraus und gab Tips, bisweilen stellte er selbst Fragen. Bei der Visitation von Briggs wurde ein Foto gefunden, das Woodward zeigte, wie er nach dem Überfall an der Celtic-Bank in den gestohlenen Austin stieg. Das Foto war ausgezeichnet. Varney sagte Briggs auf den Kopf zu: »Sie hatten niemals die Absicht, Ihre Bilder der Polizei zur Verfügung zu stellen. Aber einer, der Sie kennt, hat Sie beim Fotografieren gesehen, hat im Tabakladen davon erzählt, und so haben wir davon erfahren. Mir haben Sie dann das schlechte Bild gegeben und sich selbst mit dem guten Bild auf die Suche gemacht. Wieviel wollten Sie aus Woodward herausholen?«

»Zweihundert Pfund«, sagte Briggs kleinlaut.

»Versuchte Erpressung, Irreführung der Behörden, Verstoß gegen die Pflicht, ein zur Kenntnis gelangtes Verbrechen anzuzeigen! Es wird eine Weile dauern, bis Sie wieder Schwäne und Eichhörnchen fotografieren können!« Varney ging in das Zimmer, in dem Woodward mit wütendem Gesicht saß und abstritt, jemals einen Mann namens Grebb gesehen zu haben. »Wir haben ein ungeheuer belastendes Foto«, sagte Varney, »wir werden Sie dem Kraftfahrer und dem Kassenboten der Celtic-Bank gegenüberstellen und natürlich auch dem Kassierer des Mercy-Kaufhauses.«

»Glauben Sie«, brauste Woodward auf, »der Kassierer kann einen Mann wiedererkennen, der eine Maske trug?«

»Maske?« fragte Varney. »Woher wissen Sie das?«

»Es stand in der Zeitung.«

»Es stand in keiner Zeitung. Aber Sie wissen es, weil Sie selbst einer der maskierten Männer waren. Wollen Sie nicht endlich auspacken?«

In dieser Nacht gelang es noch nicht, Woodward zu einem Geständnis zu bewegen, aber Varney maß dem keine Bedeutung bei. Er wußte: Sein Material war so gut, daß jeder Staatsanwalt in der Lage sein mußte, Woodward auch ohne Geständnis zu überführen. Ehe er am folgenden Morgen sein Büro verließ, sagte er zu Williamson, dem jungen Beamten, der Briggs beschattet und Woodward zur Aufgabe gezwungen hatte: »Wir haben uns ein wenig in die Irre führen lassen. Etwa dreißig Jahre alt, krauses Haar – diese Angaben stammen von Abboth. Woodward ist aber einundvierzig, und sein Haar ist glatt. Es stimmt nur, daß er groß und breitschultrig ist und nicht besonders schnell rennen kann.«

»Vielleicht war Woodwards Haar ein bißchen zerzaust.«

»Das ist gut möglich«, sagte Varney und gähnte. »Ich geh' jetzt schlafen. Ich möchte wissen, wie lange es dauert, bis wir auch den Fahrer schnappen.«

»Vielleicht erzählt es uns Woodward.«

»Ich glaube, da kennen Sie Woodward schlecht.«

2

Der Falsche flieht

George Varney sah es immer wieder mit Interesse, wenn ihm ein Häftling vorgeführt wurde und vergeblich versuchte, seine Überraschung nicht merken zu lassen. »Da staunen Sie, Woodward«, begann er, »aber ich habe es Ihnen ja versprochen, daß ich Sie in Ihrer Einöde aufsuchen werde. Schon eingelebt?« Er wies auf den Hocker ihm gegenüber, und Woodward setzte sich. Die Jacke war ihm zu eng und spannte über der Brust, die Ärmel reichten nicht weit über die Ellbogen. »Ich will keine großen Faxen machen«, sprach Varney weiter, »es ist Ihnen ja doch klar, warum ich komme.«

»Sie wollen wissen, wer der Fahrer war.«

»Woodward«, sagte Varney erfreut, »Sie sind ein schlaues Kind, ich habe es immer gewußt. Sie haben Zeit gehabt, in Ihren vier Wänden nachzudenken, und es ist Ihnen eingefallen. Es ist ungerecht, daß Sie hier sitzen, und dieser Bruder versäuft in London seine zwanzig Prozent. Wie hieß er doch gleich? War es der Name oder der Vorname, der mit B anfing?«

»Immer die alten Witze«, sagte Woodward mürrisch. »Ich habe Ihnen gesagt, daß Grebb diesen Mann organisiert hat und ich ihn erst am Morgen des Überfalls gesehen habe. Danach hat er uns durch ein paar Straßen gefahren und nacheinander abgesetzt. Das ist alles.«

Es war dasselbe, was Woodward bei seiner Verhaftung immer wieder vorgebracht hatte. Varney wußte sich nicht anders zu helfen, als die in diesen Fällen übliche Litanei aufzusagen, daß zwölf Jahre eine verdammt lange Zeit seien, daß ein Häftling sie abkürzen könnte, wenn er Einsicht in das Verwerfliche seiner Tat zeigte, und dazu gehörte vor allem Ehrlichkeit gegenüber den Untersuchungsorganen. Noch sei es Zeit ... Mittendrin brach Varney ab. »Woodward«, sagte er, »Sie sind kein grüner Junge, Sie kennen das alles selbst. Sie wissen, was einem manchmal im Knast für merkwürdige Dinge einfallen, an die man lange nicht mehr gedacht hat.

Dann melden Sie sich bei der Anstaltsleitung, ich komme und nehme Ihnen die Beichte ab. Daß für Sie sofort irgendeine Erleichterung herausspringt, halte ich für selbstverständlich. Bißchen mehr zu rauchen, längere Freistunde, eine bessere Arbeit – es gibt da so allerlei. Sie kennen es selbst, schließlich sind Sie ein alter Hase.«

Varney wußte, wie sehr ein Einzelhäftling nach jeder Abwechslung giert, und bei Woodward würde es nicht anders sein. Woodward war vor vier Monaten zu zwölf Jahren Zuchthaus verurteilt worden, jetzt war er dabei, hier in Hertford, einem Städtchen nördlich von London, seine Strafe abzusitzen. »Ich komme wieder«, sagte Varney. »In den nächsten Jahren werde ich wahrscheinlich der einzige sein, der sich hin und wieder ein Stündchen mit Ihnen unterhält. Natürlich kann ich bei der Anstaltsleitung ein Wörtchen einlegen, daß Sie in Gemeinschaft kommen. Aber warum sollte ich etwas für Sie tun, wenn Sie mir die kalte Schulter zeigen? Ich lasse Sie jetzt in Ihre Zelle zurückbringen. Vielleicht frage ich in einem halben Jahr wieder nach. Wir haben Zeit, nicht wahr?«

Als der Wärter die Tür öffnete, schob sich Woodward mühselig hoch. Varney sah ihm nach, wie er, die Hände auf dem Rücken, den Gang entlangschlurfte. Dann stieg er ins untere Stockwerk hinab und betrat das Zimmer des Zuchthausdirektors. »Ohne Erfolg«, sagte er.

Es war noch ein Mann im Zimmer, den Varney nicht kannte. Direktor Carmicheel sagte: »Ich darf Ihnen meinen Stellvertreter vorstellen: Dr. Tasburgh. Vielleicht sehen Sie ihn bald als meinen Nachfolger.«

»Aber« sagte Varney, »ich hoffe Sie noch in zehn Jahren auf diesem Posten. Rüstig, wie Sie sind ...«

»Das Herz«, sagte Carmicheel.

Dr. Tasburgh kam um den Schreibtisch herum. »Freut mich, Sie kennenzulernen.« Er war ein eleganter, gutaussehender Mann von dreißig Jahren, rasch in seinen Bewegungen und in seiner Sprechweise. »Direktor Carmicheel kokettiert ein wenig mit seinem Herz«, sagte er lachend, »aber Sie sollten sehen, in welchem Tempo er in den fünften Stock hinaufstürmt, wenn einer unserer Schutzbefohlenen aus der Rolle fällt.«

»Lange geht's nicht mehr«, klagte Carmicheel. »Sobald ich die Altersgrenze erreicht habe, ziehe ich mich zurück. Freie Bahn der

Jugend! Aber ich fürchte«, fügte er hinzu und seufzte, »dieses alt-ehrwürdige Zuchthaus ist nicht nach dem Geschmack unseres auf-strebenden Akademikers.« Dann wechselte er rasch das Thema: »Will Woodward noch immer nicht?«

»Er ist störrisch«, antwortete Varney, »aber vielleicht weiß er wirklich nichts.«

Carmicheel fragte: »Keine Spur von Grebb?«

»Es deutet alles darauf hin, daß er sich in Spanien aufhält, in der Nähe von Malaga. Genaueres wissen wir nicht. Interpol ist einge-schaltet, arbeitet aber ziemlich langsam. Wir fürchten, daß Grebb bald wieder in London auftaucht, weil sein Geld zu Ende geht. Auf der Suche nach dem Fahrer des Fluchtwagens sind wir bis jetzt noch keinen Schritt weiter gekommen. Wie führt sich Wood-ward?«

»Keine Klagen«, antwortete Carmicheel. »Er ist mürrisch zum Personal, das liegt wohl in seiner Art. Aber er hat sich bisher nichts zuschulden kommen lassen.«

Dr. Tasburgh lächelte. »Ich habe mir die Akten von seinem ersten Aufenthalt heraussuchen lassen. Damals war er außerordentlich renitent, vor allem am Anfang. Auch später gingen ihm dann und wann die Nerven durch. Jetzt beherrscht er sich besser. Die Tatsa-che, daß er noch fast elf Jahre bis zu seiner Entlassung vor sich hat, scheint ihn doch zu beeindrucken.«

»Als Rückfälliger muß er selbst bei bester Führung mit zehn Jah-ren rechnen«, sagte Varney. »Bis dahin werden wir ihn uns noch ein paarmal vorknöpfen. Aber etwas anderes: Das Bildmaterial von Grebb, das wir der Interpol zur Verfügung stellen konnten, ist nicht besonders. Auch Grebb war ja schon einmal Gast dieses Hauses. Sind noch Bilder vorhanden?«

Direktor Carmicheel ließ suchen, lobte seinen Archivar, bei dem nichts verschwand. Nach einer Viertelstunde wurde eine ver-staubte Akte gebracht, Carmicheel schlug auf, fand: ein Bild im Profil, eins schräg, eins von vorn. Varney sagte: »Nicht schlecht. Können Sie mir von jedem ein paar Kopien machen lassen?«

»Ich werde mich sofort darum kümmern«, versprach Dr. Tas-burgh. »Morgen schicken wir sie durch Kurier ab.« Eine Frage hatte er dann noch: »Falls Sie darüber sprechen dürfen: Hat man die Fußballtrophäe schon gefunden?«

»Ich habe nichts damit zu tun«, sagte Varney. »Gott sei Dank. Die Burschen, die die gestohlen haben, sind offensichtlich ausgesprochen clever. Man muß sich vorstellen: Der Pokal der Fußball-Weltmeisterschaft, gerade erst von Brasilien nach London gebracht, ein kunstvolles Stück Gold, wird trotz stärkster Bewachung aus einer Ausstellung heraus geklaut. Das frechste Unternehmen seit dem Postraub. Die Gangster werden die Trophäe natürlich nirgends verkaufen können. Aber auch der reine Goldwert ist enorm.«

»Und man hat keine Spur?«

»Im Vertrauen gesagt: Die Zeitungen sind den Ereignissen einen Schritt hinterher. Ich habe da gestern so unter der Hand allerhand Erfreuliches gehört.«

»Ich werde«, versprach Carmicheel, »vorsichtshalber einige Zellen freihalten.«

Varney verabschiedete sich. Dr. Tasburgh begleitete ihn durch mehrere Gittertüren hindurch auf die Straße. Varney fragte: »Werden wir noch oft zusammen zu tun haben?«

»Ich werde nur bis zum Mai hierbleiben. Eine gewisse Praxis. Am liebsten möchte ich an die Universität zurück.«

»Viel Glück«, sagte Varney. »In einem Vierteljahr werden Sie noch hier sein. Dann werde ich mir Woodward wieder einmal anschauen.«

Varney fuhr nach London zurück und aß, was wochentags selten vorkam, mit seiner Familie zu Mittag. Er fragte die Kinder nach der Schule aus und mußte beschämt feststellen, daß seine kleine Tochter seit vier Wochen eine andere Klassenlehrerin hatte und er nichts davon wußte. Er nahm sich wie schon so oft vor, sich nicht mehr von seinem Beruf auffressen zu lassen, dann fuhr er wieder in sein Büro. Freudige Aufregung überall: Ein Hund hatte in einem Vorgarten die gestohlene Fußballtrophäe aus einem Beet gescharrt; Scotland Yard war noch einmal an einer Blamage vorbeigekommen.

Varney vertiefte sich in eine Liste von Automardern, deren Namen oder Vornamen mit B begannen; sie alle hatten bereits einer Überprüfung standgehalten. Kurz vor Feierabend schrieb er einen Brief an Interpol, in dem er durchblicken ließ, wie wenig Verständnis er dafür hatte, daß die Fahndung nach Grebb so schleppend verlief. Man hatte zahlreiche Anhaltspunkte geliefert, und schließlich war Grebb kein kleiner Fisch: Hatte Interpol den Fall auf die lange Bank geschoben? Würden die nachgereichten Bilder die Arbeit beschleunigen?

Varney aß in der Kantine zu Abend, dann besuchte er Pat Oakins. Der Privatdetektiv öffnete; er war lediglich mit einer kurzen Hose und Turnschuhen bekleidet, in der Hand hielt er einen Expander. »Kleines Heimtraining«, lobte Varney. »Expander am Abend, erquickend und labend.«

Oakins ließ sich nicht stören; er absolvierte sein Pensum, und Varney hatte Gelegenheit, den Körper des kleinen Mannes zu betrachten. Tatsächlich: Da quollen die Muskeln dicht bei dicht, da gab es kein Gramm Fett, und zum erstenmal zweifelte Varney nicht mehr daran, daß Oakins trotz seiner geringen Größe ein guter Rugby-Spieler sein konnte. Nachdem Oakins auf den Händen quer durch das Zimmer gelaufen war, ging er ins Bad. Er ließ die Tür einen Spalt offen, Varney hörte das Wasser rauschen und Oakins prusten, dann rief Oakins: »Der Whisky steht links auf dem Bord. Was verschafft mir übrigens die Ehre?«

»Ich habe gehört, Sie hätten sich eine Fußbank gekauft, um sich selbst gelegentlich Spiegeleier braten zu können. Ich wollte wissen, ob's stimmt.«

Eine Weile war nur das Rauschen und Prusten zu hören, dann erschien Oakins in einem Bademantel, ein Tuch um den Kopf. »Und was wollen Sie wirklich?«

»Ihren Scotch trinken. Und Sie fragen, ob Sie Lust zu einer kleinen Reise nach Spanien hätten.«

»Lust schon«, sagte Oakins vorsichtig. »Bloß wenig Zeit.«

»Da ist wieder mal so eine Sache, bei der uns die Hände gebunden sind. Interpol hat offenbar im Moment anderes zu tun, und wir dürfen formell unsere Leute nicht im Ausland operieren lassen. Aber wer sollte Sie hindern, die Umgebung von Malaga zu durchstreifen und dabei zufällig mit Grebb zusammenzutreffen?«

»Tatsächlich«, sagte Oakins, »Lust hätte ich, aber man hat ja seine kleine Nebenbeschäftigung. Ich bin jetzt mit dem Fußballverband dick im Geschäft. Sie kennen Alf Ramsay?«

»Den Trainer unserer Nationalmannschaft, natürlich.«

»Ich habe heute morgen mit ihm über eine weitreichende Zusammenarbeit verhandelt. Können Sie sich vorstellen, daß mir Ramsay mehrmals auf die Schulter geklopft hat?«

»Da wird ihm ja jetzt noch vom Bücken das Kreuz weh tun. Oakins, ich bitte Sie um eines: Regen Sie sich in Zukunft nicht darüber auf, daß Ihnen Yard nicht wohl will! Sie sind es, der mir einen Korb nach dem anderen gibt! Trotzdem werde ich mal in aller Ruhe Ihren Whisky probieren.«

Drei Wochen danach kam Grebb später als gewöhnlich von seinem Nachmittagsspaziergang zurück. Jane Hetshop sah ihm voller Unruhe entgegen, und auch als sie ihn zwischen den Hügeln auftauchen sah, wich ihre Besorgnis nicht. Grebb hatte sie in einen geradezu pedantischen Tagesrhythmus hineingezwungen, und es mußte etwas Absonderliches geschehen sein, wenn er eine Stunde länger als gewohnt ausblieb. Sie ging ihm auf den Vorplatz entgegen, er hob, als er die Stufen heraufkam, begütigend die Hand, aber als er nahe heran war, sah sie die Erregung in seinem Gesicht. Sie fragte rasch: »Irgendeine Gefahr?«

»Mach dir keine Sorgen.« Er ging schnell an ihr vorbei. Gewöhnlich pflegte er sofort seine Perücke abzunehmen, wenn er ins Haus trat; aber diesmal zog er nur die Jacke von den Schultern und ließ sich auf einen Stuhl fallen. Sie sagte: »So rede doch endlich! Hat dich jemand erkannt?«

»Nicht nur das«, sagte Grebb. »Aber gib mir was zu trinken, dann erzähl' ich dir alles.«

Sie lief in die Küche und kam mit einer Flasche Rotwein zurück; er schenkte sich ein und trank ein paar Schlucke, dann sagte er: »Mich hat ein Mann angesprochen. Wie er aussah, spielt keine Rolle. Es genügt, wenn ich es weiß. Er hat mir das Angebot gemacht, nach London zurückzukommen.«

»Also war er aus London?«

»Hör zu, Mädchen, du mußt nicht denken, daß du mich aushorchen kannst. Dieser Kerl kommt sich wahrscheinlich sehr gescheit vor, er will ein Ding ausbaldowern, und ich soll es ausführen helfen.«

Es entstand eine Pause, in der beide das gleiche dachten: daß selbst bei bescheidener Lebensführung in drei Monaten ihr Geld ausgegeben war. Sie hatten sich zwar in einem kleinen spanischen Dorf ein abgelegenes Häuschen gemietet und lebten von Obst und Fisch und Hammelfleisch und Rotwein, aber sie hatten viel Geld verbraucht, bis sie diesen Schlupfwinkel gefunden hatten, in einem Vierteljahr würden sie noch so viel besitzen, um nach England zurückkehren zu können, und dann mußte sofort etwas geschehen.

»So«, sagte sie, »und was bietet er?«

»Ein Drittel will er für sich. Das übrige soll ich mir mit den Jungs teilen, die bei der Sache mitmachen. Bis es losgeht, will er mir ein bißchen was vorschießen.«

Jane Hetshop schwieg eine Weile, ehe sie sagte: »Wie ich dich kenne, machst du mit.«

Grebb goß sich noch einmal ein und brannte sich eine Zigarette an. Die ersten Schatten der Dämmerung senkten sich ins Zimmer; der Wind, der meist am Abend aufkam, ließ die Gardinen wehen. »Alter Junge«, sagte sie, »wir kennen uns seit drei Jahren, und ich bilde mir ein, wir kennen uns ganz gut. Aber trotzdem: Allzuviel Vertrauen hast du nicht zu mir.«

Grebb nahm nun doch die Perücke ab. »Ziemlich dumm, was du da redest. Vertrauen – so was darf es in meiner Branche gar nicht geben. Wenn einer etwas wissen muß, weil er sonst seine Aufgabe nicht ausführen kann, muß man es ihm mitteilen. Im andern Fall gefährdet es nur.«

»Und diesem mysteriösen Mann, der dich da angesprochen hat, dem vertraust du?«

»Nicht die Spur.«

»Wie hat er dich gefunden?«

»Er hat, so erzählte er, auf eigene Faust ein paar Dörfer abgeklappert und sich nach einem Engländer erkundigt. Als man ihm sagte, daß sich hier ein norwegisches Ehepaar eingemietet hat, wurde er stutzig. Eines jedenfalls ist klar: Wenn er uns gefunden hat, können uns auch andere finden. Wir werden uns schleunigst ein neues Quartier suchen müssen.«

»Bietet er Sicherheiten?«

»Hör zu«, sagte Grebb, »wir wollen uns doch gut vertragen, nicht wahr? Du weißt, daß es mich wahnsinnig macht, wenn ich das Gefühl habe, daß man mich ausfragen will. Ich sage dir jetzt noch zwei Dinge, dann machst du Abendbrot, und dann reden wir von etwas anderem. Erstens: Der Bursche hat sich einen Decknamen zugelegt: Delphin. Zweitens: Er bietet als Beweis seines Könnens an, meinen alten Freund Jesse aus dem Zuchthaus zu befreien. Und jetzt habe ich verdammten Hunger, klar?«

Eddi Bicket wurde wach, als die Frühschicht ablief. Er hörte das Türenschlagen und das Poltern harter Schuhe auf der Treppe, das Rasseln der Schlüssel und das Klappern leerer Wasserkannen. Ihm wurde vieles bewußt in dieser ersten Minute seines Wachseins: daß heute der 2. Februar 1966 war, daß er in drei Monaten und einem Tag die Freiheit wiedersah, daß er heute vier Zigaretten rauchen konnte und morgen drei und daß es vielleicht morgen schon den neuen Einkauf gab. Im Licht des Scheinwerfers, das von draußen in die Zelle drang, sah er vorn auf dem Regal die Zigarettenpackung. Er kämpfte gegen den Wunsch an, sich schon jetzt zumindest eine halbe Zigarette anzuzünden. Aber im Bett zu rauchen, war verboten, und jemand, der aus der Einzelhaft heraus wollte, tat gut, wenn er sich vorsah. Er würde bis nach dem Frühstück aushalten, obwohl natürlich ein paar Züge nie besser schmeckten als nach dem Wachwerden. Das war Quatsch: Natürlich schmeckten sie ihm am besten, wenn er mit einer Frau im Bett lag, wenn die Hauptsache vorbei war und er sich halb müde fühlte und wunschlos und vielleicht sogar ein bißchen gelangweilt: Dann *mußte* er einfach eine Zigarette haben. In drei Monaten und einem Tag war es wieder soweit. Und diese Zeit machte er, wenn es sein mußte, auf dem Treppengeländer ab.

Pünktlich um fünf bellte durch den Lautsprecher der Befehl zum Aufstehen. Bicket fuhr in die Unterhosen, schnarrte beim Aufschluß seine Meldung herunter, stellte die Wasserkanne hinaus, hielt seinen Becher hin und ließ ihn voll Tee gießen. Er frühstückte, rauchte und brachte die Zelle in Ordnung. Später gab man ihm Arbeit: Er mußte Schrauben mit Sprengringen und Unterlegscheiben bestücken. Dabei konnte er seine Gedanken schweifen lassen, konnte sich an alle Mädchen erinnern, die er gehabt und nicht gehabt hatte, und konnte sich ausmalen, was er essen würde, wenn er aus diesem Knast heraus war. Hertford war ein langweiliges Nest, da würde er sich keine Minute unnütz aufhalten. Von hier führte eine Schnellbahn nach Tottenham und weiter nach London hinein. Eine Konditorei würde er aufsuchen und sich durch Berge von Kuchen hindurchessen; das hatte er bisher jedesmal so gehalten, wenn er aus dem Knast gekommen war.

Schneller als gedacht wurde er aufgefordert, sich zur Freistunde fertigzumachen. Er hörte, wie die übrigen Zellen der Station aufgeschlossen wurden. Nebenan gab es eine kurze Debatte. »Sie gehen nicht zur Freistunde, Sie müssen gleich zum Arzt«, hörte er den Wachtmeister. Das betraf Jesse Woodward. Sofort erwachte Bickets Neugier. Was war mit Jesse? Warum hatte ihm Jesse nicht durch die Wand geklopft, daß er zum Arzt mußte? Fing er auch schon mit Geheimniskrämerei an?

Als Bicket auf den Hof trat, zog er tief die Luft ein. Ein Wachtmeister wies ihn in das Geviert, in dem sonst Jesse Woodward lief: fünf mal fünf Meter, ein schmaler Weg an der Mauer entlang, in der Mitte Gras und ein Rondell mit dürftigen Astern. Bicket zog die Jacke aus und begann seine Freiübungen.

Der Wachtmeister auf dem Turm, der alte Horrocks, wendete ihm den Rücken zu und schaute nach dem großen Hof. Das war günstig, denn so konnte Bicket einige Liegestütze machen, die aus einem unerfindlichen Grund verboten waren, die er aber für besonders kräftigend hielt. Ganz langsam drückte er den Körper hoch und ließ ihn noch langsamer sinken.

Draußen auf der Straße hörte er ein Auto näher kommen, einen Lastwagen offenbar. Es knackte, als ob dürre Äste zerbrachen, der Motor verstummte. Bicket machte seinen zehnten Liegestütz und überlegte, ob er sich bis fünfzehn steigern sollte, als er einen leisen Ruf hörte: »He!« Er ließ sich auf die Knie sinken und blickte hoch. Was er sah, war so überraschend, daß seine Glieder für einen Augenblick gelähmt waren: Da beugte sich ein maskierter Mann über die Mauer, holte weit aus und warf eine Strickleiter herunter. Oben im Stacheldraht blieb sie hängen, baumelte, schlug zwei Meter vor Bicket ins Gras. »Los!« rief der Mann. Bicket sprang auf, blickte nach dem Wachtmeister, aber der drehte ihm den Rücken zu, und da begann Bicket auch schon die Leiter hinaufzuklettern. Dabei jagten sich in ihm viele widersprechende Gedanken, Angst und Hoffnung, Verwirrung und Nichtbegreifen. Er hörte die Alarmsirene aufheulen, aber im selben Augenblick hatte er die Mauerkrone erreicht, der Maskierte drückte eine Matratze auf die Glasscherben, über die sich Bicket hinwegwälzte. Er sah das Dach eines Möbelwagens unter sich und hörte einen Schuß knallen. Da fanden seine Füße schon Halt auf der Leiter, die durch das Dach des Wagens nach oben führte. »Abspringen!« rief der Maskierte. Bicket ließ sich in die Luke hineinfallen, prallte auf Säcke, wälzte sich nach der Seite und sah, wie der Maskierte neben ihm aufschlug. Die Tür in der Rückwand des Möbelwagens war weit geöffnet, von dort rief ein Mann: »Los, schnell hier heraus!« Bicket stürzte auf die Hände, fühlte sich hochgerissen und zu einem Personenwagen gestoßen, schlüpfte durch die Tür und wurde auf die Polster der Rücksitze geworfen, denn der Wagen sprang mit einem Ruck an, jagte an der Mauer entlang und am Tor vorbei. Bicket hörte die Alarmsirene und den Ruf des Fahrers: »Duck dich auf den Boden!« Bicket ließ sich von den Polstern rutschen, spürte, wie der Wagen in eine Kurve hineinglitt, und da erst begann er darüber zu staunen, wer wohl ein solches Interesse an ihm haben konnte, ihn mit derartigem Aufwand zu befreien. »Zieh dich sofort um«, rief der Fahrer. »In drei Minuten mußt du fertig sein!«

Auf den Rücksitzen lagen Jacke und Hose, Halbschuhe, Hemd und Socken. Es war nicht einfach, auf dem schmalen Raum, halb kniend und gebückt, die Kleidung zu wechseln. »Bald fertig?« fragte der Fahrer zwischendurch. »Wenn wir halten, steigst du sofort aus. Ein paar Meter entfernt steht ein Bäckerauto. Da kletterst du 'rein. Alles klar?«

»Alles«, sagte Bicket. »Wo fahren wir denn hin?«

»Das erfährst du noch. Falls es dich beruhigt: Vorläufig ist noch keiner hinter uns her.«

Der Fahrer schaltete schnell herunter, bremste, ging in eine Kurve und hielt. »Los, 'raus«, sagte er.

Der Wagen war in einen Hof gefahren, in dem ein Kastenwagen mit geöffneter Tür stand. Bicket kletterte hinein, die Tür wurde zugeschlagen, der Wagen fuhr an. Langsam rollte er auf die Straße, bog ein, und nach dem rasenden Tempo, in dem Bicket bisher transportiert worden war, schien ihm die jetzige Fahrt geradezu gemächlich. Er hörte, wie ein Auto mit heulendem Martinshorn vorbeifegte; da freute er sich, denn das war die Polizei, die ins Leere stieß. Aber gleich darauf packte die Angst nach ihm. Sie galt dem, was hinter ihm lag, mehr aber allem , was noch geschehen konnte. Er war sich klar, daß er niemals zu dem fähig gewesen wäre, was er getan hatte, wenn es nicht völlig überraschend auf ihn zugekommen wäre. Er hätte sich auf keiner Strickleiter die Mauer hinaufgewagt, wenn er auch nur eine Minute vorher gewußt hätte, daß er das tun sollte; die Furcht hätte jede Tatkraft gelähmt. Und wer waren die Leute, die diesen Ausbruch organisiert hatten?

Auf einmal wußte er es: Wenn man Jesse nicht gerade, als die Freistunde begann, zum Arzt geholt hätte, dann wäre er in diesem Hof gewesen. Es war sonnenklar. Die Hose war zu lang, und die Jacke schlotterte: Beide waren für Jesses klobige Figur berechnet. Es erschien Bicket als äußerst problematischer Glücksfall, auf diese Weise aus dem Zuchthaus herausgekommen zu sein. Drei Monate und ein Tag waren keine Zeit, die ihn erschrecken konnte. Er war kein Mensch, der Kampf, Aufregung und Gefahr liebte, nichts anderes aber stand ihm bevor. Die Freunde Woodwards waren keine Milchbubis. Es hatte eine Stange Geld gekostet, alles das einzufädeln, was nun präzis abrollte. Mit einer Ausnahme: Man hatte den Falschen befreit. Bestand nicht die Möglichkeit, daß der Falsche dieses Versehen büßen mußte?

Nur ein schwacher Lichtschein drang in den Wagen: Die Tür schloß an der Unterkante nicht völlig. Wenn sich Bicket nach vorn neigte, konnte er einen schmalen Streifen Straße erkennen, graubraunes Pflaster zuerst, dann schwarzen Asphalt. Bicket lauschte hinaus: Da waren Verkehrsgeräusche, einmal hielt der Wagen, und Bicket hörte die Stimme einer Frau, die nach einem Kind rief. Es erregte ihn, daß nur ganz wenig von ihm entfernt Frauen gingen mit Lippen und Haaren und Brüsten, daß es Geschäfte gab mit Zigaretten und Fleisch und Kuchen – Kuchen in solchen Bergen, wie er in einer Woche nicht aufessen konnte.

Nach einiger Zeit schien es Bicket, als holperte der Wagen über einen Feldweg; er beugte sich vor und sah gelbliche Radspuren und dazwischen einen grasbewachsenen Streifen. Auf einmal packte die Angst nach ihm: Fuhr man ihn in den Wald, um ihn umzubringen? Er mußte alle Kraft zusammennehmen, um nicht zu schreien und nicht mit den Fäusten an die Fahrerkabine zu trommeln. Er krümmte sich zusammen und begann in seiner Angst zu beten; das war seit seiner Kindheit nicht mehr vorgekommen. In hastig abgerissenen Gedanken bat er, Gott möge ihn heil aus dieser Lage herauskommen lassen. Er war sich nicht klar, was er dafür bieten sollte. Ein ehrliches Leben zu führen? Aber allzuviel konnte Gott schließlich auch nicht verlangen.

Ein Gatter quietschte, der Wagen fuhr ein Stück rückwärts und hielt. Die Tür wurde einen Spalt geöffnet, jemand sagte leise: »Steig aus und geh links die Treppe hinunter!«

Bicket sah ein Geländer und einige Stufen, einen Wasserabfluß und eine Betonschwelle, dann trat er in einen Keller. Der Mann, der die Tür geöffnet hatte, schob ihn in einen Gang und in eine seitliche Tür. »Ist alles drin, was du brauchst«, sagte er. »Es kommt dann gleich einer zu dir 'runter.«

Die Tür wurde hinter Bicket sofort abgeschlossen. Er sah sich um in dem kleinen Keller, in den man einen Tisch, einen Stuhl und sogar ein Sofa gestellt hatte. Auf einem Tisch standen Flaschen mit Whisky und Sodawasser, ein Teller mit Brot und Schinkenscheiben. Zigaretten waren da und ein Aschbecher, Streichhölzer und ein kleiner Karton mit Pralinen. Sofort goß sich Bicket einen

Whisky ein, trank und fühlte ein belebendes Brennen. Er aß hastig und ohne Genuß; erst als er rauchte, verminderte sich seine Erregung. Dann überlegte er, ob er sich aus diesem Keller fortschleichen sollte. Aber wohin?

Francis Mont, der Reporter der »Hertford News«, fotografierte den Möbelwagen von hinten, von der Seite und schräg von unten, so daß er die Leiter und ein Stück der Mauer noch aufs Bild bekam. Er tastete die mit Lumpen gefüllten Säcke ab und betrachtete die Spuren, die die Reifen in die Erde gedrückt hatten.

Eine halbe Stunde später saß er mit einigen anderen Reportern dem Zuchthausdirektor und dessen Stellvertreter gegenüber. Er vertrat die einzige Zeitung dieser Stadt; seine Kollegen waren aus Tottenham und London herausgekommen. Mit der Unverfrorenheit der hauptstädtischen Journalisten gingen diese dem Direktor zu Leibe. Es tat Mont leid, wie sie den alten Carmicheel mit Fragen bombardierten, in die Zange zu nehmen und Widersprüche zu verwickeln suchten. Andererseits kam ihm das zupaß, denn so mußte er nicht selbst fragen und erfuhr doch alles, was er brauchte, ohne den alten Herrn zu verärgern. Denn er würde noch oft auf dessen Auskünfte angewiesen sein.

Direktor Carmicheels Lider zuckten wie bei einem Kind, das bei einer Lüge ertappt wird. »Meine Herren«, erklärte er hastig, »ich befinde mich selbst bei fast allen Punkten im unklaren! Die Kriminalpolizei hat die meisten Ergebnisse noch nicht freigegeben. Am besten wenden Sie sich doch an die Herren, die diesen Ausbruch untersuchen!«

»Das werden wir auch tun«, sagte der Vertreter des »Daily Telegraph«, »aber zunächst habe ich einige Fragen an Sie. Als erstes: Was können Sie uns über den Ausbrecher mitteilen?«

Dr. Tasburgh kam seinem Chef zu Hilfe. »Ich habe die Akte hier. Es handelt sich um Edward Bicket, achtunddreißig Jahre alt, geboren und ständig wohnhaft gewesen in London. Bicket ist sechzehnmal wegen Dieberei en und Betrug vorbestraft, davon sechsmal mit Gefängnis und zuletzt mit Zuchthaus wegen Rückfalls.«

Direktor Carmicheel wies apathisch auf die Akte, als stünde darin die Erklärung, daß er am Ende seiner Kraft war: Mußte man nicht in rapidem Tempo seine Nerven verschleißen, wenn man auf solches Gesindel aufpassen mußte? Aber keiner der Reporter nahm auch nur mit einem Nicken von dieser flehenden Geste Notiz. Dr. Tasburgh berichtete weiter: »Bicket befand sich in Einzelhaft. Es war nötig, diese Hausstrafe anzuwenden, da er versucht hatte, sich durch Fälschung seines Abrechnungszettels einen höheren Einkauf zu erschleichen. Viel mehr können wir Ihnen nicht mitteilen. Die Kriminalpolizei, die Ihnen ja gerade erst den Möbelwagen zum Fotografieren freigab, ist sich wenige Stunden nach dem Ausbruch selbst noch nicht über die Zusammenhänge im klaren. Sie dürfen sicher sein, daß wir auch von uns aus sorgfältigst untersuchen werden, warum der Posten, Justizoberwachtmeister Horrocks, nicht eher die Alarmanlage in Tätigkeit setzte und erst schoß, als es zu spät war.«

»Daneben schoß«, ergänzte der Reporter der »Daily Mail«.

Das war für Direktor Carmicheel der Anlaß, klagend zu verkünden, er hätte schon mehrmals eine Eingabe gemacht, das Geld für einen zweiten Wachturm zu genehmigen, aber es gäbe wohl keinen Etat im ganzen Königreich, an dem so herumgeknapst würde, wie an dem einer Zuchthausverwaltung. Was die Bewachung anbelange, so wasche er seine Hände in Unschuld – und tatsächlich rieb der alte Mann über dem Schreibtisch die Handflächen gegeneinander.

Franics Mont versuchte indessen, sich das Äußere des Ausbrechers Bicket vorzustellen. Er hatte es drei Stunden lang vor Augen gehabt, während vor Gericht über diesen Burschen verhandelt worden war: ein länglicher Kopf, fahlblondes Haar, unstet huschende Augen, schadhafte Zähne. Mit tonloser Stimme und in unverfälschtem Londoner Dialekt hatte Bicket überaus karge Angaben gemacht. Auf das Schlußwort hatte er verzichtet.

»Wir haben niemals damit gerechnet«, berichtete Dr. Tasburgh, »daß jemand Interesse daran haben könnte, diesen wirklich unbedeutsamen Ganoven zu befreien. Bicket hat keiner Gang angehört. Innerhalb des Zuchthauses hat er, soweit wir bisher erfahren konnten, kaum Freundschaften angeknüpft, zumal er es nie verstanden hat, sich bei seinen Mithäftlingen beliebt zu machen. Auch hier versuchte er immer, andere übers Ohr zu hauen. Es gibt ja solche Typen, die sich stundenlang darüber streiten können, wer denn nun an der Reihe ist, den Abort zu scheuern.«

Die Frage, wer die Untersuchung des Ausbruchs übernommen hätte, beantwortete Direktor Carmicheel: das wäre die Kriminalpolizei von Hertford. Der Reporter der »Evening Post«, bekannt als unbequemer Fragensteller, erregte sich: In einem solchen Fall müßte Scotland Yard eingreifen. Er ließ den Verdacht durchblicken, die Hertforder Stellen wollten den Fall schiedlich-friedlich unter den Teppich kehren.

»Was wollen Sie«, entgegnete Carmicheel flehend, »wer ist schon Bicket?«

»Aber die Befreiung ist in großem Stil abgerollt«, rief der Mann der »Evening Post«. »Hier war die erste Garnitur an der Arbeit, und das erfordert auch die erste Garnitur der Aufklärung!«

Wieder sprang Dr. Tasburgh seinem Direktor bei; es gelang ihm, das Interesse auf den Beamten zu lenken, der in der Minute des Ausbruchs auf dem Wachturm gestanden hatte: James Horrocks. »Ich bin kein Journalist und kein Kriminalbeamter«, sagte Dr. Tasburgh, »aber auf diesen Mann würde ich mein Augenmerk richten. Warum hat er der Szene den Rücken zugedreht? Warum hat er erst in letzter Sekunde auf den Alarmknopf gedrückt und vorbeigeschossen?«

Die Welt war ein Dorf, und wenn nicht die Welt, dann doch Hertford: Mont kannte den alten Horrocks, einen hochgewachsenen grauhaarigen Mann mit steifer Haltung nahe der Sechzig oder knapp darüber, vom Äußeren her das Bild eines akkuraten Beamten, der entschlossen war, die wenigen Dienstjahre bis zur Pensionierung mit einem Mindestmaß an Initiative zu überstehen. »Dieser Mann«, sagte Carmicheel, »ist seit mehr als zwanzig Jahren in unserem Haus tätig. Ein pflichtbewußter Mensch, der nie zu Tadel Anlaß gegeben hat. Befremdlich, daß er in eine solche Sache verwickelt sein soll.«

Nachdem die Journalisten ihre letzten Fragen gestellt hatten, besichtigten sie den Wachturm, auf dem Horrocks zur Zeit des Ausbruchs gestanden hatte. Einer nach dem anderen traten sie auf die Plattform hinaus und fotografierten die Stelle der Mauer, über die hinweg Bicket geflüchtet war. Währenddessen gelang es Mont, dem Direktor verstohlen zu versichern, die »Hertford News« würden den Fall so delikat wie möglich darstellen und versuchen, die Zuchthausleitung mit Vorwürfen zu verschonen. Carmicheel dankte mit einem warmen Blick.

Um diese Zeit aß Bicket, rauchte und trank. Er legte sich aufs Sofa, sprang wieder hoch und ging auf und ab. Aber seine Hose war am Bund so weit, daß er sie halten mußte, und außerdem konnte er nicht mehr als vier Schritte tun.

Nach langer Zeit öffnete der Mann, der ihn in diesen Keller gebracht hatte, die Tür. Bicket roch noch, bevor er sah: gebratenes Steak mit Zwiebeln. »Du meine Fresse«, sagte er. »Trotzdem: Wie lange muß ich noch in diesem Keller sitzen?«

»Mal eine Gegenfrage: Wer bist du überhaupt?«

Bicket schwankte einen Augenblick, dann nannte er seinen Namen, die Dauer seiner Haft und seine Straftat, sein Alter und die Straße in London, in der er zuletzt gewohnt hatte.

Der Mann sagte: »Heute nacht bringen wir dich an die Küste und schaffen dich mit einem Boot nach Frankreich. Bißchen Geld geben wir dir auch für die Weiterreise. Und dann verschwindest du für alle Zeiten, verstanden?«

»Prima«, sagte Bicket, während er das Steak anschnitt. »Ihr seid strahlende Charaktere. Nun möchte ich bloß noch wissen, warum ihr euch meinetwegen in derartige Unkosten stürzt.«

»Wir können es nicht mit ansehen, wenn arme Jungen unschuldig hinter Kerkermauern schmachten. Moderne Christen der Tat, verstehst du? Noch einen Wunsch?«

»Vielleicht bißchen Kuchen?« sagte Bicket kauend. »Und möglichst 'ne Sportzeitung.«

Der Mann ging, Bicket aß das Steak auf und merkte, wie seine Furcht wieder zunahm. Nach einer Weile brachte ihm der Mann einige Zeitschriften und schloß die Tür wieder sorgfältig ab. Es war alles klar: Diese Burschen hatten nicht ihn befreien wollen, sondern Jesse Woodward. Die Jungs, die ihm über die Mauer geholfen hatten, kannten Jesse nicht, und erst, als er hier aus dem Auto geklettert war, hatte man das Versehen bemerkt. Aber was sollte er, der kein Wort Französisch sprach, in Frankreich? Es war alles vertrackt: In lächerlichen drei Monaten und einem Tag hätte er durch sein geliebtes London schlendern und sich in aller Ruhe nach einem Job umsehen können. Warum hatte er nicht heute morgen seine Liegestütze fortgesetzt und höhnisch gegrinst, als die Strickleiter neben ihm ins Gras geplumpst war?

Bicket blätterte in den Zeitschriften, ohne ihren Inhalt aufzunehmen; dabei überfiel ihn wieder die Angst: Wer konnte seine lieben Befreier davon abhalten, ihn, sorgsam zu einem Paket verschnürt und mit Steinen beschwert, im Kanal zu versenken? Was hinderte sie daran, diesen Mitwisser, der nichts riskierte, wenn er zur Polizei ging und seine Kenntnisse über das Bäckerauto, dessen Fahrer hier und seinen freundlichen Bewacher ausplauderte, im nächsten

Wald zu verscharren? Er mußte so bald wie möglich fliehen. Aber wohin?

Er hielt es für besser, keinen Whisky mehr zu trinken und die zweite Packung Zigaretten nicht anzubrechen, denn sie war das einzige, was er unter Umständen zu Geld machen konnte. Er beobachtete, wie die Dämmerung sank. Eine Wasserspülung rauschte, Schritte gingen über ihm. Eine Tür wurde zugeschlagen, Stimmen klangen auf, ohne daß er etwas hätte verstehen können. Als es fast dunkel war, lief ein Automotor an, und wenige Sekunden später wurde die Tür zu seinem Keller aufgeschlossen. »Es geht los«, sagte der Mann. »Komm schnell.«

Bicket stieg die Treppe hinauf. Die Haustür war geöffnet; er ging auf die Gartentür zu. Es war hell genug, daß er das Bäckerauto draußen erkennen konnte. In dem Augenblick, als er durch die Gartentür trat, blendete der Fahrer die Scheinwerfer auf; ihr Licht fiel auf eine Messingplatte mit einem Schlitz darin; in gewölbten Buchstaben stand darüber »BRIEFE«. Das prägte sich Bicket sofort ein; wenn es etwas gab, was es ihm möglich machte, dieses Haus wiederzufinden, dann war es dieser protzige Briefkasten.

»Steig ein«, sagte der Mann, »und gute Fahrt.« Die Tür wurde geschlossen, der Wagen setzte sich rumpelnd in Bewegung, bog vom Feldweg auf die Straße und beschleunigte seine Fahrt. Bicket tastete Schloß und Riegel ab. Es war, wie er vermutet hatte: Ein Türflügel war von ihnen zu verriegeln, der andere wurde daraufgeklappt und von außen abgeschlossen. Bicket zog den Riegel auf und drückte vorsichtig: Die Tür gab nach. Er spähte hinaus: Das Auto fuhr schnell auf einer glatten Straße, querte eine Brücke und durchschnitt ein Gehölz. Bicket wartete, bis das Auto vor einer Kurve seine Fahrt verlangsamte, dann stieß er die Tür entschlossen auf, ließ sich in Fahrtrichtung auf die Knie nieder und rückte sich mit Händen und Knien nach rückwärts ab. Seine Füße fanden den Asphalt, er wurde nach vorn gerissen und schlug auf. Er fühlte einen brennenden Schmerz und rollte über die Schulter, rappelte sich hoch und hinkte an den Straßenrand. Eine Menge von Dingen fiel ihm gleichzeitig ein: daß es doch gut gewesen war, daß er die Strickleiter hinaufgeklettert war, daß er eine gewiefte Bande übers Ohr gehauen hatte. Aber am stärksten in ihm war die glückhafte Verwunderung, die ihn noch jedesmal erfüllt hatte, wenn er aus dem Gefängnis gekommen war: Er konnte nun in jeder beliebigen Richtung gehen, so schnell oder so langsam, wie es ihm behagte, dreihundertsechzig Grad im Umkreis, heute und morgen und übermorgen, und über all das bestimmte nur einer, er selbst, Eddie Bicket.

Seitab blinkten die Lichter einer Ortschaft. Als er einen Feldweg fand, der in diese Richtung führte, ging er darauf zu. Er faßte in die Tasche: Da war die Packung Zigaretten, sein einziges Kapital. Er mußte sie zu Geld machen, und dann mußte er irgend jemanden anrufen, der ihm von hier forthalf. Von hier – wo war er überhaupt? Und irgendwer – so viele Menschen kamen nicht in Frage. Sein Bruder natürlich; aber würde den nicht die Polizei beschatten?

Am Rand der Ortschaft kam er wieder auf eine Straße und las ein Schild: Coticote. Er hatte diesen Namen nie gehört. In einem Graben neben der Straße stand Wasser. Er wusch sich vorsichtig die Hände; stärker als vorher brannte die Haut. Dann ging er in den Ort hinein.

An einer Omnibushaltestelle stand ein Mann; auf ihn trat Bicket zu. Er habe sein Portemonnaie verloren, sagte er, und wolle zu Hause anrufen, daß man ihn mit dem Wagen abhole, und ob ihm der Herr nicht aushelfen könne. Er wollte ihm diese Schachtel Zigaretten verkaufen, das wäre für ihn die einzige Möglichkeit, zu ein bißchen Geld zu kommen in dieser vertrackten Situation.

»Behalten Sie die Zigaretten mal ruhig.« Der Mann fischte Kleingeld aus seiner Rocktasche. Bicket bedankte sich, aber der Mann wehrte ab: dafür gäbe es keine Ursache, es wäre ganz natürlich, daß man sich in einer solchen Lage aushalf – konnte es ihm nicht morgen ebenso ergehen? Sie schieden mit besten Wünschen. Während Bicket weiterging, reifte in ihm eine Idee.

Es schien, als ob Francis Mont auf sich selbst zukäme, während er auf den großen Spiegel am Ende des Redaktionskorridors zuging. Er war kein übler Bursche, mittelgroß, schlank und dunkelhaarig; vielleicht sah er etwas älter, vor allem etwas müder aus, als ihm mit sechsundzwanzig Jahren zustand. Während er sich musterte, besann er sich, daß es keine große Leistung war, Reporter der »Hertford News« zu sein, wenn man auf einer Gymnasialbildung aufbauen konnte. Aber er hatte die Jahre nach dem Abitur verzettelt mit allerlei Kleinkram und dabei verstiegene Projekte gewälzt: Er hatte durch den Norden Kanadas trampen oder Sinologie studieren, ein Buch über Hannibal schreiben oder ein Jugendmagazin gründen wollen. Aber er war in Hertford hängengeblieben und hatte nicht einmal den kleinen Sprung zu einer der vielen Londoner Zeitungen geschafft.

Jetzt kam seine Chance. Er wollte sie nutzen mit aller Energie und Material zusammentragen, mit dem er den hauptstädtischen Zeitungen um Längen voraus war. Deshalb verließ er, sobald er seinen Chefredakteur über das Ergebnis der Pressekonferenz informiert hatte, das Verlagsgebäude und fuhr hinaus zu der Siedlung, in der James Horrocks wohnte. Er legte sich die einleitenden Worte zurecht und grübelte, welche Stimmungslage jetzt angebracht wäre, burschikoser Optimismus, gedämpftes Mitleid, kaltschnäuzige Wurstigkeit oder irgendeine Mischung daraus. Er entschloß sich, so zu tun, als wäre das Ganze eine Bagatelle, als gäbe es niemand, der Horrocks ernsthaft für schuldig hielte, wenn jetzt auch viele, um sich abzudecken, bittere Mienen zeigten.

Er kam nicht dazu, seinen Plan auszuführen. Als er in Horrocks' Zimmer trat, erschrak er: Das war nicht mehr der würdige, vom Scheitel bis zur Sohle korrekte Beamte. »Ich schwöre Ihnen«, stieß Horrocks hervor, während er Monts Hand nicht losließ, »ich habe mit dem Ausbruch nichts zu tun! Mein ganzes Leben lang bin ich ein ehrlicher Mann gewesen, fragen Sie Direktor Carmicheel – erst vor einer Woche ...«

»Herr Horrocks«, sagte Mont sanft, »lieber Herr Horrocks, wäre ich zu Ihnen gekommen, wenn ich Sie für schuldig hielte?«

»Mein Name wird in den Zeitungen stehen«, klagte Horrocks. »Die Leute werden mir auf der Straße nachschauen. Noch nie hat es in unserer Familie etwas gegeben, was nicht absolut korrekt gewesen wäre, noch nicht einmal eine Scheidung gab es. Und nun das!« Horrocks saß schlaff auf seinem Stuhl. In seinen Augen flackerte die Angst, sein Mund hatte alle Festigkeit verloren, und seine großen, mit dicken Adern bedeckten Hände konnten nicht an einem Platz bleiben.

»Ich will alles tun«, sagte Mont, »Sie, so gut es geht, aus der Sache herauszuhalten. Natürlich komme ich in meinem Bericht nicht darum herum, Ihren Namen zu erwähnen – können Sie eigentlich eine Erklärung dafür finden, warum Sie Bicket während der entscheidenden Sekunden den Rücken zugedreht haben?«

»Selbstverständlich! Das habe ich ja den Herren von der Polizei immer wieder gesagt! Ich hatte die Aufsicht über den großen Hof und die sechs Einzelhöfe. Auf dem großen Hof lief gerade die

Spätschicht ab, der Brigadier meldete falsch, ich mußte noch einmal abzählen lassen – das Ganze dauerte zwei oder drei Minuten, und in der Zeit passierte hinter meinem Rücken der Ausbruch.«

»Glauben Sie, daß die Verzögerung absichtlich organisiert war?«

»Es kann sein.«

Mont ließ sich alles noch einmal schildern, was er schon wußte: Horrocks hatte sich umgedreht und Bicket gerade noch auf der Mauer gesehen. Horrocks hatte den Alarmknopf gedrückt, die Pistole gezogen und geschossen – daneben geschossen. »Ich war noch nie ein guter Pistolenschütze«, klagte Horrocks, »und bei meinem Alter und bei dieser Entfernung ...«

Mont bemühte sich, seiner Stimme seinen besänftigenden Klang zu geben, als er ihn fragte, warum er nicht erst geschossen und dann den Alarmknopf gedrückt hätte; dennoch brauste Horrocks auf: »Das haben mich die Kriminalisten immer wieder gefragt! Aber in der Vorschrift heißt es, daß Alarm auszulösen und von der Schußwaffe Gebrauch zu machen ist, in dieser Reihenfolge. Ich bin seit zwanzig Jahren im Dienst, ich weiß ...«

Horrocks brach unvermittelt ab und faßte sich an den Hals. Sein Gesicht lief rot an, in seine Augen trat ein starrer Glanz. »Beurlaubt«, keuchte er tonlos, »unter diesen Umständen. Es ist entsetzlich.«

»Es ist nicht entsetzlich«, widersprach Mont bestimmt, »es ist normal und alles andere als eine Schande. In meinem Artikel morgen früh werden Sie kein einziges Wort des Vorwurfs gegen Sie lesen. Ich werde für die übernächste Ausgabe einen weiteren Bericht vorbereiten, in dem ich ausdrücklich feststelle, daß Sie korrekt gehandelt haben. Niemand in Hertford wird annehmen, daß Sie sich in irgendeiner Weise schuldig gemacht haben.« Alle Argumente waren wirkungslos, Mont merkte es. Während er sich verabschiedete, versprach er noch einmal, alles in seinen Kräften Stehende zu tun, aber er spürte selbst, daß seinen Worten die Kraft fehlte.

Horrocks begleitete ihn bis an die Tür seines kleinen Hauses. Dort stieß Mont beinahe mit einem Mädchen zusammen, das eilig durch den Garten kam. Horrocks murmelte etwas, was wohl eine Vorstellung sein sollte, aber Mont verstand es nicht. Erst im Wagen fiel ihm ein, daß das wohl die Enkelin des alten Horrocks gewesen war, die er vor ein paar Jahren als ein halbes Kind gesehen hatte. Er rechnete nach: Achtzehn, vielleicht neunzehn konnte sie inzwischen geworden sein, und er wunderte sich, sie in der kleinen Stadt bislang übersehen zu haben.

Mont fuhr zur Redaktion zurück. Er liebte es, wichtige Artikel auch beim Umbruch zu verfolgen und mit dem Metteur über Anordnung und Grad der Überschrift zu beraten. Die Klischees der Bilder waren fertig; sie versprachen einen klaren Druck, besonders das eine, das den Möbelwagen und ein Stück der Mauer zeigte. Nach dem Umbruch sah Mont zu, wie die letzten Korrekturen eingefügt wurden, und ging hinauf ins Redaktionszimmer, um den Artikel für den nächsten Tag zu entwerfen. Endgültig schreiben wollte er ihn erst, wenn die Londoner Morgenzeitungen vorlagen.

Das Telefon klingelte. Ein Knistern war in der Leitung, dann ein Räuspern, und schließlich fragte eine Männerstimme: »Sind dort die ›Hertford News‹? Ich wollte mal fragen, ob Sie etwas Genaues über den Ausbruch aus dem Zuchthaus erfahren wollen.«

»Natürlich«, rief Mont. »Wer sind Sie denn?« Für kurze Zeit war es still, dann hörte er: »Ich könnte Ihnen so allerlei erzählen. Bloß bezahlen müßten Sie mir das. Und dann müßte es unter uns bleiben.«

Mont hatte einen plötzlichen Einfall, und ehe er sich Zeit nahm, ihn zu überdenken, sagte er schon: »Sie sind Edward Bicket?«

Wieder entstand eine Pause, dann sagte der Mann: »Ja. Und dann müßten Sie gleich hierherkommen. Aber allein. Und Geld müßten Sie mitbringen.«

»Gut«, sagte Mont aufgeregt, »natürlich. Wo sind Sie?«

»Das Nest heißt Coticote. Ich warte an der Kirche. Aber sofort und ohne Polente.«

»In genau einer Stunde!«

Dr. Tasburgh trat leise ein und meldete: »Kommissar Varney von Scotland Yard.«

Carmicheel wollte auch dieses Gespräch noch durchstehen, das letzte dieses Tages. Dann würde er nach Hause gehen und schlafen, besser gesagt: Er wollte zu schlafen versuchen. Aber all das, was heute geschehen war, würde noch stundenlang durch seine Sinne geistern, er würde die Dialoge noch einmal führen und die Berichte entwerfen, die es morgen an das Justizministerium zu schreiben galt. »Vielleicht«, sagte er zu Dr. Tasburgh, »übernehmen Sie den Bericht?«

»Selbstverständlich gern.«

Eine Minute später trat Varney ein. »Wir sind sehr froh, daß Sie gekommen sind«, begann Carmicheel. »Es besteht der dringende Verdacht, daß dieser Ausbruch ein anderes Ziel hatte, und wir sind sicher, daß Sie sich dafür interessieren werden. Die örtliche Kriminalpolizei wird uns deshalb nicht gerade grün sein; die Leute haben selbst gern ihren großen Fall.«

»Nichts gegen die hiesigen Herren«, fuhr Dr. Tasburgh fort, »aber Herrn Direktor Carmicheel ist es zu verdanken, daß etwas Bemerkenswertes ans Tageslicht gefördert worden ist.« Er reichte ein Stück Karton über den Tisch und erläuterte, das wäre der Freistundenplan, auf dem festgelegt war, welcher Häftling zu welcher Zeit in welchem Hof frische Luft schöpfen durfte. »Zelle III / 28«, fügte Dr. Tasburgh hinzu und fuhr mit dem Finger eine Spalte hinab, »sollte neun Uhr in den Einzelhof 5 gebracht werden. Aber da der Mann aus dieser Zelle zum Artz mußte, kam III / 27 dorthin. In III / 27 lag Edward Bicket, in III / 28 aber Jesse Woodward. *Der* sollte befreit werden.«

»Tolles Ding«, sagte Varney. »Wunderbar, daß Sie diese Sache herausgefunden haben. Was ist mit dem diensthabenden Posten?«

»Wir haben ihn sofort beurlaubt«, antwortete Carmicheel eilfertig. »Ein unbescholtener Mann bisher, gewiß. Ich stehe vor einem Rätsel.«

»Ich nicht ganz«, warf Dr. Tasburgh ein. »Bisher kannte ich Horrocks nur flüchtig und wußte kaum mehr über ihn, als daß er seinen Dienst wie ein Uhrwerk erledigt. Im Laufe dieses Tages habe ich herumgehorcht und erfahren: Horrocks wohnt mit der Familie seines Sohnes zusammen in einem Häuschen. Es gibt da eine Enkelin namens Babette, ein angeblich hübsches Mädchen von neunzehn Jahren. Seit einiger Zeit ist sie mit dem Erben einer Brauerei in Tottenham befreundet; ein in sozialer Hinsicht schiefes Verhältnis. Horrocks, der selbst kaum Bedürfnisse hat, unterstützt seine Enkelin finanziell – das Mädchen ist eine kleine Bankangestellte und keinesfalls in der Lage, sich so viele und gute Kleidung zu kaufen, um in den Kreisen ihres Freundes auftreten zu können. Der alte Horrocks ist vernarrt in seine Enkelin – wäre hier nicht etwas, was ihn auf die schräge Bahn bringen könnte? Vielleicht gestatten Sie mir, Herr Direktor«, fuhr Dr. Tasburgh fort, »auch noch Ihre Gedanken von heute nachmittag vorzutragen.«

Carmicheel hob zustimmend die Hand, und Dr. Tasburgh entwikkelte das Ergebnis einer gemeinsamen Überlegung. Ob nun Horrocks schuldig wäre oder nicht, auf alle Fälle führten illegale Verbindungen in dieses Zuchthaus hinein: Irgend jemand hätte den Leuten, die den Ausbruch organisiert hatten, den Freistundenplan in die Hände gespielt. Um Wiederholungen vorzubeugen, wäre es das beste, Woodward in eine andere Anstalt zu verlegen. Damit schnitte man alle Fäden durch. Gewiß könnte man dieses Vorhaben beschleunigen, wenn es Scotland Yard ebenfalls vorschlug.

»Das will ich sofort tun«, sagte Varney. »Und Sie passen inzwischen auf Woodward auf.«

»Wir haben ihn streng isoliert«, sagte Dr. Tasburgh. »Die Zellen rechts und links sind leer. Wir haben die Wachtmeister angewiesen, Woodward mit niemanden zusammenzulassen, nicht einmal mit einem Kalfaktor. Er verbringt seine Freistunde in einem Innenhof, von dem aus jeder Fluchtversuch sinnlos ist. Außerdem findet die Freistunde jeden Tag zu einer anderen Zeit statt, die ich jeweils erst kurz vorher bestimme. Morgen werde ich ihn in eine andere Zelle legen lassen, drei Tage später ein weiteres Mal. Wir haben seine Sachen gründlich durchsucht, übrigens ohne Ergebnis. Wir müssen uns an die Vorschrift halten – es ist nun einmal nicht möglich, ihm eine Kugel ans Bein zu binden.«

»Machen wir Schluß, meine Herren«, schlug Varney vor. »Es ist immerhin elf Uhr nachts. Ich schulde Ihnen Dank. Hoffentlich gehen für Sie die nächsten Tage ohne Ärger ab.«

Mehrere Türen wurden auf- und zugeschlossen, ehe Carmicheel, Dr. Tasburgh und Varney auf der Straße standen. Weißgrau streckte sich im Licht der Scheinwerfer der Zellenbau.

»Und wo«, fragte Varney, »schläft Woodward?«

»Im obersten Stock«, antwortete Dr. Tasburgh, »hinter einem Schloß mit zwei Riegeln, hinter dicken Gittern. Im Hof warten Hunde auf seine Waden. Wir haben ihn während der Nacht Hose, Jacke und Schuhe auf den Gang legen lassen. Der Inspektor vom Dienst schaut viertelstündlich nach, ob unser wertvoller Gast noch da ist.«

»Es wäre wunderbar«, sagte Varney, »wenn ich Sie jetzt noch zu einem Schnaps einladen könnte. Aber ich muß ans Steuer.«

Dann verabschiedete er sich rasch. Dr. Tasburgh erbot sich, seinen Direktor noch nach Hause zu fahren, was dieser herzlich dankend annahm. Sie waren alle drei froh, daß dieser Tag hinter ihnen lag.

Coticote – Francis Mont besann sich nicht, jemals in diesem Nest gewesen zu sein. Es lag abseits der großen Straßen, und niemals hatte hier etwas die Anwesenheit eines Zeitungsreporters notwendig gemacht. »Coticote – 4 km« las Mont auf einem Schild und versuchte abzuschätzen, wie groß die Wahrscheinlichkeit war, daß ihn der Ausbrecher Bicket angerufen hatte und nicht irgendein Witzbold. Fünf Prozent – mehr war wohl nicht drin.

Es schlug elfmal, als Mont an der Kirche von Coticote hielt. Er fand, der Kitsch wäre vollkommen gewesen, wenn es zwölf gewesen wäre – Friedhofsmauer, alte Bäume, spärliches Licht weniger Laternen, Schweigen ringsum: es war beinahe wie in einem Gruselfilm. Mont knipste das Deckenlicht an und öffnete die Tür, damit Bicket, falls er wirklich hinter einem Busch lauerte, sehen konnte, daß er allein gekommen war. Ganz oben in den Bäumen spielte ein leichter Wind, sonst war es absolut still. Nach einer Weile hörte er Schritte auf einem Kiesweg, dann löste sich eine Gestalt aus der Dunkelheit und blieb einige Meter vor ihm stehen.

Mont sagte: »Guten Abend, Herr Bicket.«

»Guten Abend«, sagte Bicket.

»Wir haben uns schon mal gesehen. Ich habe einen Artikel über Ihren Prozeß geschrieben.«

»Ich hatte den Kopf bißchen voll an diesem Tag.«

»Tja«, sagte Mont.

»Tja«, sagte Bicket, »und Sie haben keine Polente mitgebracht?«

»Ehrenwort. Reden wir nicht lange um die Sache herum: Warum haben Sie mich herbestellt?«

»Weil ich Klamotten anhabe, in denen sie mich hochnehmen, sobald es hell wird. Und weil ich blank bin und weil ich nicht weiß, wohin ich soll.«

Mont überlegte. Bicket war kein Gewaltverbrecher und ihm körperlich unterlegen; es lag kein Risiko darin, ihn mitzunehmen. »Hören Sie: Wir unterhalten uns in aller Ruhe im Wagen.«

»Und wenn Sie mich zur Polizei bringen?«

»Ehrenwort, Bicket, ich werde es nicht tun.«

Sie fuhren durch die toten Straßen von Coticote; und dabei erzählte Bicket, was ihm an diesem Tag passiert war. Zwischendurch fragte er, ob Mont ihm Geld mitgebracht hatte – es war nicht viel, aber fürs erste würde es weiterhelfen. Mont war kein reicher Mann und hatte noch keine Zeit gehabt, mit seinem Chef zu sprechen;

der würde, wie Mont ihn kannte, sich eine wirklich sensationelle Nachricht etwas kosten lassen. »Wir machen das am besten so«, schlug Mont vor, »ich schreibe den Artikel so, als ob er von Ihnen stamme. Darunter setzen wir Ihren Namen und den Hinweis, daß uns das Manuskript von einem Mittelsmann angeboten worden ist. Das Honorar bekommen Sie, und Sie können sich darauf verlassen, daß es nicht zu knapp ausfällt.«

»Das ist die eine Sache«, sagte Bicket. »Die andere: Wo soll ich hin? Eine Frau habe ich nicht. Zu meinem Bruder zu gehen wäre verdammt leichtsinnig.«

»Da fällt uns auch noch etwas ein. Aber erstmal was anderes: Die richtige Bombe wäre natürlich, Sie würden herauskriegen, wer die Leute sind, die Sie befreit haben.«

»Wäre bißchen gemein.« Bicket überlegte fieberhaft, soweit es die immer stärker werdende Müdigkeit zuließ. Er war seit Monaten gewohnt, um acht Uhr abends schlafen zu gehen; jetzt war es fast zwölf, und die Aufregungen dieses Tages waren beträchtlich gewesen. »Etwas für meine zerschundenen Hände haben Sie wohl nicht«, sagte er, um Zeit zu gewinnen.

Mont hielt sofort an, holte Schere und Heftpflaster aus dem Verbandskasten und verklebte im Schein des Deckenlichts Bickets Handflächen. Dabei hatte er zum erstenmal Gelegenheit, Bicket zu betrachten, und fand seine Erinnerung bestätigt: ein schmächtiger, früh verbrauchter Mann mit sich lichtendem Haar, Kerben an den Mundwinkeln und einem faltigen Hals. Jeder mußte ihn auf fünfundvierzig schätzen, obwohl er sieben Jahre jünger war. Monts Stimme klang ein wenig gönnerhaft. »Machen Sie sich keine Gedanken, Bicket. Wenn die ›Hertford News‹ jemanden unter ihre Fittiche nehmen, machen sie das gründlich.«

»Und was würden Sie mir zahlen, wenn ich herausfinde, wo das Haus steht, in dem ich tagsüber gesessen habe?«

Mont hätte diese Erörterung gern so lange hinausgeschoben, bis er mit seinem Chef gesprochen hatte. Aber Bicket war ein Fuchs; es hatte wohl keinen Zweck, ihm blauen Dunst vormachen zu wollen. Andererseits war Bicket in der Klemme. »Hören Sie zu«, sagte Mont, »ich bin nicht mein eigener Chef. Sie müssen einfach ein bißchen Vertrauen haben.«

»Vertrauen ist gut«, sagte Bicket. »Wissen Sie, daß ich drauf und dran war, auf die nächste Polizeiwache zu gehen und mich zu stellen? Wer gibt mir Klamotten? Wer versteckt mich?«

Nach einer Weile sagte Mont, selbst überrascht von seiner Idee: »Ich bringe Sie in meinem Wochenendhaus unter. Da kommt in den nächsten Tagen keiner hin. Oben hinter Hitchin. Den Schlüssel habe ich nicht bei mir, aber Sie kommen schon hinein.«

Bickets Argwohn war überwach. Dieser Journalist konnte ihn in eine Falle locken, aber vor dieser Gefahr war er nie sicher. Er mußte sich durchringen zu vertrauen, da hatte der Tintenkleckser ganz recht. Und er stieg ja durchaus nicht mit leeren Händen in dieses Geschäft ein. Er besann sich: »Wovon lebe ich in dieser Bude?«

»Ein paar Fleisch- und Fischkonserven stehen immer 'rum«, sagte Mont. »Bier und Selters müßte es eigentlich auch geben. Bis morgen abend kommen Sie schon irgendwie hin, und dann bringe ich Nachschub. Worauf haben Sie besonderen Appetit?«

»Mal 'nen richtigen Haufen Kuchen!«

Mont fragte Bicket nach dessen Schuhgröße und Halsweite und nach den Konfektionsnummern für Hose, Jacke, Hut und Mantel. Er versprach, alles mitzubringen, auch Geld natürlich, und dann sollte Bicket das Haus suchen, in dem er den zurückliegenden Tag verbracht hatte. »Können Sie mir nicht andeuten«, sagte Mont, »wie es aussieht? Und eine Vorstellung, wo es ungefähr liegt, müßten Sie doch auch haben!«

»Hab' ich, aber das ist mein wertvollstes Kapital, verstehen Sie?«

Eine Stunde später stiegen sie aus und liefen einen Sandweg entlang. Sie kletterten über einen Holzzaun und gingen auf ein Häuschen zu. Ein Fenster an der Rückseite ließ sich hochschieben. »Machen Sie kein Licht«, sagte Mont, »Sie werden sich auch so zurechtfinden. Links an der Wand steht eine Couch: schlafen Sie sich erst mal richtig aus. Morgen abend, sobald es dunkel wird, komme ich zu Ihnen.«

3

Francis Mont macht Fehler

Babette Horrocks fragte: »Hast du denn nicht gehört?«
»Natürlich hab' ich«, sagte Jonny Farrish. »Du redest laut genug;
die Leute schnaun schon auf uns. Aber alles, was du willst, ist
Unsinn! Du weißt genau: Mein alter Herr ist ohnehin nicht begeistert, daß wir zusammen sind. Und da soll ich ... Mädchen, du
hast keine Vorstellung, in welchem Bogen ich die Treppe hinunter-
fliege, wenn ich ihm mit so etwas komme!«
Babette war nicht wütend auf ihren Freund und nicht einmal
sicher, ob sie im Recht war, wenn sie ihn für feig hielt. Vielleicht
war es wirklich Unsinn, was sie sich ausgedacht hatte. Der alte
Farrish gehörte demselben Klub wie Carmicheel an, das hatte sich
im Gespräch herausgestellt, und nun hatte sie Jonny bestürmt, er
sollte seinen Vater zu einer Intervention zugunsten ihres Großvaters bewegen.
»Mädchen, überleg mal nüchtern! Mein Vater kennt deinen Großvater gar nicht. Und was ist das für ein Argument, daß sein Sohn
die Enkelin eines seiner Beamten liebt?«
Sie versuchte einen neuen Anlauf: »Aber dein Vater kann Carmicheel klarmachen, daß man die Sache nüchtern betrachten muß,
daß diese Beurlaubung ...« Sie brach ab, weil sie merkte, auf
welch schwankendem Boden sie sich bewegte. Es war sinnlos, daß
sie mit Jonny noch in diesem Café saß. Sie mußte nach Hertford
zurückfahren, damit Großvater nicht allein war. Oder sollte sie
selbst mit Direktor Carmicheel sprechen? So schnell dieser Gedanke gekommen war, so rasch hakte er sich fest. »Fährst du mich
nach Hause?«
»Ich muß noch einmal in die Firma. Aber ich bringe dich zur
Schnellbahn.«
Es war am späten Nachmittag; der Zug war dicht besetzt mit Arbeitern und Angestellten, die von Tottenham nach den Wohnsied-
lungen im Norden hinausfuhren. Babette überlegte, ob sie im Gefängnis anrufen und um die Erlaubnis bitten sollte, den Direktor

zu sprechen; dann entschloß sie sich dazu, ohne Anmeldung ihr Glück zu versuchen. Mehr als abweisen konnte man sie nicht.

Als sie auf die Klingel neben der Eisentür drückte, fühlte sie sich beklommen. Ein wenig erleichterte es sie, daß sie den Wachtmeister, der ihr öffnete, schon einige Male zusammen mit ihrem Großvater gesehen hatte. Der Korridor, durch den sie ging, hätte in jedes Bürohaus gepaßt, und auch das Zimmer, in das sie geführt wurde, hatte nichts Bedrückendes an sich: Es war hoch und hell und modern möbliert. Ein Mann erhob sich hinter dem Schreibtisch, stellte sich als Dr. Tasburgh vor und bat, mit ihm vorlieb zu nehmen, denn Direktor Carmicheel wäre in dienstlicher Angelegenheit nach London gefahren.

Babette war auf einmal froh, daß sie nicht mit dem alten Carmicheel zu verhandeln hatte, sondern mit diesem jüngeren Mann, der höflich und freundlich war und aufmerksam zuhörte. Sie fand genau die Worte, die sie gesucht hatte: Die Zuchthausverwaltung müßte etwas unternehmen, um ihrem Großvater aus seiner Verzweiflung herauszuhelfen. Die Beurlaubung sähe er als den Beweis an, daß man ihn für schuldig hielt; er hätte sich in diesen Gedanken verbohrt. Ein verständnisvolles Gespräch könnte Wunder tun. Ein alter Mann, zeit seines Lebens Beamter, pflichterfüllt bis zur Pedanterie – und nun das!

Dr. Tasburgh hätte gern länger zugehört, denn das Mädchen vor ihm war hübsch, und die Erregung, in der es sich befand, ließ es besonders reizvoll erscheinen. Babettes Haar war fast schwarz, es floß in einer dichten Welle um ein klares, ausdrucksstarkes Gesicht. Vielleicht waren die Augen ein wenig zu schmal, vielleicht würde ihre Figur im Laufe der Jahre füllig werden – jetzt jedenfalls war sie blühend und gesundheitstrotzend und von einem kraftvollen, sportlichen Scharm. Alles, was ihm die Kollegen des alten Horrocks erzählt hatten, schien glaubhaft: daß dieses Mädchen einen Freund aus der Oberschicht von Tottenham besaß und daß ihr Großvater in sie vernarrt war und ihr jeden Wunsch zu erfüllen versuchte.

»Jemand müßte ihn besuchen«, sagte Babette unterdessen. »Sie vielleicht. Jemand müßte ihm sagen, daß diese Beurlaubung eine formale Angelegenheit ist und die Direktion nicht an seine Schuld glaubt. Er schläft nicht, er ißt kaum noch – ich kann das alles nicht mehr mit ansehen!«

Nachdem Babette geendet hatte, verstrich einige Zeit, ehe Dr. Tasburgh zögernd antwortete. Er könnte ihre Erregung verstehen, und es wäre anständig von ihr, daß sie sich so für ihren Großvater einsetzte. Aber sie müßte zu begreifen versuchen, daß die Direktion zu außerordentlicher Zurückhaltung gezwungen wäre und den Ermittlungsergebnissen der Polizei nicht vorgreifen könnte. Eben diese Gründe hätten zu einer Beurlaubung – keiner Entlassung, wohlgemerkt! – geführt, und sie müßte vorerst aufrechterhalten werden. »Die Presse ist mit Ausnahme der ›Hertford News‹ voll von Angriffen gegen uns. Es gibt keine Londoner Zeitung, die nicht in unverhohlenen Andeutungen davon spricht, daß ihr Großvater mit dem Ausbrecher unter einer Decke stecken könnte. Die ›Daily Mail‹ geht sogar so weit, Verwunderung darüber auszusprechen, daß Ihr Großvater nicht verhaftet worden ist. In dieser Situation sind uns natürlich die Hände gebunden.«

Babette begriff, daß ihre Absicht gescheitert war. Dieser Mann starrte sie an mit diesem bewundernden, ergebenen Blick, den sie gewohnt war, aber er kam ihren Wünschen keinen Zoll entgegen.

»Vielleicht«, sagte Dr. Tasburgh, »ändert sich die Situation sehr bald! Es wäre gut, wenn ich Sie dann erreichen könnte.«

Es war wenig Hoffnung in Babette, als sie ihm die Telefonnummer der Bank gab, in der sie arbeitete. Dr. Tasburgh brachte sie bis an die äußerste Tür, und bis zu seinen letzten Worten war er verständnisvoll und am Ende sogar optimistisch: Sie sollte den Kopf nicht hängenlassen; er selbst wäre überzeugt, daß sich alles sehr bald zum Guten wenden würde. Diese Worten brachte er mit solcher Sicherheit vor, daß Babette ein wenig an sie zu glauben vermochte.

Francis Mont steuerte seinen Wagen in die Hügel hinter Hitchin hinauf. Diesmal hielt er nicht vorn auf der Straße, sondern fuhr den Weg entlang bis vor das Häuschen. Ehe er den Schlüssel ins Schloß steckte, sagte er: »Keine Angst, es ist nur der Milchmann!«

Die Luft im Raum war voller Rauch, eine aufgeschnittene Fleischbüchse und leere Bierflaschen standen auf dem Tisch. »Es wird Zeit, daß Sie kommen«, sagte Bicket. »Ist verdammt langweilig in dieser Bude. Und das Büchsenfleisch hängt mir zum Halse heraus.«

»Kuchen ist in Mengen da«, sagte Mont. »Und außerdem habe ich einen Koffer voll Klamotten und Geld und alles, was Sie brauchen. Die ›Hertford News‹ sind wie eine Mutter zu Ihnen.« Während er auspackte, erzählte er, wie aufgeregt der Chefredakteur über seine Neuigkeit gewesen wäre. »Der Alte hat immer wieder gefragt, ob ich ihn nicht zum besten halte; am Ende hat er mich schwören lassen. Dann hat er Geld herausgerückt: fünfzig Pfund fürs erste. Ich habe davon diese Kleidungsstücke für Sie gekauft, dann habe ich abgezogen, was ich Ihnen gestern vorgeschossen habe. Den Rest bekommen Sie bar, die Lebensmittel sind gratis.«

»Da kann ich ja von Glück sagen, daß ich nicht draufzahlen muß.«

»So ist es nun auch wieder nicht, und außerdem wohnen Sie mietefrei. Betrachten Sie das Geld als Honorar für Ihren Artikel, der morgen erscheint. Das ganze große Honorar bekommen Sie, wenn Sie das bewußte Haus auskundschaften. Dreihundert Pfund – wie finden Sie das?«

Bicket, der sich inzwischen über den Kuchen hergemacht hatte, sagte kauend: »Davon kann ich nicht lange leben. Ich will einen Tabaksladen aufmachen, verstehen Sie?«

»Können Sie doch. Wenn Sie uns helfen, die Bande zu fassen, bekommen Sie sechshundert Pfund, alles in allem sind das dann fast tausend Pfund.«

»Wunderbar. Das langt für ein Geschäft und auch noch dafür, daß ich eines Morgens mit durchgeschnittener Kehle quer vor dem Ladentisch liege.« Darauf wußte Mont nichts zu erwidern.

Bicket probierte die Kleidungsstücke an; sie paßten und veränderten sein Aussehen erstaunlich. »Ich habe die Steckbriefe mit Ihrem Bild gesehen«, sagte Mont. »Danach erkennt Sie keiner, der Sie in der neuen Schale sieht.«

Bicket lebte sichtlich auf. Nachdem er sich satt gegessen hatte, nahm er sich den Whisky vor. »Und«, sagte Mont, »wie wollen Sie das Haus finden?«

»Ich hab' mir was gemerkt, wonach ich es todsicher wiedererkenne.«

»Und was?«

»Mein Geheimnis, mein Geld, verstehen Sie?«

»Und wissen Sie, wo das Haus liegt?«

»Nicht genau«, sagte Bicket, »ein paar Orte kommen in Frage; dort muß ich eben suchen.«

Nach einer Weile sagte Mont: »Wissen Sie was, ich bringe Sie morgen früh in die Gegend, in der Sie das Haus vermuten. Wir trinken jetzt die Flasche aus, dann schlafen wir noch ein paar Stunden und sind beide wieder frisch.«

Sie unterhielten sich vom Zuchthaus und von den Möglichkeiten, mit einem Tabakladen Geld zu verdienen, von den vermutlichen Ausmaßen der Fahndung und von der Chance der englischen Fußballmannschaft, Weltmeister zu werden. »Ich will nicht aus England 'raus«, beharrte Bicket. »Was soll ich woanders? Aber in London schnappen sie mich todsicher! Mir ist schon lange klar, daß sich die ganze Aufregungen nicht lohnt.«

»Aber ein schönes Stück Geld können sie bei uns verdienen. Und verlassen Sie sich darauf: Geld ist bei uns genau so sicher aufgehoben wie in der Bank von England.«

Allmählich betrank sich Bicket und begann zu prahlen: Er hätte eine Gefängniserfahrung wie kein anderer, er würde mit jedem Wachtmeister fertig! Einmal hatten sie ihn im Winter zu 21 Tagen Arrest verurteilt, aber schon nach drei Tagen war er wieder herausgewesen: Er hatte den Handrücken so lange an die Außenwand gedrückt, bis er sich eine Erfrierung zugezogen hatte. Schmerzhaft, zugegeben; aber sofort hatten sie ihn ins Revier gebracht, dort hatte er gelebt wie ein Fürst, und später war die Direktion nicht wieder auf den Rest der Strafe zurückgekommen.

»Sie sind ein toller Hecht«, sagte Mont lauernd, »aber das Haus finden Sie trotzdem nicht!«

»Finde ich«, trumpfte Bicket auf, und aller Argwohn in ihm war eingeschlafen. »Der Briefkasten. Ich sage nicht mehr als: Der Briefkasten!«

»Und wie ist der?«

»Das ist mein Geschäft, Bruder, BRIEFE, lauter große Buchstaben, Messing.«

Mont griff in die Tasche, fand einen alten Briefumschlag und malte auf die Rückseite: BRIEFE. »So?«

Bicket lachte. »Künstlerischer, verschnörkelter, das kriegen Sie als Laie nie hin. Und vor allem: gewölbt. Ein Halbkreis.«

Mont malte noch einmal die Buchstaben, wie er sie sich vorstellte, kunstvoll gebogen in schwungvollem Rund. »Nicht schlecht«, sagte Bicket. »Aber nun hören Sie auf, mich auszufragen. Jetzt trinke ich noch einen, und dann haue ich mich aufs Ohr.«

Sie schliefen bis in die Morgendämmerung, frühstückten hastig und fuhren los. In der Nähe des Dorfes Coticote stieg Bicket aus dem Wagen. »Heute abend um neun stehe ich wieder hier«, sagte er. »Ich hole Sie ab. Wenn Sie das Haus gefunden haben, ist Ihnen das Geld sicher.«

An diesem Morgen erschienen die ›Hertford News‹ mit einem Bericht über Bickets Flucht aus dem Zuchthaus. Die Auflage war hoch wie nie; der Besitzer der Zeitung hätte noch mehr drucken lassen, wenn es seine Rotationsmaschinen geschafft hätten. Die Drucker der Nachtschicht gewann er als zusätzliche Verkäufer, die ihre Ware an den Bahnhöfen und Omnibushaltestellen bis Cheshunt, Tottenham und London hinein in Windeseile absetzten. Es war keine Frage: Die »Hertford News«, im Pressekonzert bislang nur eine schwache Stimme, dominierten an diesem Morgen mit einem Trompetenstoß.

Mont las seinen Artikel immer wieder. Er war froh, daß er ihn nicht, wie ursprünglich beabsichtigt, als eine Arbeit von Bicket deklariert hatte. Jetzt zitierte er, was Bicket angeblich am Telefon gesagt hatte, und ergänzte es durch seinen Kommentar. Bisweilen ließ er Zweifel an Bickets Worten durchblicken, wies auf Lücken in der Darstellung hin – alles in allem fand er seinen Artikel originell und geistig absolut eigenständig.

Gegen neun Uhr rief Scotland Yard an und bat um eine Unterredung mit dem Autor des Bicket-Berichts; um zehn betrat George Varney die Redaktion. Der Chefredakteur empfing den Gast aus London und zog sich dann zurück. Als Varney mit Mont allein war, fragte er sofort: »Wo steckt Bicket?«

»Ich weiß es nicht«, antwortete Mont. »Bicket hat die Redaktion angerufen, ich habe mich eine halbe Stunde lang mit ihm unterhalten.«

»Ferngespräch?«

»Allem Anschein nach nicht.«

»Sie sind ein Fuchs«, sagte Varney. »Sie sitzen an der Quelle und lassen keinen 'ran. Ich glaube Ihnen kein Wort, aber ich kann nichts beweisen. Brausen Sie nicht auf. Sie sind Journalist, nicht wahr, und kein Pfarrer. Die Leute, die Bicket herausgeholt haben, gehören zu meiner Kundschaft, und über sie möchte ich mit Bicket ein wenig plaudern.«

»Lesen Sie die ›Hertford News‹«, rief Mont, »und Sie werden auf dem laufenden sein! Spaß beiseite: Bicket hat den gleichen Wunsch wie Sie. Er will herausfinden, wer ihm über die Mauer geholfen hat. Diese Erkenntnis will er aber nicht Scotland Yard schenken, sondern uns gegen klingende Münze verkaufen. Können Sie es ihm verdenken?«

»Wir sind in manchen Fällen nicht knauserig.«

»Ich kann Ihnen nicht helfen«, sagte Mont mit gespielter Anteilnahme. »Bicket hat uns angerufen und nicht Sie. Wir haben ihm ein Honorar versprochen und werden dieses Versprechen halten. Sein Geld liegt bei uns sicher, und wenn er in der Lage dazu ist, wird er es abholen.«

Varney schob die Hand unter das Kinn. »Wir könnten Ihnen eine Falle stellen, Mont. Das sage ich so ganz ohne Zeugen und in aller Freundschaft. Vorläufig sehe ich nichts, worin Sie und Ihre Zeitung sich gegen die Gesetze vergangen haben, aber mit einiger Mühe könnte man schon etwas finden. Sie wissen natürlich so gut wie ich, daß Sie einen flüchtigen Verbrecher in keiner Weise unterstützen dürfen. Sollten Sie ihm Geld zahlen, könnte Sie das teuer zu stehen kommen.«

»Wir werden uns hüten. Das Geld bleibt bei uns, bis sich Bickets Lage geklärt hat. Wir haben uns mit unserem Justitiar beraten und werden uns nicht die geringste Blöße geben.«

»Und Sie sind verpflichtet, die Behörden zu unterrichten, wenn Sie wissen, wo sich Bicket befindet.«

»Klarer Fall, nur wissen wir es leider nicht.«

Varney wurde sehr ernst, als er sagte: »Ich fürchte, Sie machen einen schweren Fehler. Durch einen Zufall sind Sie mit einem Verbrecher in Berührung gekommen. Nun ermitteln Sie auf eigene Faust. Wenn ich einen Artikel schreiben müßte, wissen Sie, was ich dann machen würde? Mich mit dem vortrefflichen Mont beraten. Wollen wir nicht zusammenarbeiten? Glauben Sie mir, daß ich in langen Jahren ein paar Tricks ausgeknobelt habe, die Sie nicht einmal ahnen? Und vielleicht würden Sie von dem alten Varney für ein Artikelchen mehr erfahren, als Sie sich jemals aus den Fingern saugen können.«

»Apropos Artikelchen. Was halten Sie von einem Exklusivinterview unserer Zeitung mit Ihnen?«

Das fand Varney ausgesprochen dreist. »Im Moment wenig, weil wir nämlich noch gar nichts wissen. Aber denken Sie in den nächsten Tagen immer dran: Eine Hand wäscht die andere.«

Varney verabschiedete und ließ Mont in zwiespältigen Gedanken zurück. Mont wußte: Er hatte sich in ein Abenteuer eingelassen, aus dem ihm, wenn es schiefging, auch sein eigener Chefredakteur nicht heraushelfen würde. Nicht umsonst und keineswegs aus rücksichtsvoller Bescheidenheit hatte sich dieser Fuchs nicht an der Unterredung mit Varney beteiligt; wenn es hart auf hart ging, wußte er von nichts.

Im Laufe des Nachmittags schrieb Mont einen weiteren Artikel über den Ausbruch. Nachdem er ihn zur Setzerei gegeben hatte, fuhr er hinaus nach Coticote und hielt kurz vor neun an derselben Stelle der Landstraße, an der er morgens Bicket abgesetzt hatte. Gegen halb zehn wurde er unruhig, gegen zehn wurde ihm klar, daß irgend etwas schiefgegangen sein mußte. Gegen elf endlich entschloß er sich, zurückzufahren. Er hoffte, Bicket würde inzwischen in der Redaktion angerufen haben; deshalb fuhr er noch einmal dorthin, aber es war vergeblich. Er bat den alten Mann, der den Nachtdienst versah, jedes Gespräch, das ihn betraf, in seine Wohnung umzulegen. Dann fuhr er nach Hause und legte sich ins Bett, fand aber trotz seiner Müdigkeit schlecht in den Schlaf. Immer wieder quälte ihn die Frage, ob Bicket der Polizei ins Garn gegangen war. Oder hatten seine Befreier ihn wieder gefaßt?

Um diese Zeit ging Bicket gemächlich auf das Tor des Hertforder Zuchthauses zu. Bevor er klingelte, steckte er sich noch rasch eine Zigarette an, weil das sein Selbstgefühl erhöhte und er nicht wußte, ob es für einige Zeit die letzte sein würde. Als das Fensterchen neben der Tür geöffnet wurde, sagte er: »Strafgefangener Bicket meldet sich vom Ausbruch zurück, Herr Hauptwachtmeister!« Einen Augenblick darauf erschien ein zweites Gesicht hinter dem Fenster; die beiden Wachtmeister starrten ihn an, als wäre er eines der sieben Weltwunder. Nach einer Weile sagte einer: »Bicket, Sie?«

»Jawohl, Herr Hauptwachtmeister«, antwortete Bicket munter. »Ist meine Zelle noch frei?«

Das Fenster wurde zugeklappt, die Tür aufgeschlossen. Bicket zog noch einmal an seiner Zigarette und fand, daß es besser war, sie auszudrücken. Dabei fiel alles äußere Forsche von ihm ab, er war in diesem Augenblick das, was er durch viele Monate gewesen war: ein Häftling, der die Hände an die Hosennaht preßte, obwohl das gar nicht von ihm verlangt wurde, der leicht nach vorn geneigt stand, um auch den leisesten Befehl erlauschen zu können, und von dessen Lippen es floß: Jawohl, Herr Wachtmeister, sofort, Herr Wachtmeister, wenn Sie gestatten, Herr Wachtmeister!

Die Aufregung, die er hervorrief, war gewaltig. Zunächst sperrte man ihn in eine Arrestzelle, holte ihn sofort wieder heraus und ließ ihn auf dem Gang warten. Jeder Wachtmeister, der im Zellenbau Dienst hatte, kam für einen Augenblick herunter und glotzte ihn an, wie er da in seinem neuen Konfektionsanzug an der Wand stand, den Blick gesenkt und ohne die Spur eines Lächelns. Einer sagte: »Mensch, Bicket, lohnt sich denn das für Sie?«

»Eben nicht, und deshalb bin ich ja zurückgekommen.«

»Trotzdem«, sagte der Wachtmeister und seufzte. »Ich möchte nicht in Ihrer Haut stecken. Einundzwanzig Tage Bau, kein Spaß. Das heißt: Für mich immer, wenn ich mir das von draußen anschaue.«

»Nicht so schlimm«, sagte Bicket und grinste beflissen. »Hab' mich richtig sattgefressen.«

Nach einer Weile wurde Bicket in die Effektenkammer geführt und mußte sich ausziehen. Alles, was er bei sich trug, wurde ihm abgenommen und in einer Liste vermerkt; er unterschrieb und bekam Häftlingskleidung. Wieder mußte er warten, wieder wurde er in eine Arrestzelle gesperrt. Allmählich wurde es ruhig im Bau, so ruhig, daß Bicket hörte, wie ein Auto vorfuhr, wie das Außentor geöffnet wurde und Schritte den Gang entlang kamen. Vor seiner Zelle tuschelten Stimmen, dann brachte man ihn zum Dienstzimmer des Direktors. Hinter dem Schreibtisch saß Dr. Tasburgh. Bicket hätte lieber mit dem alten Carmicheel zu tun gehabt, denn Tasburgh galt bei den Häftlingen als scharfer Hund, als kleinlich und nachtragend. Bicket meldete sich mit der vorgeschriebenen Formel, dann begann Dr. Tasburgh das Verhör. Wo hatte sich Bicket aufgehalten in diesen Tagen? Wer hatte ihm über die Mauer geholfen und ihm Kleidung besorgt? »Bicket«, sagte Dr. Tasburgh zwischendurch, »ich rate Ihnen gut: Sagen Sie die Wahrheit! Wenn Ihnen einer helfen kann, bin ich es. Spätestens heute mittag kommen die Herren von Scotland Yard, und dann geht's in einem anderen Tempo!«

Bicket kannte das. So argumentierte jeder kleine Bulle von der Kripo; so etwas war weder sensationell noch verführerisch. »Weiß ich, Herr Doktor«, sagte Bicket, »und deswegen bin ich froh, daß ich Ihnen erst mal alles erzählen kann. Ich muß 'ne Macke gehabt haben – ich mach' da so meine Liegestütze, und auf einmal bumst die Strickleiter neben mir ins Gras, und der Posten guckt nach der anderen Seite, und da hab' ich gar nicht erst nachgedacht, da bin ich die Leiter hoch, und als ich drüben 'runter war, hab' ich's schon bereut, aber da war's schon zu spät. Da hatten sie mich, die Brüder, und eher konnte ich wirklich nicht zurück, Ehrenwort, Herr Doktor.«

»Und wo waren Sie in der Zwischenzeit?«

Bicket seufzte. Seine Befreier hätten ihm gleich eine Binde umgelegt, behauptete er; diese wäre erst abgemacht worden, als sie ihn in einem Keller eingeschlossen hatten. Diesen Keller beschrieb er genau und der Wahrheit entsprechend, denn er wollte seinem Gedächtnis keine unnötigen Leistungen abverlangen. Jede Mahlzeit erwähnte er und bestand darauf, daß das Gesicht des Mannes, der sie ihm gebracht hatte, von einer Maske bedeckt gewesen wäre.

»Und dann hat der Kerl mich gefragt, ob ich lieber nach Frankreich will oder nach Irland, und ich hab' gesagt, ich will nach Hertford, ich hätte da 'ne Frau, die mir weiterhelfen wird. Da haben sie mir wieder die Augen verbunden und mich nach Hertford gebracht, und ich bin gleich hierher und hab' mich völlig freiwillig gestellt.«

»Und nun 'raus mit der Sprache: Wo waren Sie wirklich?«

»Hab' ich Ihnen eben wahrheitsgemäß erzählt, Herr Doktor.«

Bicket war zufrieden, daß er sich zu dem Entschluß durchgerungen hatte, ins Zuchthaus zurückzukehren. Was nutzten ihm tausend Pfund, falls er sie sich bei den »Hertford News« wirklich verdiente? Sie würden, mußte er illegal leben, rasch aufgebraucht sein. Wenn er das Haus seiner Befreier fand und verriet, würde er sich deren Rache zuziehen. »Ich möchte meine Strafe in aller Ruhe absitzen«, sagte Bicket, und das war nicht gelogen. »Dann habe ich alle Aufregung hinter mir und kann in London einen Tabakladen aufmachen. Dann kann mir keiner mehr.«

»Wir können Ihnen auch dann noch Scherereien machen, und das werden wir tun, wenn Sie nicht bald auspacken.«

Bicket mühte sich um sein biederstes Gesicht. »So wahr ich hier sitze, ich habe alles gesagt.«

»Sie wollen nicht? Dann werden wir Sie mal dem Arzt vorstellen. Ich werde inzwischen die Arrestzelle herrichten lassen.«

»Einundzwanzig Tage«, sagte Bicket gelassen und schon wieder ein bißchen frech, »die gehen auch vom Knast ab.«

Eine Woche nach ihrem letzten Gespräch wurde Babette Horrocks von Jonny Farrish angerufen; er bat, sie nach Büroschluß auf einem drei Straßen weiter gelegenen Parkplatz erwarten zu dürfen. Darüber wunderte sie sich, denn gewöhnlich hatte er sie an der Bank abgeholt. Sie fuhren ein Stück, wobei Farrish hastig von einem belanglosen Thema zum anderen sprang. Plötzlich, als als habe er sich zu einer Mut erfordernden Tat durchringen müssen, sagte Farrish: »Babette, ich muß dir etwas mitteilen, was mir sehr schwerfällt. Wir können uns eine Weile nicht sehen.« In unvollständigen Sätzen, immer wieder von Entschuldigungen unterbrochen, stieß Farrish heraus, sein Vater hätte einen wüsten Krach gemacht, daß er mit einem Mädchen befreundet sei, in dessen Familie zumindest unklare Dinge geschehen wären. Farrish hätte versucht, seinen Vater zu besänftigen, ihn aber dadurch immer mehr gereizt, und schließlich hatte sein Vater ein Ultimatum gestellt: Abbruch der Beziehungen zu Babette oder Versetzung in eine jämmerliche Brauerei in Schottland. »Versteh doch«, ereiferte sich Farrish, »wenn mich Vater da hinauf verbannt, können wir uns überhaupt nicht mehr sehen, wenn ich aber hier bleibe, bietet sich immer einmal eine Gelegenheit. Fürs erste allerdings halte ich es für besser, wenn wir uns nicht treffen, drei, vier Wochen lang, bis sich alles ein wenig beruhigt hat. Mein Gott, Babette, es tut mir schrecklich leid, ich bitte dich ...«

»Ich verstehe schon«, sagte sie leise.

»Er hat mich in der Hand. Wenn er will, bin ich morgen meinen Wagen los und meine Stellung dazu. Das nutzt er rücksichtslos aus.«

Stärker als die Trauer in Babette war die Furcht, sie könnte ungerecht sein. Gewiß klang es heldisch, sich rücksichtslos zu seinem Mädchen zu bekennen, auf den Wagen zu pfeifen und in einer fernen Brauerei eine untergeordnete Arbeit zu verrichten. Aber war es klug, heldisch zu sein? »Bring mich an die Bahn«, bat sie.

»Ich fahre dich nach Hause.«

»Und wenn das dein Vater erfährt?«

»Er hat mir erlaubt, dir Bescheid zu geben.«

Es tat ihr weh, daß Farrish das so ohne alle Auflehnung sagte. Nie hatte er davon gesprochen, daß er sie heiraten wollte, doch im stillen hatte sie davon geträumt, Jonny würde entgegen allen Widerständen der Familie seinen Weg gehen. Aber gab Jonny nicht jetzt nach wie ein Kind?

Sie waren beide froh, als sie Hertford erreicht hatten. Matt versprach Farrish, bald anzurufen, und vier Wochen wären ja keine Ewigkeit. Er blickte sie dabei kurz an und senkte schnell wieder den Blick.

»Ich habe das Gefühl«, sagte sie, »daß ich deinetwegen noch manchmal werde weinen müssen.«

In den nächsten Tagen wartete sie stündlich auf einen Anruf. Dann setzte sie sich selbst eine Frist: Vor dem Ablauf einer Woche wollte sie nicht damit rechnen. Aber jedesmal, wenn sie für kurze Zeit das Zimmer verlassen hatte und zurückkam, fragte sie, ob sie angerufen worden wäre.

Zu Beginn der zweiten Woche lief ihr eine Kollegin in die Kantine nach. Babette würde am Apparat verlangt. Sie rannte die Treppen hinauf, und als sie den Hörer auf dem Tisch liegen sah, wurde ihre Kehle eng vor Glück. Aber das war nicht Jonnys Stimme, die da fragte, ob Fräulein Horrocks am Telefon wäre. »Dr. Tasburgh, Sie erinnern sich?« Er bat, sie treffen zu dürfen. Es gäbe einige Dinge, die bisher in der Schwebe geblieben wären und die er sich gern von der Seele reden möchte. Am nächsten Abend vielleicht?

Dr. Tasburgh holte sie in einem Sportwagen ab. Babette kannte sich in den Preisen der Wagen und in deren Leistungsfähigkeit aus; Farrish und dessen Freunde hatten dieses Thema weidlich strapaziert. Dieser Wagen kostete das Dreifache von dem, was Farrish senior für das Auto seines Sohnes bezahlt hatte; es war ein Traum an Schnelligkeit und Eleganz. Babette nahm sich vor, so zu tun, als wäre es ihre tägliche Gewohnheit, so schnell und so lautlos und so wundervoll gefedert zu fahren. Dr. Tasburgh hatte es nicht eilig, zum Thema zu kommen, und an der Art, wie er das Gespräch führte, merkte sie bald, daß es nicht nur die Beurlaubung ihres Großvaters war, die ihn zu dieser Einladung bewogen hatte. Für einen Augenblick wünschte sie, Farrish wüßte, daß sie von einem Akademiker spazierengefahren wurde, einem gutaussehenden, eleganten Mann mit einem wundervollen Wagen.

»Ich möchte gern, daß Sie ein wenig Zeit hätten«, sagte Dr. Tasburgh. »Es hat mir imponiert, mit welchem Elan Sie sich für Ihren Großvater eingesetzt haben, und deshalb möchte ich Ihnen noch einiges von dem mitteilen, was ich Ihnen bei unserem ersten Gespräch nicht sagen konnte.« Von Carmicheel sprach er, diesem ängstlichen alten Herrn, der es sich in den Kopf gesetzt hatte, mit einer Beförderung zum Oberjustizrat pensioniert zu werden, von der hektischen, wenn auch verständlichen Gier der örtlichen Polizeiorgane, die Klärung des Ausbruchs zu einer Aufwertung des eigenen Ansehens zu nutzen – alle diese subjektiven Gründe hätten zusammen mit den objektiven zu einer Konstellation geführt, in der eine Beurlaubung von James Horrocks geradezu geboten gewesen wäre. Niemand, so fügte er hinzu, hätte ernsthaft an der Unschuld ihres Großvaters gezweifelt, und er selbst wäre vollkommen sicher, daß jetzt, nach der Rückkehr von Bicket, der Fall in kurzer Zeit aufgeklärt würde. »Bicket«, sagte er, »ist allerdings ungewöhnlich hartnäckig. Daß bei meinem Verhör nichts herausgekommen ist, will nicht viel besagen; aber ein Spezialist von Scotland Yard hat ihn tagelang in die Zange genommen – ohne Ergebnis.«

»Ich wäre sehr glücklich, wenn möglichst bald die Unschuld meines Großvaters bewiesen werden könnte.«

»Das ist es ja«, sagte Dr. Tasburgh, »weswegen mir so viel daran liegt, mit Ihnen zu sprechen. Ich kann Ihnen Hoffnungen machen. Nachdem sich Scotland Yard des Falles angenommen hat, besteht keine Gefahr mehr, daß persönliche Rücksichten die Wahrheit verdunkeln. Außerdem hat sich die Gewerkschaft eingeschaltet. Sie besteht darauf, daß die Beurlaubung sofort aufgehoben wird. Ich zweifle nicht, daß die Gewerkschaft sich durchsetzen wird.«

Es war ein klarer Abend nach einem diesigen Tag, die Luft lag still unter einem hohen, hellen Himmel. Auf einem Hügel über einer Flußniederung stiegen Babette und Dr. Tasburgh aus und schlenderten in die Wiesen hinein. Sie setzten sich an einen Hang mit kurzem, trockenem Gras, mit Heidekraut und Steinen. Babette hätte jetzt gern von etwas anderem gesprochen als von dem kleinen Ganoven Bicket, der es in der Hand zu haben schien, ob der Ruf ihres Großvaters makellos blieb. Wenn Dr. Tasburgh sie aus persönlichen Gründen eingeladen hatte, mußte er jetzt das Thema wechseln, aber unter der sinkenden Dämmerung sprach er von all dem, was Bicket ein Geständnis ratsam erscheinen lassen mußte: Man konnte ihm den Rest der Strafe ziemlich unangenehm machen. Man hatte auch jetzt noch die Möglichkeit, das Gericht zu bewegen, ihn nach seiner Entlassung unter Polizeiaufsicht zu stellen. Bicket wollte einen Tabakladen eröffnen; dabei konnte man ihm Knüppel geradezu serienweise zwischen die Beine werfen. Babette musterte Dr. Tasburgh mit einem schrägen Blick, wie er da neben ihr saß, in einen Anzug gekleidet, dem man seine Qualität nicht sofort ansah. Jonny Farrish und seine Freunde wirkten laut und unfertig gegenüber diesem Mann. Sein Gesicht war schmal, sein dunkelblondes Haar kurz geschnitten, aber nicht so kurz, daß es nicht zu seinen dreißig Jahren gepaßt hätte. Er trug keinen Ring, und auch das war ihr sympathisch. Nach diesem Mann würde sich niemand auf der Straße umdrehen, aber darauf legte er offenbar auch keinen Wert. Was natürlich ins Auge stach, war der Wagen.

Auf der Rückfahrt fragte er – sie hatte lange darauf gewartet –: »Wie gefällt Ihnen das Auto?«

»Mein Gott«, sagte sie, »was sind doch Männer eitel. Ich bin sicher, Sie haben die ganze Zeit auf Kohlen gesessen, weil ich kein Wort über dieses Wunderspielzeug gesagt habe. Haben Sie es konstruiert?«

Er lachte. »Ich habe eine Erbschaft gemacht. Eine Tante in Schottland ist gestorben; ich kannte sie kaum. Es soll nach allem, was ich gehört habe, eine schrullige alte Dame gewesen sein, und in ihrem Testament hat sie merkwürdigerweise mich bedacht. Glauben Sie: Für einen kleinen Beamten wie mich hätte es schon gehörige Anstrengungen bedeutet, vom Gehalt auch nur die Unterhaltungskosten für den Wagen aufzubringen.«

»Und wenn die Erbschaft durch den Auspuff gejagt ist, gehen Sie dann wieder zu Fuß?«

»Eine Weile wird es reichen.«

Dr. Tasburgh setzte Babette in der Nähe ihres Hauses ab. Ehe sie sich verabschiedete, fragte er, ob er sie wieder einmal zu einer Autofahrt einladen dürfte. Einen Augenblick lang dachte Babette mit einem bitteren Gefühl an Jonny Farrish, dann sagte sie zu.

Francis Mont betrachtete eine Karte, die die Umgebung von Hertford wiedergab. Jede Straße war in ihr verzeichnet, jeder Bach, jedes Waldstück und jedes Haus. Mit dünnem Stift umrahmte Mont eine Siedlung: In ihr hatte er das Haus mit dem Messingschild vergeblich gesucht.

Monts System war einfach: Er hatte mit dem Zirkel zwei Kreise um das Dorf Coticote geschlagen. Der innerste Raum schien ihm uninteressant, weil Bicket erst nach einer gewissen Fahrtstrecke aus dem Auto gesprungen war; den größeren Kreis hielt er für die äußerst mögliche Grenze. Einen Sektor sperrte er aus; er lag zu nahe an Hertford. Da er es für unmöglich hielt, daß man Bicket in einem Mietshaus versteckt gehalten hatte, beschränkte er sich bei seiner Suche auf Einfamilienhäuser und Villen.

Von morgens bis abends war er unterwegs. Seinem Chef hatte er gesagt, er wäre einem dunklen Punkt im Fall Bicket auf der Spur und brauchte einige Zeit, um ihn zu klären. Sein Chef hatte ihm nach einigem Zögern eine Woche für die Aufklärung bewilligt. Mont war in Eile: Die Beurlaubung des alten Horrocks hatte ein schnelles Ende gefunden, Bicket war aus unerfindlichen Gründen reumütig ins Zuchthaus zurückgekehrt, kein Mensch sprach mehr von dieser Affäre. Vielleicht hatte Bicket seine Befreier bereits der Polizei ausgeliefert? Vielleicht veranstaltete Scotland Yard in den nächsten Tagen eine Pressekonferenz und legte den Fall der Öffentlichkeit als geklärt vor?

Mont fühlte sich unbehaglich. Warum, so sann er, sollte Bicket ihn schonen? Bicket hatte sein Heil in der Aussöhnung mit der Macht gesucht. Warum sollte er dabei auf halbem Weg stehenbleiben? Bisher hatte Bicket jedenfalls noch nicht verraten, wer ihn zwei Nächte lang versteckt gehalten hatte, sonst wäre die Katastrophe schon da. Niemand würde ihn dann decken, sein Chef am allerwenigsten.

Mont nahm sich vor, noch einen Vorort von Hempstead zu durchkämmen und dann endlich zu seinem Häuschen hinauszufahren und die Spuren der Einquartierungen zu beseitigen. Sicherlich würde Bicket den Weg dorthin wiederfinden, und er selbst hatte eine bessere Chance zum Abstreiten, wenn die Polizei nichts vorfand.

Gegen siebzehn Uhr stellte Mont seinen Wagen an einem baumbestandenen Platz in Hempstead ab. Eine Telefonzelle gab es hier und eine Laterne – sein Wagen würde nicht im Dunkeln stehen. Mont verschaffte sich einen Überblick über das Viertel, das er durchkämmen wollte, und lief schließlich Straße um Straße ab, wie er es seit Tagen tat, musterte Briefkästen, kleine Schilder, große Schilder, er kannte sich aus unterdessen: Mindestens vierzig Prozent aller Schilder waren Rähmchen aus Kunststoff, in die man Papierblättchen einschieben konnte, unsolid und für Zugvögel bestimmt. Die Briefkästen daneben waren aus Holz, aus gestrichenem Blech. Dreißig Prozent aller Namensschilder zeigten glänzende Emaille, dort waren gewöhnlich auch die Briefkästen würdiger. Zehn Prozent blieben völlig undiskutabel: mit Reißzwecken befestigte Visitenkarten unter den Vordächern. Auf das, was übrigblieb, konzentrierte sich Monts Interesse: wuchtiges, protziges Metall, Buchstaben in Holz gebrannt – dort erhoffte er sein Glück.

Die Stadt verlor sich zwischen Gärten. Hier waren die Straßenlaternen spärlich, und da die Dämmerung zunahm, mußte Mont nahe an jedes Haus herantreten. Ein Haus lag weit hinten zwischen Obstbäumen; die Straße hörte auf, ein Weg nur führte dorthin, zwei Radspuren mit Pfützen und dazwischen ein grasbestandener Streifen. Fünf Minuten Weg bedeutete das für Mont. Ein paar tausend Häuser hatte er überprüft und nichts gefunden, zwei oder drei Promille Chance also lagen in diesem Weg. Mont ging ihn. Ein Stück massive Mauer streckte sich zu Seiten des Tores, und da sah er das Schild, er erschrak und lächelte im gleichen Augenblick, BRIEFE, große Buchstaben in einem schwachen Bogen geordnet; Mont fühlte die Wölbung ab: Messing, zweifellos. Er blickte durch das Gatter und am Haus hoch. Nirgends war Licht. Rasch ging Mont zurück; er mußte an sich halten, daß er nicht lief. Das war der Sieg, endlich ein Triumph! Er würde den Chef anrufen und dann sofort zur Redaktion fahren. Wenn er den Chef nicht mehr erreichte, würde er einen Artikel vorbereiten und morgen früh auf den Tisch legen, und dann war es vielleicht auch nicht mehr so schlimm, wenn es ans Licht kam, daß er Bicket zwei Nächte und einen Tag lang versteckt hatte, denn dann hatte er etwas zu bieten gegenüber Scotland Yard. Vielleicht war es am besten, wenn er die Karten auf den Tisch legte; er hatte Bicket verborgen, jawohl, aber er hatte dafür das Quartier der Entführer gefunden – wog das nicht schwerer?

Als Mont die Straßenkreuzung erreicht hatte, war es schon so dunkel geworden, daß er das Straßenschild nicht mehr lesen konnte. Er blendete die Taschenlampe auf: Luton Street. Die Luton Street also in Hempstead, der Chef würde Augen machen.

Natürlich mußte er, bevor der Artikel erschien, Scotland Yard in Kenntnis setzen, sonst konnte er noch verdächtigt werden, die Gangster gewarnt zu haben. So war es am besten: Am nächsten Abend, wenn der Enthüllungsbericht in Druck ging, würde er Scotland Yard verständigen. Dann hatte Varney Zeit, das Haus umstellen zu lassen und im Morgengrauen das Verbrechernest auszuheben. Eine Stunde später konnte dann Monts sensationeller Artikel erscheinen.

Wenn Mont in den Weg zurückgeleuchtet hätte, wäre ihm aufgefallen, daß ihm ein Mann nachkam. Aber er war von seinem Sieg erfüllt, daß er jede Vorsicht außer acht ließ. Er sah die Schlagzeilen vor sich: Das Geheimnis von Hempstead, Francis Mont löst den Bicket-Fall, Blamage für Scotland Yard.

Mont ging geradewegs auf den Platz zu, auf dem er seinen Wagen abgestellt hatte. Wenige Menschen waren auf den Straßen, er hätte den Mann bemerken müssen, der ihm folgte und sich immer mehr näherte, wenn er nur die geringste Aufmerksamkeit darauf verwendet hätte. Er betrat die Telefonzelle und wählte die Nummer der Redaktion. Unterdessen trat sein Verfolger dicht an die Zelle heran. Mont rief in die Muschel: »Großer Sieg auf der ganzen Linie! Ich habe etwas Sensationelles gefunden, daß den Bicket-Fall klärt. Ich rufe Sie aus Hempstead an, hören Sie, ich habe ...«

Da schoß der Mann in den Schatten hinein, den er hinter der Mattscheibe sah. Als er die Tür aufriß, drehte sich Mont halb zur Seite und hielt sich schwankend fest; da schoß der Mann noch einmal. Dann nahm er den pendelnden Hörer auf und hielt ihn ans Ohr. »Was ist denn!« rief eine Stimme. »Mont, hören Sie ...«

Der Mann hängte auf.

4

Pannen für Varney

An einem der hellen Märznachmittage, die eine Vorahnung des Frühlings über die britischen Inseln brachten, saß Varney hinter seinem Schreibtisch, malte Striche und Kreise und versuchte, alles, was er von Grebb, Woodward, Bicket und Horrocks wußte, in ein System zu bringen. Er und seine Leute hatten fleißige Kleinarbeit geleistet in den letzten Tagen, sie hatten die Lebensumstände eines jeden, der mit der Flucht Bickets mittelbar oder unmittelbar zu tun haben konnte, eingehend durchforscht. Varney wußte, daß Bickets Bruder zur Zeit der Flucht in einer Londoner Möbelfabrik an seiner Maschine gestanden hatte, und war informiert, daß die Zuwendungen des alten Horrocks an seine Enkelin über ein normales Maß nicht hinausgegangen war. Er war bei Sientrino gewesen und hatte sich ein Gerücht angehört, wonach Grebb und dessen Braut aus Italien oder Spanien oder woher auch immer nach London zurückgekehrt sein sollten, und hatte noch einmal Bicket ausgequetscht, an dessen Fluchtbericht viele Momente wahr sein mußten, den er aber in seinem Kern für erlogen hielt. Eine Zeitlang hoffte Varney, wie schon manchmal in den letzten Tagen, er sähe Gespenster, aber er kam von der Befürchtung nicht los, daß sich etwas zusammenbraute. Immerhin: Am Ausbruch von Bicket waren mindestens drei Mann beteiligt gewesen. Sie hatten zielsicher zusammengearbeitet und jeden Schritt sorgsam vorbereitet. Wenn es wahr sein sollte, daß Grebb wieder auf der Insel war – ihm konnte man die Klugheit und Umsicht, die bei der Befreiung von Bicket aufgewendet worden waren, niemals zutrauen. Wenn aber wirklich Woodward hatte befreit werden sollen, wer sonst außer Grebb konnte ein Interesse daran haben? Doch besaß Grebb noch soviel Geld, wie dazu nötig war? Oder stand jemand hinter ihm?

Am Nachmittag trat Varneys Vorgesetzter, Inspektor Sheperdson, in dessen Zimmer. »Ich möchte nicht stören«, sagte Sheperdson. Er artikulierte dabei jede Silbe sorgsam, als dürfte nichts verlorengehen, und hob einen Augenblick lang die Hände zu halber Höhe. Inspektor Sheperdson war weißhaarig und hatte die Sechzig bereits überschritten, er war ein kleiner, schlanker Herr, der sich sehr gerade hielt, mit gepflegten, dünnen Fingern und der klaren, hellen Stimme eines Schauspielers. »Ich will nur einen Augenblick hereinschauen. Wie geht es Bicket?«

Varney kam um seinen Schreibtisch herum, wies auf einen Sessel, wartete, bis Sheperdson Platz genommen hatte, setzte sich erst dann. Varney war gewöhnlich nicht sehr auf Etikette bedacht; in Sheperdsons Gegenwart jedoch war er ständig auf der Hut, keinen noch so kleinen Fehler zu begehen. Er ließ sein Zigarettenetui schnappen, gab Feuer, rückte den Ascher zurecht. »Bicket«, sagte er dann, »hat seine Aussage genau abgegrenzt. Ich halte es durchaus für möglich, daß ihm dabei jemand geholfen hat. Es ist jedenfalls bisher nicht gelungen, auch nur den kleinsten Einbruch zu erzielen.«

»Und Sie hoffen, daß es Ihnen noch gelingen wird?«

»Bestimmt, wenn ich Material beschaffe, das ihn verblüfft.«

Sheperdson zog an seiner Zigarette, schaute dem Rauch nach, schwieg. Mehr als einmal schon hatte Varney den Eindruck gehabt, daß dieser Mann auch etwas ganz anderes sein könnte, Professor für alte Sprachen beispielsweise, Geigenvirtuose, Nervenarzt, und daß er nicht eigentlich Kriminalinspektor war, sondern diese Rolle spielte, vollendet spielte übrigens. »Sind Sie immer noch überzeugt«, fragte Sheperdson jetzt, »daß Grebb zurückkommt?«

»Vielleicht ist er schon hier.«

»Mir scheint fast«, sagte Sheperdson, wobei er kaum spürbar lächelte, »daß ich Sie zu lange ausschließlich mit dem Fall Woodward-Grebb beschäftigt habe. Schön, es wurden von Ihren Leuten zwischendurch kleine Aufgaben nebenbei erledigt. Ich hatte schon vor, die Fahndung nach dem Fahrer des Fluchtwagens und die Beobachtung, ob Grebb zurückkehrt, zu einer zweitrangigen Sache zu erklären und Sie mit einem neuen Fall zu betrauen. Der Ausbruch von Bicket hat mich zögern lassen.« Sheperdson hatte ausgeraucht, drückte den Zigarettenrest im Ascher aus und zog sein Notizbuch. Im Yard hielt sich hartnäckig das Gerücht, dieses Büchlein sei leer, denn jeder traute Sheperdson ein so universales Gedächtnis zu, daß sich niemand vorstellen konnte, Sheperdson hätte eine solche Stütze nötig. Jetzt sagte er: »Alle meine fähigen

Beamten sind mit mehreren großen Fällen beschäftigt. Ich möchte, daß Sie sich im klaren sind: Sobald es wieder etwas Schwieriges zu lösen gilt, werde ich Sie damit beauftragen. Die Restposten, die mit Grebb, dem mysteriösen B, Woodward, Bikket und Horrocks zusammenhängen, bearbeitet dann einer Ihrer Leute.«

»Ich weiß«, sagte Varney, »Sie geben nicht viel auf Vorahnungen. Aber ich komme nicht davon los, daß dieser Fall uns noch erhebliche Kopfschmerzen bereiten wird.«

So, als sei er erstaunt, hob Sheperdson die Augenbrauen.

»Wie kommen Sie zu der Behauptung«, fragte er verwundert, »ich hielt nichts von Vorahnungen? Bei meinen Beamten bitte ich mir allerdings aus, daß sie zutreffen.«

Nachdem sich Sheperdson verabschiedet hatte, saß Varney noch lange hinter seinem Schreibtisch, las Berichte, kombinierte, zog alles in Zweifel, besonders seine trüben Befürchtungen. Es war spät, als er seine Lampe löschte und sich endlich auf den Heimweg machte. Eines wenigstens stimmte ihn zuversichtlich: Am nächsten Tag würde Woodward verlegt werden. Dann waren die Fäden, die eventuell von außen hinter die Mauern des Hertforder Zuchthauses führten, abgeschnitten.

Direktor Carmicheel und Dr. Tasburgh riefen alle Beamten, die für Woodwards Transport eingeteilt worden waren, in der Zentrale zusammen. »In einer halben Stunde«, begann Carmicheel, »transportieren wir den zur Zeit gefährlichsten Häftling ab: Woodward. Wohin er überführt wird, wissen bisher außer wenigen Beamten im Justizministerium nur der Direktor des Hauses, in das Woodward gebracht wird, und ich. Auch Sie erfahren es in letzter Stunde. Das Ziel ist Gloucester. Hundert Meilen ungefähr, die Strecke fahren Sie nicht zum ersten Mal. Folgende Ordnung: ein Motorrad an der Spitze, dann der Transportwagen, zuletzt ein Motorrad mit Beiwagen. Woodward legen wir Handschellen an. Bewaffnung: Alle tragen Pistolen. Wir beginnen. Alarmstufe I für das ganze Haus.«

Alarmstufe I, das hieß: Abbruch der Freistunde, Schließen aller Türen, Verbot jeglichen Gefangenenverkehrs auf Treppen und Korridoren. Leer lag das Haus, als Woodward in den Hof hinuntergeführt wurde. Zwei Dutzend Augen starrten ihn an, wie er, die Hände vor dem Bauch zusammengeschlossen, im Hof stand, größer als alle, klobig, den Kopf geduckt. Sogar jetzt noch, gefesselt und von bewaffneten Männern umringt, schien von ihm eine dumpfe Gefahr auszugehen. Wie nicht anders zu erwarten gewesen, machte Woodward Theater, als er in den Gefangenenwagen steigen sollte. Mit gefesselten Händen ginge das nicht, behauptete er, er müßte sich festhalten können, und wer denn wohl die Verantwortung übernähme, wenn er stürzte und sich die Zähne zerschlüge. Es wäre verboten, einen Häftling gefesselt einsteigen zu lassen, er würde sich beschweren! Da Woodward im Recht war, schloß ihm ein Wachtmeister die Handschellen wieder auf. »Denken Sie ja nicht«, sagte er dabei, »daß Sie die große Lippe riskieren können, weil wir Sie in eine andere Anstalt bringen. Die nötige Charakteristik werden wir schon mitgeben, verlassen Sie sich darauf!«

»Wenn ich schlechtere Laune hätte«, sagte Woodward, »könnte ich Ihnen das als Nötigung auslegen.« Dann stieg er in den Wagen, maulte, die Abteile wären verdammt klein, er wüßte nicht, wo er seine Knie unterbringen könnte, aber Dr. Tasburgh brüllte ihn an mit einer Lautstärke, die ihm niemand zugetraut hätte, und das wirkte selbst auf Woodward so überraschend, daß er sich ohne ein weiteres Wort die Handschellen wieder anlegen ließ.

»Ihr Glück«, sagte Dr. Tasburgh.

Kurz darauf wurde das Tor geöffnet, die drei Fahrzeuge kurvten hinaus. Die Straße war trocken, die Sicht einwandfrei. Der Fahrer des Spitzenkrads achtete darauf, daß er stets den Transportwagen im Rückspiegel behielt. Vor Kurven bremste er, in Ortschaften ging er mit dem Tempo herunter. Einige Male setzten sich schnellere Wagen dazwischen; dann winkte er energisch, sie sollten auch ihn überholen. Nach etwa einstündiger Fahrt ging er selbst an einem langsam fahrenden Lastzug vorbei und sah, wie der Transportwagen zum Überholen ansetzte. Da bremste der Lastzug plötzlich, fuhr nach links heraus und blockierte die Fahrbahn. Der Kradfahrer bremste, drehte eine enge Schleife und fuhr zurück. Er zweifelte keinen Augenblick daran, daß man ihn bewußt abgeschnitten hatte; es wurde ernst. Auf der linken Fahrbahnseite war ein schmaler Raum geblieben, auf den fuhr er zu. Er schob das Motorrad an einen Baum und rannte um den Lastzug herum, wobei er die Pistole zog. Da hörte er Schüsse und eine Detonation wie von einer Handgranate. Er sah den Transportwagen, hinter dem eine braune Wolke aufstieg, sah einen maskierten Mann mit einer

Maschinenpistole den Fahrer in Schach halten, riß die Pistole hoch, drehte sich um sich selbst, wobei ihm die Pistole aus der Hand fiel, und brach zusammen.

Er kam wieder zu sich, als alles vorbei war, als ihn Männer auf einer Bahre am Transportwagen vorbeitrugen; er sah die abgesprengte Tür an der Rückseite und wußte, daß Woodward befreit worden war. Obwohl ihn die Hüfte schmerzte und er sich schwach fühlte durch den Blutverlust, überlegte er dennoch, ob er einen Fehler gemacht hatte. Bevor er ein weiteres Mal in Ohnmacht fiel, dachte er krampfhaft darüber nach, ob er selbst geschossen hatte, aber er konnte sich nicht besinnen.

Zwei Stunden später traf George Varney an der Stelle des Überfalls ein. Der Polizeioffizier, der die Absperrung und die Sicherung der Spuren eingeleitet hatte, informierte ihn über den Hergang: Ein Lastwagen mit Anhänger hatte sich vom Spitzenkrad überholen lassen und die Fahrbahn blockiert. Zur gleichen Zeit war ein Personenwagen von hinten herangeprescht, hatte die Beiwagenmaschine gerammt, so daß Fahrer und Beifahrer verletzt worden waren; die Insassen waren herausgesprungen, hatten eine Bombe an die Rückwand des Transportwagens gehängt und die Tür aufgesprengt. Das alles war Sache von Sekunden gewesen. Der Fahrer des Transportwagens hatte die Hände gehoben, neben ihm war der Fahrer des Spitzenkrads verwundet worden.

Varney fragte: »War keine Bewachung im Wagen?«

»Diese Leute waren so schockiert, daß sie sich nicht wehrten. Jetzt behaupten sie, sie wären durch die Druckwelle betäubt gewesen.«

Varney wußte, daß es nicht jedermanns Sache ist, die Waffe zu heben, wenn man eine Mündung auf sich gerichtet sieht.

Der Polizeioffizier berichtete weiter: Woodward war ausgestiegen, die Gangster hatten dessen Bewacher in den Transportwagen gesperrt und waren davongefahren. Dazu drei Verletzte; es war eine überaus traurige, beschämende Bilanz. Geschossen hatte nur ein einziger Wachtmeister, und der hatte es mit seiner Gesundheit bezahlt.

Die Verwundeten waren abtransportiert, die Spuren gesichert worden. Varneys Assistenten polkten ein Geschoß aus der Fahrerkabine und ließen sich dann immer wieder den Hergang erzählen.

Varney rechnete zusammen: Ein Gangster im Lastzug, drei in dem Wagen, der die Beiwagenmaschine in den Graben gedrückt hatte.

Mit Woodward zusammen befanden sich jetzt fünf Männer auf der Flucht, einige davon in einem Wagen, der zerbeult sein mußte. Aber wer eine solche Organisation aufzog, hatte auch die weiteren Schritte bedacht, und es war höchst unwahrscheinlich, daß Woodward oder einer seiner Befreier jetzt noch in dem Wagen saß, der bei dem Überfall benutzt worden war.

Varney fühlte sich deprimiert. Seit dem Überfall auf den Kassenboten der Celtic-Bank war ihm fast alles schiefgegangen. Nur einen wirklichen Erfolg hatte er erzielt, er hatte Woodward festgenommen, aber eben dieser Woodward befand sich nun wieder auf freiem Fuß. Es war durchaus möglich, daß Grebb bei diesem Überfall die Hand im Spiel hatte, aber Varney zweifelte daran, daß Grebb ihn allein organisieren konnte. Hier war umsichtig geplant und vorbereitet worden, hier steckte ein Kopf dahinter und nicht nur Grebbs brutale Faust. Und Varney war überzeugt: Man hatte Woodward nicht aus irgendeiner Art von Kameradschaft befreit, sondern weil man ihn brauchte.

»Wir wollen hier so bald wie möglich Schluß machen«, sagte Varney zu dem Polizeioffizier. »Es wird Zeit, daß die Straße wieder frei wird.« Was nun folgen mußte, würde sich über alle Straßen des Landes, über alle Häfen und Flugplätze hinziehen. Es hatte keinen Zweck, hier noch herumzustehen, er mußte zurück nach London.

Mit gepacktem Koffer fuhr Babette Horrocks nach Tottenham hinein. Sie hatte zu Hause erzählt, sie wäre von einer Freundin übers Wochenende eingeladen worden. Babette aber wollte keine Freundin besuchen. Die Bank, in der sie arbeitete, schloß am Freitag abend und öffnete erst am Montag morgen wieder; die freien Tage wollte sie am Strand von Worthing verleben. Der Mann, der sie eingeladen hatte, war Dr. Tasburgh.

Babette hatte einen Tag lang geschwankt, ob sie annehmen sollte. Dr. Tasburgh hatte nicht einmal verliebt getan, als er ihr den Vorschlag gemacht hatte, ein Wochenende zu einer gemeinsamen Fahrt an die Kanalküste zu benutzen, und seine Bitte hatte so geklungen, als würde er nicht besonders betrübt sein, wenn sie ablehnte. Sie wußte nicht, ob er ein rasches Abenteuer suchte oder sich mit einer heiteren Kameradschaft zufriedengeben wollte, und das machte sie neugierig. Sie hatte sich eine Frist gestellt: Sollte Jonny Farrish bis zum Abend nicht angerufen haben, würde sie mit Dr. Tasburgh nach Worthing fahren. Wie schon seit einer Woche ließ Farrish auch an diesem Tag nichts von sich hören, und so sagte sie zu.

Nach Dienstschluß holte Dr. Tasburgh sie ab. »Worthing«, erzählte er während der Fahrt, »ist ein hübscher Ort, nicht zu modern, nicht zu teuer, keinesfalls exklusiv, also das richtige für einen mittleren Beamten, der sich auch einmal etwas gönnen will.« Er lachte Babette in einer so unbekümmerten Art an, daß sie davon angesteckt wurde. »Das Wasser ist natürlich noch zu kalt, aber wenn kein zu starker Wind aufkommt, kann es am Strand recht angenehm sein.«

Dr. Tasburgh nutzte die Geschwindigkeit seines Sportwagens voll aus und fuhr mehr auf der Überholbahn, als daß er sich in die Kolonne eingeordnet hätte. Kurz hinter Reigate gerieten sie in einen Stau: Polizei hatte die Straße abgesperrt und überprüfte die Ausweise; Lastwagen wurden an den Rand dirigiert und durchsucht, die Kofferräume der Personenwagen geöffnet. »Großfahndung nach Woodward und seinen Leuten«, sagte Dr. Tasburgh. »Sie glauben ja gar nicht, wie froh ich bin, daß ich eine monatliche Kündigungsfrist habe. Am nächsten Ultimo komme ich um meine Versetzung ein, das steht fest. Nichts als 'raus aus dem Zuchthausbetrieb!«

»Gibt man Ihnen eine Schuld?«

»Nicht die geringste. Wir haben den Transport abgesichert, wie es den Vorschriften entspricht. Aber dennoch werde ich glücklich sein, wenn ich mich auf eine Position zurückgezogen habe, wo es weniger turbulent zugeht.«

Die Polizisten, die ihren Wagen kontrollierten, machten einen übermüdeten, abgehetzten Eindruck. Sie blickten rasch in den Kofferraum und winkten zur Weiterfahrt; während Dr. Tasburgh versuchte, seinen Wagen aus dem Knäuel herauszuwinden, sagte er: »Besonders gründlich sind sie nicht. Konnten wir nicht einen Gangster hinter den Rücklehnen versteckt haben?«

Es war längst dunkel, als sie Worthing erreichten. Sie legten rasch ihr Gepäck ab und liefen an den Strand. Auf einer Landungsbrücke hielten sie ihre Gesichter in den Wind, der die Frische und Kühle des Ozeans herantrug. Sie sahen den Lichtern der Schiffe nach und rieten, wohin diese fahren könnten, nach New York, nach Rio oder nur hinüber in die Seinemündung; sie lehnten so nahe nebeneinander am Geländer, daß sich ihre Ellbogen berührten, und Babette war gespannt, ob Dr. Tasburgh den Arm um ihre Schultern legen würde. Es verwirrte sie, daß der Argwohn in ihr aufkam, sie könnte sich sogar ein wenig danach sehnen. Später aßen sie zu Abend. Es wäre gut, wenn sie am nächsten Morgen ausgeschlafen hätten, sagte Dr. Tasburgh. Seeluft mache müde, und er für sein Teil schlafe an der See immer wie ein Murmeltier.

Der nächste Tag begann mit klarem Himmel von einem Horizont zum anderen; die Möwen stießen schreiend auf Tangbündel herab, die während der Nacht ans Ufer geworfen worden waren. »Jetzt laufen«, sagte Babette. Sie rannten auf der sanft geneigten Fläche entlang, die von den letzten flachen Wellen glatt gerieben wurde. Weit draußen setzten sie sich auf eine Buhne. Sie sprachen von vielen Dingen an diesem Morgen, aber nicht vom Ausbruch Woodwards oder von irgend etwas anderem, was mit dem Zuchthaus von Hertford zusammenhing. Mittags kehrten sie mit einem Bärenhunger ins Hotel zurück. Ob es nicht hübsch wäre, fragte Babette, mit dem Wagen ein Stück an der Küste entlang zu fahren von einem Badeort zum anderen. Aber Dr. Tasburgh winkte ab: Er wäre nicht hierhergekommen, um Benzingestank in der Nase zu haben, er suchte die Natur, die Ruhe. So gingen sie am Nachmittag wieder an den Strand, bis Wolken die Sonne verdeckten, dann zog sich Babette zum Abendessen um. Seit langem hatte sie nicht mehr mit einem solchen Vergnügen vor dem Spiegel gestanden; die Sonne eines Tages hatte genügt, ihrer Haut einen goldbraunen Ton zu geben, ihre Augen waren blank und ihre Lippen frisch. Babette drehte sich vor dem Spiegel, daß ihr Rock hochflog.

Sie aßen mit gutem Appetit und gingen danach in die Bar nebenan. Sie tanzten nicht viel und tranken nicht viel und fühlten sich so schnell müde, daß sie leise spottend feststellten, sie wären doch verstädtertes, verweichlichtes Volk, das von einem einzigen Tag in Luft und Sonne zermürbt wurde. Sie bummelten noch einmal über die Terrasse, aber es war diesig geworden, so daß sie das Meer nicht sahen und nicht die Lichter der Schiffe. Dr. Tasburgh küßte sie, und sie ließ es geschehen, und er sagte ihr, daß er sehr glücklich wäre. Dann gingen sie auf ihre Zimmer und schliefen traumlos und fest wie in der ersten Nacht. Und am nächsten Morgen merkten sie, daß das Auto gestohlen worden war.

Dr. Tasburgh stand mit zusammengepreßten Lippen auf dem Parkplatz und starrte auf den Betonboden, als könnte irgendeine Spur verraten, wohin und auf welche Weise der Wagen verschwunden war. »Aber ich habe ihn doch abgeschlossen«, beharrte er, »und den Zündschlüssel habe ich bei mir, und gestern abend war ich ...« Er besann sich, fluchte und rieb sich die Stirn.

»Gestern abend warst du nicht am Wagen«, widersprach Babette.

»Stimmt. Du wolltest an der Küste entlangfahren, und ich habe es dir ausgeredet. Wenn ich auf dich gehört ...«

»Das hätte auch nichts geändert. Dann wüßten wir bloß, ob der Wagen in der letzten Nacht oder schon in der vorigen gestohlen worden ist. Er ist natürlich versichert, ein finanzieller Verlust entsteht nicht. Das schlimmste sind die Scherereien.«

Gegen Mittag erst kam ein Polizist, der einen ebenso ermüdeten Eindruck machte wie die Beamten der Straßenkontrolle. Er sah die Papiere an und ließ sich zeigen, wo der Wagen gestanden hatte. Er war sichtlich verärgert, weil Dr. Tasburgh nicht angeben konnte, wann der Wagen gestohlen worden war; zwei Nächte und ein Tag waren ein zu unübersichtlicher Zeitraum. Ein Kellner, ein Koch und die Besitzerin des Hotels wurden gefragt, wann sie den Sportwagen zum letzten Mal gesehen hatten. Der Kellner wußte überhaupt nichts von ihm und meinte, das wäre ein Anhaltspunkt: Er wäre ein ausgesprochener Autofan und hätte einen Sportwagen nicht unbeachtet gelassen. Aus dieser Aussage ließ sich der vage Schluß ableiten, daß das Auto schon in der Nacht vom Freitag zum Sonnabend gestohlen worden war, denn in dieser Zeit hatte der Kellner dienstfrei gehabt.

Über diesen Untersuchungen wurde es Nachmittag. Ein Ehepaar erbot sich, Babette und Dr. Tasburgh in seinem Pkw bis London mitzunehmen. Zweimal wurden sie während dieser Fahrt kontrolliert, was ihre gedrückte Laune nicht verbesserte. Als Babette und Dr. Tasburgh schließlich in die Schnellbahn stiegen, die nach Hertford führt, versuchte Babette, sich in eine Stimmung von Galgenhumor hineinzureißen: Es wäre trotz allem herrlich gewesen in diesen zwei Tagen am Strand, und gehörte es nicht zu einer zünftigen Reise, daß man unterwegs von Räubern ausgeplündert wurde?

Sie verließen getrennt den Bahnhof. Während Babette in einem Taxi zum Haus ihrer Eltern hinausfuhr, dachte sie sich etwas aus, was sie angeblich bei ihrer Freundin erlebt hatte. Sie wunderte sich, daß sie dabei so gar kein schlechtes Gewissen verspürte.

»Alles klar«, sagte Varney ins Telefon, »Hemd, Unterhose, Sokken, was man so braucht. Und Taschentücher. Das alte Zeug kannst du gleich mitnehmen. Dank dir, Liebling. Ja, ich fühle mich großartig. Also bis gleich.« Varney legte auf. Auf seine Frau war Verlaß, in einer solchen Situation knurrte sie nicht, wenn er tagelang nicht nach Hause kam.

Unzählige Fäden liefen auf Varneys Schreibtisch zusammen. Mont war unter nahezu eindeutigen Umständen verschwunden, nach Woodward und dessen Befreiern wurde gefahndet. Scotland Yard war auf den Beinen, dazu die Polizei aller südenglischen Grafschaften, die Zollbeamten in Häfen und auf Flugplätzen. Sogar die Marine half mit Hubschraubern die Küste abzusichern. Varney mußte organisieren, koordinieren, die eingehenden Meldungen sichten. Wie gewöhnlich liefen andere Ereignisse verquer: In einem Dorf bei Reading überfiel ein maskierter Räuber eine Poststelle und erbeutete etwas mehr als hundert Pfund. Aber der Überfall trug nicht die Handschrift von Grebb und seinen Komplicen. Kurioserweise stahl man dem stellvertretenden Zuchthausdirektor von Hertford den Wagen. Es fehlte wie üblich nicht an Spaßvögeln, die mit verstellter Stimme anriefen, sich Woodward oder Grebb nannten und herzliche Grüße an George Varney ausrichteten.

Kurz nachdem Varneys Frau die Wäsche gebracht und Varney sich auf der Toilette umgezogen hatte, rief ein Polizist aus Somerton, einem kleinen Ort bei Swindon, an, Jungen hätten in einem Schafstall den Wagen entdeckt, mit dem die Gangster die Beiwagenmaschine in den Graben gedrückt hatten. Woodwards Handschellen lägen darin.

Varney fuhr sofort dorthin. Er fand einen Stall an einem Hang, umgeben von Weißdornbüschen und Brennesseln, ein paar aufgeregte Jungen und einen vor Stolz geröteten Ortspolizisten. Einer der Jungen schwenkte triumphierend die Handschellen. Varney fuhr den Polizisten an, ob er noch nie etwas von der Sicherung der Fingerabdrücke gehört hätte, aber der Polizist verteidigte sich: Alle Jungen hätten die Handschellen schon vor seinem Kommen abwechselnd anprobiert gehabt; jetzt wäre nichts mehr zu verderben.

Im Stall stand der Wagen, von Heu überdeckt. In ihm lag eine hölzerne Maschinenpistole, eine hübsche, sorgfältige Schnitzarbeit. Varneys Leute suchten den Boden nach Spuren ab und wühlten das Heu durch. Einen Schuhabdruck fanden sie im Staub, die übrigen Spuren waren durch die Kinder zertreten. Sie fanden die Gefängniskleidung Woodwards, eine Zigarettenkippe und ein abgebranntes Streichholz. Sie fotografierten das Auto mit und ohne Heu, den Schuppen, die Fußspur und den Abdruck eines Reifens draußen auf einer feuchten Wegstelle. Varney betrachtete die Vorderfront des Wagens: Die Stoßstange war an der Seite eingedrückt, das Blech darüber zerbeult und der Lack abgeblättert, aber auffällig waren diese Schäden nicht; es war durchaus denkbar, daß die Gangster damit Dutzende von Meilen durch dichten Verkehr gefahren waren, ohne Argwohn zu erregen. Varney gab einige Anweisungen, von denen er wußte, daß sie überflüssig waren, denn seine Leute waren schon an der Arbeit: Sie sicherten die Spuren und untersuchten jeden Quadratzentimeter des Wagens auf Fingerabdrücke. Ein Spürhund wurde angesetzt, um festzustellen, in welcher Richtung sich die Gangster entfernt hatten, und einige Kriminalisten machten sich auf, um die Bewohner der umliegenden Ortschaften zu befragen. »Und«, schloß Varney, »halten Sie die Presse fern!« Er überschätzte diesen Fund nicht. Am Donnerstag war Woodward befreit worden, jetzt war Montag, und das hier war die erste nennenswerte Spur. Spätestens am Donnerstagabend war dieser Wagen hier abgestellt worden; die Gangster hatten also einen Vorsprung von drei und einem halben Tag.

Von der nächsten Polizeiwache aus ließ sich Varney mit Scotland Yard verbinden. Man berichtete ihm, der gestohlene Wagen des Dr. Tasburgh wäre in der Nähe Bristols gesehen worden; am Steuer hätte eine junge Dame gesessen. Eine erfreulich exakte Personenbeschreibung lag vor, sie wurde soeben ausgewertet. In Plymouth und Portland hatte man zwei Männer unter dem Verdacht festgenommen, sie wären Jesse Woodward. Einer hatte sich zur Wehr gesetzt und einem Kriminalbeamten eine Rippe eingedrückt. Beide befanden sich wieder auf freiem Fuß; gegen einen wurde ein Verfahren wegen Widerstands gegen die Staatsgewalt eingeleitet. In Southampton hatte ein Hellseher der Polizei seine Erleuchtung angeboten; danach befand sich Woodward im Hotel »Zu den drei Affen« in Cardiff, Zimmer 26. Eine Anfrage in Cardiff hatte ergeben, daß das Hotel 1940 durch eine Bombe zerstört worden war; dort stand jetzt eine Fabrik für Dörrgemüse.

»Ich möchte mir nun die Stelle ansehen, wo man Mont umgebracht hat«, sagte Varney. »Vermutlich umgebracht hat«, fügte er hinzu.

Er ließ sich nach Hempstead fahren. Von dort aus hatte Mont seinen Chefredakteur angerufen. Dieser hatte leider nicht begriffen, daß auf Mont geschossen worden war, er hatte zwar im Telefon ein Knallen und Knacken gehört, aber nicht die richtigen Schlüsse gezogen. Erst nach zwei Tagen, als Mont nicht wieder aufgetaucht war, hatte er Verdacht geschöpft und die Polizei benachrichtigt. Man hatte alle Telefonzellen Hempsteads abgesucht und schließlich eine gefunden, deren Drahtglastür von einem Geschoß durchschlagen war. Schmutz und Laub lagen auf dem Boden, darunter entdeckte man schwache Blutspuren. Neben der Zelle stand Monts Wagen.

Varney betrachtete die Zelle und den Platz. Er kannte die Berichte seiner Leute und die Aussagen der Anwohner. Niemand hatte auf Schüsse geachtet, und alle hatten mehr oder weniger erbost hinzugefügt, neben ihnen könnte eine Bombe in die Luft gehen, ohne daß sie zusammenzuckten, denn seit auf einem benachbarten Flugplatz Tag und Nacht Düsenjäger starteten, nähme die Knallerei kein Ende. Niemand hatte beobachtet, wie ein Schwerverletzter oder Toter abtransportiert worden war; die Hunde, zu spät eingesetzt, hatten keine Spur gefunden.

Am Mittwochabend war hier auf Mont geschossen worden, am Donnerstag morgen hatte man Woodward befreit. Hatte Mont nach den Leuten geforscht, die Bicket aus dem Zuchthaus herausgeholt hatten? Nach den Worten seines Chefredakteurs hatte er ins Telefon gerufen: »Ich habe etwas Sensationelles gefunden!« Wenn man das Geheimnis von Hempstead löste, war man einen großen Schritt weiter.

Varney war weniger als viele seiner Kollegen und die meisten Schreiber von Kriminalromanen davon überzeugt, daß das Genie des Kriminalisten das Entscheidende bei der Aufklärung eines Verbrechens ist. Die Perfektion im Zusammenwirken einer Reihe von Spezialisten, die immer mehr verfeinerte Wissenschaft mit enormen technischen Mitteln führten zum Erfolg, und nicht zuletzt verstellte die imponierende Zahl von Jägern dem Wild jeden Fluchtweg. Zu all dem kam, wenn es auch manche erbittert leugneten, der Zufall. Mehr als Traktätchen und Sonntagspredigten würde Varneys Meinung nach eine Statistik abschreckend wirken, in der nachgewiesen würde, welch geringen Nutzen die Verbrecher aus ihren Taten ziehen konnten: Jedes Kapitalverbrechen rief einen derartigen Abwehrapparat auf den Plan, daß es sich von Jahr zu Jahr weniger auszahlte. Varney wünschte, er fände einmal die Zeit, eine derartige Statistik aufzustellen.

»Man sollte zwei oder drei befähigte Leute weitersuchen lassen«, sagte er und nannte die Namen derer, die er für geeignet hielt. Ein behäbiger Alter für die Gespräche mit den Pensionären auf den Parkbänken, ein blutjunger Anfänger für die Debatten vor den Kinos und in den Spielhallen, eine Frau, die in den Geschäften herumhorchen konnte – eine Woche lang sollten sie in diesem Viertel Augen und Ohren offenhalten.

Von der Polizeiwache in Hempstead rief er Scotland Yard an und erfuhr, die junge Frau, die den Wagen des Dr. Tasburgh gefahren hatte, wäre höchstwahrscheinlich Jane Hetshop gewesen. »Ich komme sofort!« rief er. »Versuchen Sie herauszubekommen, wo die Hetshop jetzt ist!« Seinen Fahrer wies er an, so schnell wie möglich nach London hineinzufahren. Er sagte: »Das ist genau das, was die Zeitungsfritzen lieben: Die Gangster klauen das Auto eines Gefängnisbeamten und türmen damit. Daraus kann man eine hübsche kleine Glosse machen.«

»Jane Hetshop«, sagte der Fahrer, »ich habe einmal ein Bild von ihr gesehen. Eine Dame von der teuren Sorte, wie es scheint.«

»Irgendwie muß ja Grebb seine Beute durchbringen. Mir will nur nicht in den Kopf, warum Grebb seine Geliebte mit in die Sache hineinzieht.«

»Vielleicht muß er auf die letzten Reserven zurückgreifen.«

Daran, fand Varney, konnte unter Umständen etwas sein.

Sein Aufenthalt im Yard war diesmal nur kurz. Sheperdson bat um einen kurzen Bericht. Hastig, überstürzt begann Varney, ruhig wurde er allmählich gegenüber dem beherrschten Gesicht seines Chefs, dessen durchdachten Fragen. »Bei genauer Überlegung«, sagte Sheperdson am Ende, »halte ich es unter den gegenwärtigen Umständen nicht für angebracht, Sie mit einem weiteren Fall zu betrauen. Mir scheint, Sie sind ausgelastet.«

Varney nahm sich vor, wenn er einmal Sheperdsons Nachfolger werden sollte, in solchen Momenten sich überstürzender Ereignisse ebenso zu handeln – überlegen, spöttisch, als wäre nichts Besonderes im Gange. Damit half man sich und anderen besser, als wenn man anfeuerte, dramatisierte.

Wenige Minuten nach diesem Gespräch jagte er in einem Funkwagen wieder aus London hinaus. Er saß neben dem Fahrer; hinter ihm hielt der Funker Verbindung mit Scotland Yard, Hempstead, den Funkstellen in Bristol, Portland, der Marinestation in Plymouth. Nichts Neues aus Hempstead, eine Vermutung aus der Londoner Unterwelt über einen Mann, der bei der Befreiung von Bicket den Möbelwagen gefahren haben könnte, und dann etwas, was Varney erregte: Jane Hetshop saß in einem Lokal in Sherborne.

»Zwölf Meilen von hier«, sagte der Fahrer.

»Sofort dorthin! Fragen Sie zurück«, sagte Varney, »welches Lokal, alle Einzelheiten.«

Die Hetshop, so erfuhr er, war gesehen worden, als sie in Sherborne aus dem Omnibus stieg. Sie hatte sich eine Zeitung gekauft und war geradenwegs in ein kleines Lokal gegangen. Dort saß sie seit einer Stunde, trank Tee, rauchte und aß belegte Brötchen.

Als Varney das Lokal betrat, sah die Hetshop kurz auf und senkte den Blick sofort wieder. Varney setzte sich so, daß er sie im Auge behalten konnte, bestellte einen Kognak und überlegte, ob es wohl klug gewesen war, die Hetshop selbst beobachten, oder besser gesagt, überhaupt einmal sehen zu wollen. Sie war nicht eigentlich schön, fand er, aber sie war elegant gekleidet und raffiniert zurechtgemacht. Vielleicht konnte man diese Eleganz für ein wenig gesucht halten, und nichts vermochte zu verdecken, daß ihre Augen zu groß, zu weit vorstehend und ein wenig töricht waren. Sie hatte schönes Haar, einen vollendeten Mund und eine aufregende Figur, aber Varneys Blick wurde immer wieder von diesen Augen angezogen, und er wunderte sich, daß die Männer, die ihm die Hetshop beschrieben hatten, darüber hinweggegangen waren.

Varney hatte nicht den Eindruck, daß die Hetshop aufgeregt war. Er war nicht einmal sicher, daß sie auf jemanden wartete, denn nicht jedesmal, wenn jemand eintrat, blickte sie zur Tür. Kurz vor elf zahlte sie ihre Zeche, und pünktlich um elf verließ sie das Lokal. Varney blieb sitzen. Seine Leute würden die Hetshop beschatten; ihm genügte es, sie einmal gesehen zu haben. Er aß in aller Ruhe zu Mittag, und kurz nach zwölf machte er sich auf die Rückfahrt nach London.

Um diese Zeit bestieg Jane Hetshop am Stadtrand von Sherborne einen Omnibus. Zwei jüngere Männer, ein Schulkind und eine behäbige Frau folgten ihr. Kurz bevor die Tür geschlossen wurde, faßte sich Jane mit einer erschrockenen Geste an den Mund, als fiele ihr plötzlich etwas Wichtiges ein, und sprang auf das Pflaster hinab. Einer der jungen Männer huschte noch schnell durch die Tür, der Omnibus fuhr ab, und Jane Hetshop blickte den jungen Mann freundlich an. »Auch etwas vergessen?«

Der junge Mann errötete. Sie hatte einen der geläufigsten, aber immer wieder wirkungsvollen Tricks angewandt, mit denen man feststellen konnte, ob man beschattet wurde. Ihr Verfolger war erkannt, und da dieser nun kein Hehl mehr aus seiner Aufgabe zu machen brauchte, folgte er ihr im Abstand von wenigen Metern nach Sherborne hinein. Er hoffte, er würde einem Kollegen begegnen und die Beschattung abgeben können; vor allem fürchtete er, Varney würde seine peinliche Panne bemerken.

Jane Hetshop schien sich nicht um ihn zu kümmern. Sie betrachtete Schaufensterauslagen, kaufte Zigaretten, auf einmal jedoch hatte sie es eilig: Vom Taxihalteplatz am Markt war soeben ein Taxi abgefahren; nur eines stand noch dort. In dieses stieg sie ein und besaß sogar die Frechheit, ihrem Verfolger, der ihr hilflos nachstarrte, freundlich zuzuwinken. Sie wies den Chauffeur an, sie nach Yetminster zu bringen, aber noch bevor sie diesen Ort erreichten, ließ sie den Wagen in die Dorset-Hügel hinauf abbiegen. Am Rande eines Dorfes inmitten weitgeschwungener Wiesenhänge stieg sie aus. Sie führte vom Postamt aus ein Ferngespräch mit Portland. Sie bezeichnete sich als Tante Mary und bat den Gesprächspartner, den sie als Fred ansprach, er möge doch so gut sein, den alten Rucksack nun endlich abzuholen, sonst würde sie ihn noch ins Feuer stecken. Dann sagte sie, sie ginge nun ein wenig spazieren, wie sie es immer täte um diese Zeit, und die Straße nach Frampton wäre für den Verkehr wieder frei. »Schön, altes Haus«, rief der Neffe Fred, »der Rucksack wird in einer halben Stunde geholt!«

Jane Hetshop ging ein Stück auf der Straße nach Frampton aus dem Ort hinaus. Vor einer Biegung stellte sie sich hinter ein Gebüsch und beobachtete die Autos, die von der Küste heraufkamen. Als sie nach einer Stunde einen blauen Hillman sah, ging sie ihm entgegen. Der Wagen wendete, hielt, sie stieg ein, und ihre erste Frage war: »Sind die beiden noch dort?«

»Natürlich«, sagte der Mann.

»Bei mir ist fast alles schiefgelaufen. Ich habe den Sportwagen nicht durchgekriegt. Es war auch eine ziemliche Schnapsidee, auf ein so auffälliges Vehikel zu verfallen. Jetzt steht es in einem Nest kurz vor Bristol am Straßenrand, vielleicht hat es die Polente schon gefunden. Später waren mir die Bengels vom Yard auf den Fersen, aber ich habe sie abgeschüttelt.« Dann sprachen sie nicht mehr, bis sie von einem Hügel aus das Meer sahen. Dort stiegen sie aus und blickten auf die graublaue Fläche, die einige Meilen entfernt unter einem Dunstschleier lag. Sie sahen kein Schiff und hörten die Brandung nicht, aber sie schmeckten den Seewind. Als kein fremdes Auto zu sehen war, ging Jane Hetshop in einen Feldweg hinein, wartete am Rande einer Sandgrube, bis die Dämmerung sank, und als sie sicher war, daß niemand sie sah, betrat sie ein Haus, das hinter einer Weißdornhecke und zwischen dichtbelaubten Obstbäumen stand. Einstöckig war es und mit Blech bedeckt, es hatte einen Vorraum, eine Küche und ein größeres Zimmer, und in diesem Zimmer saßen Grebb und Woodward. Die Luft war blau von Rauch, und Jane Hetshop merkte an der Art, wie die beiden sie schweigend anstarrten, daß das Warten an ihren Nerven gezerrt hatte. »Warum fragt ihr denn nichts«, sagte sie mit einer Stimme, die leise und scharf war vor Zorn. »Weil ich einen Tag zu spät komme und ohne einen Wagen? Aber hier sitzen und rauchen, das kann ich auch. Draußen gehst du keinen Schritt, ohne ...« Sie brach ab und ließ sich auf einen Stuhl fallen.

»Bist du sicher, daß du keinen hinter dir hergeschleppt hast?«

»Hör mal«, sagte sie zu Grebb, »du mußt nicht unbedingt das blödeste Zeug fragen. Mich haben sie zweimal beschattet, aber ich habe sie zweimal abgehängt. Was ist mit dem Delphin?«

»Er will heute abend wieder anrufen.«

»Der Delphin«, sagte Woodward gehässig. »Alle tun so, als ob er ein Gott wäre. Niemand darf einen Furz ohne seine Genehmigung lassen.« Mit einem Ruck drehte er sich um. »Sind wir denn Anfänger?«

»Reg dich nicht auf«, sagte Grebb. »Bisher ist alles glänzend verlaufen. Er hat mich nach England zurückgeholt und deine Befreiung organisiert. Wenn der Delphin uns nicht gesammelt und auf die Beine gebracht hätte, hätten wir nicht die geringste Chance.«

Jane Hetshop ging in die Küche und suchte aus dem Kühlschrank etwas für das Abendbrot zusammen. »Laßt es euch schmecken, ihr Helden«, sagte sie. »Bildet euch nicht ein, daß ihr tagelang nur von Zigaretten leben könnt.«

Grebb und Woodward aßen wenig. Jane Hetshop nicht viel mehr.

Nachdem sie abgeräumt hatte, ging der Streit zwischen Woodward und Grebb wieder los. Es wäre Wahnsinn, ereiferte sich Woodward, einem völlig unbeschriebenen Blatt wie dem Delphin die unbeschränkte Macht zu überlassen. »Du kennst ihn nicht«, widersprach Grebb. »Der Mann sprüht von Ideen! Er hat zehn Jahre lang Bücher und Zeitungsartikel und alles mögliche studiert, und nun ist er ein As.«

»Theoretisch.«

»Und die Praktiker sind wir. Nur mit der Kanone allein kannst du heute nichts ausrichten. Er ist ein Wissenschaftler auf diesem Gebiet.«

»Und wir sind seine Versuchskarnickel.«

Grebb holte wütend Luft. Ehe er antworten konnte, klingelte das Telefon; sogar Woodward, der die stärksten Nerven der drei besaß, zuckte zusammen. Grebb nahm den Hörer ab und nannte die Nummer, eine Frauenstimme rief: »Sie werden aus London verlangt!« Dann knackte es einige Male, und eine ferne Stimme fragte: »Hast du dich erholt?«

Grebb gab die vereinbarte Antwort: »Nur die Mandeln sind noch ein wenig entzündet.« Dann fügte er hinzu, der Rucksack wäre wieder da, aber das Beste fehlte. Grebb dachte angestrengt nach, wie er den Verlust des Sportwagens umschreiben könnte, aber für ihn war keine Deckbezeichnung vorgesehen. Ihm fiel nichts ein, und so sagte er: »Aber der Wagen mußte stehenbleiben.«

»Macht nichts«, rief die Stimme am anderen Ende. »In der nächsten Nacht ist alles vorbei. Morgen abend dreimal gurgeln, sobald es dunkel ist.«

»Morgen abend dreimal gurgeln«, wiederholte Grebb. Dann sagte der Mann in London noch einiges über ein Buch, das er vor wenigen Wochen gekauft hätte und das er langweilig fände, und Grebb begriff, daß das nur Füllmaterial war. Dann wurde Grebb beauftragt, beste Wünsche für baldige Genesung auszusprechen.

»Ihr habt's gehört«, sagte Grebb. »Dreimal gurgeln, das bedeutet die siebente Buhne westlich von Charmouth. Morgen abend werden wir dort abgeholt.«

»Wer gemütlich in London sitzt, hat gut reden«, sagte Woodward.

Plötzlich brüllte Grebb drauflos: »Laß diese blöden Bemerkungen! Wir haben dich nicht herausgeholt, damit du jetzt dämliches Zeug über den Delphin redest!«

»Hört auf, euch zu streiten«, bat Jane Hetshop. »Dazu ist Zeit, wenn ihr in Sicherheit seid. Die vierundzwanzig Stunden haltet ihr auch noch aus. Whisky?«

Varney brüllte nicht, wie er noch vor einer Viertelstunde geglaubt hatte, daß er es tun würde. Aber der Kriminalassistent vor ihm machte einen so zerknirschten Eindruck, daß Varney sogar etwas Mitleid fühlte. »Riesenpech für uns alle«, sagte er. »Den Taxifahrer haben wir inzwischen aufgetrieben; er hat uns erzählt, wo er die Hetshop abgesetzt hat. Trotzdem: Wenn Sie sich nicht hätten abhängen lassen, wären wir weiter. Gehen Sie jetzt an Ihre Arbeit.«

Varney wartete, bis der Assistent die Tür hinter sich geschlossen hatte, dann trat er an die Karte, die eine Wand seines Büros bedeckte. Er suchte das Städtchen Sherborne in der Grafschaft Dorset und ließ den Blick in die Richtung gleiten, in die die Hetshop verschwunden war. Dort unten lag Portland, östlich davon erstreckte sich die Halbinsel Purbeck, westlich schwang sich die Lyme-Bucht in sanftem Bogen. Warum sollte die Hetshop dorthin gefahren sein, wenn sich Grebb und womöglich auch Woodward nicht dort verborgen hielten? Da unten gab es Badeorte. Villensiedlungen, Fischerdörfer, Jachthäfen, eine Unmasse Landungsstege. Es war außerordentlich schwierig, diese Küste abzusichern. Varneys Blick glitt über die Karte, verhielt hier und da, und er ertappte sich dabei, daß er auf eine Art Erleuchtung hoffte, auf eine innere Stimme, die ihm sagte: In diesem Dorf haben sich Grebb und Woodward versteckt, an diesem Küstenstreifen werden sie versuchen, sich einzuschiffen. Dann bat er seine Sekretärin, alle Leute, die sich im Haus aufhielten, zu einer Besprechung zusammenzurufen. Das Fazit, das er vor ihnen zog, war ohne Illusionen: Seit dem Ausbruch Woodwards waren fünf Tage und Nächte vergangen; mehr als einige Spuren hatte man nicht gefunden. Jede Großfahndung konnte wegen des enormen Aufwandes nur eine gewisse Zeit aufrechterhalten werden, und diese näherte sich ihrem Ende; in zwei Tagen mußte man einen Gang herunterschalten. Dann begann wieder der kriminalistische Alltag mit seinem Kleinklein und seiner Routine, und dann mußte man sich eingestehen: Die Abteilung, deren Leiter er zu sein die Ehre hatte, hatte sich nicht mit Ruhm bedeckt. Dann war Geld verpulvert und Prestige verloren, man hatte der Presse Grund zu allerhand hämi-

schen Bemerkungen gegeben, dann befanden sich einige Gewaltverbrecher auf freiem Fuß, und irgendwelche labilen Elemente,
die bisher die Macht der Polizei gefürchtet hatten, konnten sich
ermuntert fühlen, es Grebb, Woodward und Konsorten gleichzu-
tun. »Genug der Standpauke«, schloß Varney, »ich bitte Sie, in
den beiden nächsten Tagen zu vergessen, daß Sie hundemüde sind,
daß Sie kaum Zeit gefunden haben, sich zu waschen. Trinken Sie
eimerweise Tee und schlucken Sie Pervitin, soviel Sie wollen, aber
finden Sie die Kraft zu einem letzten Gefecht.«
Danach bat Varney seine Mitarbeiter an die Wandkarte und zeigte
ihnen den Küstenstreifen beiderseits von Portland. Wenngleich
man auch immer damit rechnen müsse, daß die Hetshop beabsich-
tigte, dem Yard eine Falle zu stellen, so hielt er es doch für wahrscheinlich, daß Grebb und Woodward versuchen würden, hier die
Insel zu verlassen. Varney entwarf einen Plan, wie dieser Küstenstreifen abzusichern war, teilte Abschnitte ein und legte Kontroll-
zonen über das Hinterland. »Meine Herren«, sagte er, »alles Weitere liegt bei Ihnen. Noch einmal steht die örtliche Polizei zur
Verfügung, Zoll und Wasserschutzpolizei unterstützen Sie. Ich
entlasse Sie in Ihr Aufgabengebiet.«
Als Varney wieder allein war, spann er diesen Faden weiter: Der
alte Horrocks hatte auf dem Turm gestanden, als Bicket über die
Mauer entwischt war. Die Enkelin von Horrocks war in unmittel-
barer Nähe gewesen, als man Dr. Tasburghs Wagen gestohlen
hatte. Gab es hier Verbindungen? Und wie kam Dr. Tasburgh bei
seinem durchschnittlichen Gehalt zu einem so kostspieligen Fahrzeug? Auch dieser elegante, charmante Akademiker rückte auf
einmal in den Kreis der Verdächtigen. Man würde Recherchen anstellen müssen.
Während dieser Überlegungen nickte Varney für einige Minuten
ein und schrak hoch, als die Sekretärin eintrat. Trotz seiner Müdigkeit bewunderte er sie; daß sie nicht die Spur eines Lächelns
erlaubte. »Fernschreiben aus Hempstead«, sagte sie und legte einen Bogen auf den Tisch. »Wochenendhaus von Mont durchsucht«, las er. »Bicket muß sich etwa einen Tag lang dort aufgehalten haben.« Es folgte eine Beschreibung, welche Gegenstände sich
im Haus befunden hatten und welche die Fingerabdrücke von Bikket und Mont trugen. Das Schreiben schloß mit der Bitte um weitere Instruktionen. Varney schrie: »Einen Wagen!«
Zwei Stunden später betrat er an der Seite des Beamten, der ihm

das Fernschreiben geschickt hatte, Monts Bungalow. »Wir haben erst einmal alles fotografiert«, erläuterte der Beamte, »dann haben wir nach Fingerabdrücken gesucht. Bicket hat hier gesessen, geschlafen, sich gewaschen, Büchsen geöffnet, Bier getrunken. Die Whiskyflasche haben Bicket und Mont in den Händen gehabt.«

»Was sind das für Kleidungsstücke?«

»Hemd, Hose und Jacke für einen ziemlich großen Mann. Sie können weder Bicket noch Mont gepaßt haben.«

»Stellen Sie bitte möglichst schnell Ihren Bericht zusammen.«

Weitere Anweisungen brauchte Varney nicht zu geben; so setzte er sich in den Wagen und sagte zum Fahrer: »Nach Hertford.«

Auf der Fahrt dorthin speicherte er so viel Wut gegen Bicket in sich auf, daß er die wenigen Minuten, die er in einem Besuchszimmer des Zuchthauses warten mußte, als Qual empfand. Dann wurde er zu Direktor Carmicheel geführt. »Ihr Bicket«, begann Varney, »ist ein durch und durch verlogenes Subjekt. Kann ich ihn vernehmen?«

Direktor Carmicheel war ernsthaft bestürzt. Er hätte fast angenommen, daß nun alles im rechten Gleis wäre und die Aufregungen ein Ende hätten. Gewiß, Woodward war noch nicht gefaßt worden, insofern könnte man nicht von rechtem Gleis sprechen, aber wenigstens für seinen Bereich … Er brach erschrocken ab. »Bitte«, flehte er, »verstehen Sie mich nicht falsch, in meinem Alter … Ich werde Bicket sofort rufen lassen!«

In den wenigen Minuten, die verstrichen, bis Bicket gebracht wurde, erkundigte sich Varney, ob Dr. Tasburgh im Hause wäre und ob er sich in den letzten Tagen in Hertfort aufgehalten hätte. Direktor Carmicheel wunderte sich offensichtlich über diese Frage, und Varney bemühte sich, jeden Verdacht zu zerstreuen: »Es ist wegen des gestohlenen Wagens.«

»Im Moment ist Dr. Tasburgh in London. Es gibt Verhandlungen mit einer Firma wegen des Einbaus eines neuen Heizkessels. In der letzten Woche war er jeden Tag von morgens sieben bis nachmitags fünfzehn oder sechzehn Uhr im Hause.«

»Und wird er in den nächsten Tagen hier sein?«

»Vermutlich.«

»Es ist gut, daß ich ihn gleich erreichen kann, wenn der Wagen gefunden ist. Und was macht Horrocks?«

»Er versieht gewissenhaft wie immer seinen Stationsdienst. Haben Sie ihn immer noch in Verdacht?«

»Nicht mehr.«

Bicket wurde vorgeführt, Carmicheel zog sich zurück. »Bleiben Sie an der Tür stehen«, begann Varney gefährlich leise, »und erzählen Sie haargenau, was Sie nach dem Ausbruch getrieben haben.« Unvermittelt brüllte er los: »Aber lassen Sie Ihre Mätzchen! Glauben Sie nicht, daß ich in den letzten Tagen geschlafen habe! Jetzt kommen Sie mit Ihren verdammten Lügen nicht mehr durch!«

Bicket merkte sofort, daß dieser Bulle von Scotland Yard etwas aufgedeckt hatte. Hinter dessen Worten steckte mehr Wut, als bei einem Bluff investiert wurde. Langsam begann Bicket seine Story abzuspulen. Varney blickte ihn dabei von unten herauf an, drehte einen Bleistift zwischen den Fingern, lauerte, schneuzte sich. Als Bicket schilderte, wie er Mont angerufen hatte, hob Varney argwöhnisch den Kopf. »Wie viele Male haben Sie mit Mont telefoniert?«

»Dreimal.«

»Und wie viele Male haben Sie ihn getroffen?«

»Nie.«

Da sprang Varney mit einer Plötzlichkeit hoch, die Bicket erschrecken ließ, und brüllte: »Sogar Whisky haben Sie mit ihm gesoffen! Wir haben Ihre Fingerabdrücke auf der Pulle gefunden und die von Mont! Schluß jetzt mit dem Lügen! Und nun erzählen Sie ganz genau, wann Sie zu dem Wochenendhaus gekommen sind und was Sie da gemacht haben. Sonst haue ich Sie in die Pfanne, verstanden?«

Bicket war bleich geworden bis in die Lippen hinein. Er zweifelte in dieser Sekunde nicht mehr daran, daß Mont der Polizei gegenüber ausgepackt hatte. »Gut«, sagte er mit der Stimme und der Miene eines reuigen Sünders, »ich habe bisher nicht alles gesagt, weil ich Mont nicht belasten wollte. Ja, ich habe Mont getroffen, er hat mich zu seinem Bungalow gefahren.« Er belebte sich sichtlich, als ihm einfiel, daß ja nicht er, sondern Mont sich strafbar gemacht hatte. Das sagte er auch gleich und fühlte sich erleichtert, als Varney nickte. Dann erzählte er, was er mit Mont erlebt hatte. Nur manchmal stellte Varney Zwischenfragen; zwei Stunden danach wurde er friedlicher, und Bicket durfte sich setzen. Varney machte seine Notizen und kündigte an, er werde in den nächsten Tagen einen Beamten zur Protokollaufnahme schicken. »Sie sind ein Idiot, Bicket«, sagte er. »Warum haben Sie das alles nicht gleich erzählt? Denken Sie immer daran: Sie wollen einen Tabakladen aufmachen! Jetzt meine letzte Frage: Haben Sie uns noch etwas verschwiegen? Machen Sie reinen Tisch!«

»Das ist nun ganz bestimmt alles.« Eine Minute später wurde Bicket in seine Zelle zurückgebracht. Er war so aufgeregt, daß er seine beiden letzten Zigaretten hintereinander aufrauchte, dabei ging er ruhelos auf und ab. Er war froh, daß der Bulle nicht auf den Zettel zu sprechen gekommen war, auf den Mont »BRIEFE« geschrieben hatte. Das war die Spur, die eventuell zum Haus seiner Befreier führte, und es war gut, wenn so wenig wie möglich davon geredet wurde. Überhaupt: Er mußte ziemlich besoffen gewesen sein, daß er Mont gegenüber eine Andeutung davon gemacht hatte.

Bicket pendelte fünf Schritte auf und ab, zwischen Wand und Tür, immerfort, Stunde um Stunde. Ihn marterte die Angst. Er fragte sich, wie er so blöd hatte sein können, die Strickleiter hinaufzuklettern. Er war kein Mann der Gewalt; eine Sekunde lang hatte er gegen seine wahre Natur gehandelt, und nun mußte er es büßen. Dieser Bulle von Scotland Yard würde ihn nicht aus seinen Klauen lassen.

Bicket versuchte vergeblich, diese quälenden Gedanken abzuschütteln. Er wollte ausrechnen, wie viele Stunden er noch in diesem Zuchthaus zubringen mußte, wie viele er bereits hinter sich gebracht hatte und ein wie großer Prozentsatz das war, aber seine Nervenkraft reichte dazu nicht aus.

Am Abend, als alles still war im Haus, wurde rasch der Spion in der Zellentür geöffnet, ein zusammengeknüllter Zettel hereingeschoben und der Spion eilig zugeklappt. Bicket bückte sich hastig und las: »Mont ist seit fünf Tagen tot.« Ehe er sich die Zeit nahm, zu überlegen, wer ihm diese Nachricht zugeschoben haben könnte und was alles aus ihr zu folgern wäre, zerriß er den Zettel, warf die Fetzen ins Klosett und spülte sie hinunter. Plötzlich fühlte er sich so hundeelend, daß er sich setzen mußte. Wenn also Mont seit fünf Tagen tot war, hatte er nicht der Polizei gegenüber ausgepackt, denn dann wäre die sofort zu ihm gekommen. Man hatte das Wochenendhaus durchsucht, das war alles. Aber wie kam es, daß Mont so plötzlich gestorben war? Oder wollte man ihn auf eine falsche Fährte locken? Eines jedenfalls war sicher, und das beruhigte ihn allmählich: Er selbst hatte Varney oder Tasburgh gegenüber nichts ausgesagt, was den Haß seiner Befreier auf ihn lenken konnte. Und das war im Moment die Hauptsache.

»Gestern um diese Zeit bin ich gekommen«, sagte Jane Hetshop. »In ein paar Stunden habt ihr alles hinter euch.« Sie wartete, daß Woodward oder Grebb etwas sagten, aber beide hoben nicht einmal den Kopf. »Hör mal, Geliebter«, sagte sie zu Grebb, »die letzten Stunden vor unserer Trennung hatte ich mir ein wenig anders vorgestellt.«

Woodward fragte: »Soll ich in die Küche gehen?«

»Laß den Quatsch.« Sie wandte sich wieder an Grebb: »Glaubst du nicht, daß auch mir einige Tage Urlaub gut täten?«

»Natürlich, aber ich bin nicht der Chef. Und der hat angeordnet, daß du hierbleiben sollst.«

Sie mußte an sich halten, um keine gehässige Bemerkung zu machen. Mit seinem letzten Satz hatte Grebb recht wie selten: Seit der Delphin die Leitung übernommen hatte, ordnete sich Grebb absolut unter und äußerte bei jeder Gelegenheit, wie froh er war, daß er sich nicht den Kopf zu zerbrechen brauchte. »So«, sagte sie, »und nun gehst du soweit, daß du dem Chef gegenüber nicht einmal etwas für deine Freundin durchsetzt!«

»Zwecklos«, sagte er. »Du kennst ihn nicht.«

»Das ist auch schon wieder so eine Sache. Warum kenne ich ihn nicht?«

»Ich kenne ihn«, sagte Grebb, »und das langt. Jesse hat ihn nie gesehen und wird ihn auch nicht sehen. Konspiration«, fügte er mit der Freude eines Kindes hinzu, das ein neues Wort wie ein Spielzeug gebraucht. »Früher haben alle alles gewußt. Jetzt weiß nur noch der Delphin alles. Und ich weiß ein bißchen. Und die anderen wissen bloß so viel, wie sie unbedingt wissen müssen. Daran wird nichts geändert.«

Woodward hatte bisher auf dem Sofa gelegen und gegen die Decke gestarrt. Jetzt stand er auf, streckte sich und gähnte. »Eigentlich könntest du uns noch mal was zu essen machen«, sagte er zu Jane Hetshop. »Und wie ist das, wird man mit einem vollen Magen leichter seekrank oder nicht? Ich war noch nie auf dem Wasser.«

»Ein wenig solltest du essen«, sagte sie, »aber nicht zu schwer. Wir haben noch Zeit.«

Das Telefon klingelte. Die drei sahen sich überrascht an, denn das war nicht die Zeit, in der der Delphin anzurufen pflegte. Grebb hob den Hörer ab, und dann war es doch der Chef, der durch ein leichtes Rauschen hindurch sagte: »Alles geändert. Ihr beide macht euch auf, sobald es dunkel wird. An der Stelle, wo das Mädchen gestern ausgestiegen ist, wartet ihr. Ihr werdet dort abgeholt. Das Mädchen muß inzwischen ablenken. Dreimal gurgeln, das gilt nur für sie. Wahrscheinlich wird sie einbrechen, aber das macht nichts. Sie weiß von nichts und ist in den letzten Tagen nur herumgebummelt. Hat ihren Freund gesucht, aber nicht gefunden. Klar? Sie bekommt sofort den besten Anwalt. In spätestens einer Woche kann sie wieder tanzen. Verstanden?«

Grebb sagte: »Hoffentlich vergißt man sie dann nicht.«

»Bei uns wird keiner vergessen!«

Nachdem Grebb aufgelegt hatte, schwieg er für einige Sekunden, dann berichtete er. Jane Hetshop sagte: »Ich bin das Kaninchen bei der ganzen Sache. Vielleicht hofft der Delphin sogar, daß sie mich hops nehmen?«

»Quatsch nicht solches Zeug«, sagte Grebb. »Dir kann nichts passieren. Du hast den Sportwagen von einem bekommen, den du nur mit dem Spitznamen kennst. Daß er geklaut war, konntest du natürlich nicht wissen. Und du solltest den Wagen einem übergeben, den du auch nur dem Spitznamen nach kennst. Wo liegt denn da eine strafbare Handlung?«

»Aber ich hab nicht gern mit der Polizei zu tun.«

»Du bist goldig, und das ist es, warum ich dich noch immer liebe. Machst du uns jetzt etwas zu essen?«

Nachdem es völlig dunkel geworden war, verließen sie das Haus. Die Männer gingen den Hügel hinauf, die Frau wandte sich zur Küste hinunter. An der siebenten Buhne westlich von Chermouth wurde Jane Hetshop gegen Mitternacht festgenommen.

Drei Tage später, an einem diesigen Morgen, ging Dr. Tasburgh auf einem der Höfe des Scotland Yard langsam um einen Sportwagen herum. »Mein Auto, kein Zweifel«, sagte er zu einem Beamten. »Äußerlich kann ich keine Beschädigung entdecken.«

»Auch sonst ist alles in Ordnung. Die Banditen hatten die Nummernschilder geändert, wir haben das rückgängig gemacht. Solange der Dieb nicht ermittelt ist, müßten Sie die Kosten dafür übernehmen – vorausgesetzt natürlich, Sie nehmen den Wagen zurück.«

»Trotzdem ein leidliches Geschäft.«

»Sie könnten ja versuchen, die Kosten auf Fräulein Hetshop abzuwälzen.«

»Übrigens: Ist Kommissar Varney im Hause?«

»Er ist oben.«

Nachdem Dr. Tasburgh die Formalitäten über die Rückgabe des Wagens erledigt hatte, ließ er sich bei Varney melden. Die Luft des Zimmers, in das Dr. Tasburgh geführt wurde, war rauchgeschwängert; Varney quälte sich aus einem Sessel hoch, in dem er offenbar untätig gesessen hatte. »Ich hole gerade meinen Wagen«, begann Dr. Tasburgh, »und wollte die Gelegenheit nicht versäumen, guten Tag zu sagen.«

»Schön von Ihnen«, sagte Varney mürrisch. »Sie haben die Morgenpresse gelesen?«

»Vermuten Sie, daß die Meldungen stimmen?«

»Ich vermute allerdings. Die Brüder haben uns die basedowäugige Hexe als Lockvogel an die Küste geschickt, und wir sind drauf 'reingefallen. Unterdessen sind Grebb und Woodward durchgeschlüpft. Dieses Kapitel ist jedenfalls beendet, und die Sieger sind nicht wir.«

»Wenigstens haben Sie die Hetshop.«

Varney blickte argwöhnisch auf, aber in Dr. Tasburghs Gesicht war nicht die geringste Spur von Spott zu entdecken. »Wir haben sie bereits nicht mehr. Gestern abend ist sie gegen eine Kaution aus der Untersuchungshaft entlassen worden. Was nützt es mir, felsenfest davon überzeugt zu sein, daß die Dame bei der Flucht der beiden Gangster eine wichtige Rolle gespielt hat? Sie gibt es nicht zu, und wir können nichts beweisen. Oder wollen Sie gegen die Hetshop Anklage erheben?«

»Ich bin froh, daß ich den Wagen zurück habe. Und ich habe keine Beweise gegen sie.«

Varney bot zu rauchen an und rauchte selbst, denn das war das letzte Mittel, die zunehmende Müdigkeit zu verscheuchen. Für ihn gab es nur noch eines zu tun: die Großfahndung nach Grebb und Woodward abzublasen. Aber dieses endgültige Eingeständnis seiner Niederlage schob er von Viertelstunde zu Viertelstunde hinaus, obwohl er danach nach Haus fahren und schlafen dürfte, womöglich einen ganzen Nachmittag und einen Abend und eine Nacht. »Ich bin müde wie noch nie«, sagte er, »ich bin ungewaschen, unrasiert – ich glaube, ein einziger Whisky würde mich umwerfen.« Eine Pause entstand, in der Varney den gegenwärtigen Stand als das empfand, was er zweifellos war: als totale Niederlage. Mont war noch immer nicht gefunden. Auch wiederholte Vernehmungen Bickets hatten nichts Neues zutage gebracht. Die

Presse schilderte das kaltblütige Gaunerstück von Woodward und Grebb und höhnte über das Versagen des Scotland Yard.

»Ich möchte Sie nicht aufhalten«, sagte Dr. Tasburgh. »Nur eines noch: Vom ersten September an arbeite ich als Dozent für römisches Recht an der Universität. Vom ersten Mai an lebe ich mich ein. Mein Ausflug in die Praxis hat sein Ende, es war ohnehin so geplant.«

»Glückwunsch«, sagte Varney. »Wenn Ihnen die Theorie liegt – warum nicht? Solche Pannen wie hier können dort jedenfalls nicht passieren.« Er gähnte so inbrünstig, daß es Dr. Tasburgh für angebracht hielt, sich rasch zu verabschieden.

Dr. Tasburgh ging hinunter und steuerte seinen Wagen auf die Straße hinaus. Er horchte auf das Motorgeräusch, probierte Schaltung und Bremsen und fand nichts auszusetzen. Als er aus der Stadt hinaus war, trieb er die Geschwindigkeit bis auf 90 Stundenmeilen hoch. Dabei freute er sich auf Babette, die er am Abend abholen wollte, und allmählich wurde die Sehnsucht nach Babette in ihm stärker als jedes andere Gefühl.

Unterdessen nahm sich Varney noch einmal die Notizen vor, die seine Leute über Dr. Tasburgh und Babette Horrocks zusammengetragen hatten. Der Lebenswandel des jetzigen Dr. Tasburgh war in allen Einzelheiten aufgezeichnet: Geburt als Sohn eines städtischen Beamten in einem Nest der Grafschaft Norfolk, beachtliche Leistungen auf dem Gymnasium und fleißiges Studium, keine Ausschweifungen, kaum Frauengeschichten, das beste Zeugnis seiner damaligen Zimmerwirtin über seinen Ordnungssinn. Dann die Erbschaft in Höhe von etwas mehr als 3000 Pfund, der Kauf des Sportwagens, sonst aber keine Änderung des Lebensstils, zur Zeit eng mit Babette Horrocks liiert. Nachdem der Sportwagen gestohlen worden war, waren beide nach Hertford zurückgekehrt und hatten ihre Arbeit getan; es gab nicht den geringsten Anhaltspunkt, daß sie mit der weiteren Flucht von Woodward und Grebb in Verbindung stehen könnten. Varney betrachtete ein Bild von Babette: Sie war unzweifelhaft hübsch, vom Typ der beliebten Schauspielerein Sabine Sinjen, und höchstwahrscheinlich wußte sie das auch. Wie war denn diese Kombination: Der alte Horrocks hatte Woodward befreien wollen; nun setzte seine Enkelin dieses Werk fort und versteckte Woodward und Grebb im Häuschen ihrer Eltern? Man mußte dieser Spur nachgehen, sowenig aussichtsreich sie auch schien. Und selbst wenn Babette im Komplott war:

Die führende Rolle spielte sie keinesfalls. Bliebe noch die Möglichkeit, daß Dr. Tasburgh seinen Wagen den Gangstern in die Hände gespielt hatte. Man mußte versuchen, Licht in Dr. Tasburghs Nächte an der Kanalküste zu bringen. Das würde jetzt, nachdem bereits über eine Woche verstrichen war, zweifellos nicht leicht sein.

Varney fiel nach vorn, riß die Augen auf, fing sich ab. Er war am Ende; er würde es sich endlich eingestehen müssen. Er rief die Sekretärin herein und wies sie an, die Akten wegzuräumen. »Morgen geht's weiter«, sagte er, und er sagte es ohne jeden Schwung.

5

Der zweite Mord

Ende März begann eine Abendzeitung mit einer Fortsetzungsserie: »Am Ende des Lateins – Scotland Yard auf falscher Fährte.« Mit Sorgfalt und Bosheit waren alle Fälle der letzten zwanzig Jahre zusammengetragen worden, in denen die Verbrecher raffinierter gewesen waren als die Polizei, und der Abschlußbericht schilderte, wie nicht anders zu erwarten, die Überfälle von Woodward und Grebb und die gewaltsame Befreiung Woodwards. »Vielleicht«, schloß der letzte Artikel, »gelingt es Kommissar Varney noch, die gefährlichsten Räuber, die zur Zeit auf der Insel auf freiem Fuß sind, hinter Schloß und Riegel zu bringen. Bisher hat er es jedenfalls noch nicht einmal geschafft, so viel Material gegenüber Grebbs Geliebte zusammenzutragen, daß es zu einer Verurteilung langt. Die blonde Dame, die mit Grebb ein paar fröhliche Monate im Ausland verlebte und ihm half, die Beute von der Celtic-Bank durchzubringen, kann jeden Tag zwischen vierzehn und einundzwanzig Uhr hinter dem Büfett einer Schnellgaststätte in Westham besichtigt werden. Vielleicht schlagen Grebb und Woodward wieder zu, heute, morgen, in London oder draußen im Lande. Alles in allem berechtigt der gegenwärtige Stand zumindest zu der Frage: Ist Scotland Yard im Fall Grebb-Woodward am Ende des Lateins?«

George Varney saß am Frühstückstisch; er legte die Zeitung zur Seite. Diese Zeitungsschreiber hatten gut reden. Jane Hetshop hatte in den wenigen Tagen ihrer Untersuchungshaft gelogen, daß sich die Balken bogen. Man hätte diese Haft aufrechterhalten und auch eine Verurteilung durchsetzen können: Sie hatte während der Überfahrt nach Irland und bei einer Übernachtung in Dublin einen falschen Paß benutzt; das würde zu einer kleinen Strafe reichen. Sie hatte zugeschaut, als Grebb den Kassenboten der Celtic-Bank niederschoß. Man konnte sie wegen Mittäterschaft verurteilen, obwohl sie abstritt, von dem Überfall etwas gewußt zu haben. Sie gab vor, Grebb hätte sie ohne weitere Erklärungen gebeten, zu dieser Zeit an die Celtic-Bank zu kommen, und behauptete, der Vorwurf, sie hätte Schmiere gestanden, wäre geradezu absurd. Obwohl alle diese Ausflüchte mehr als fadenscheinig waren, hatten sich Varney, seine Vorgesetzten und die Staatsanwaltschaft geeinigt, das Verfahren gegen die Hetshop einzustellen, bis Grebb und Woodward gefaßt waren.

»Ihr hättet die Hetshop nicht 'rauslassen dürfen«, sagte Varneys Frau. »Ich verstehe nicht viel von Paragraphen, und deshalb bin ich dir in einer Beziehung überlegen: Ich kann mir besser vorstellen, was die Leute auf der Straße denken. Und glaub mir: Die sind wütend.«

»Wir glaubten, die Hetshop nimmt wieder mit Grebb Verbindung auf, und wir könnten dessen Spur finden.«

»So dumm ist sie nicht.«

»Aber Grebb ist dumm.« Das stimmte, und es stimmte nicht. Denn Grebb stand offenbar nicht mehr allein. Der Überfall auf den Transportwagen zeigte die gewohnte Tatkraft und Brutalität von Grebb, aber die Flucht danach war von einem anderen Schnitt. Die Gangster hatten die Polizei an die Küste gelockt, sie hatten die Hetshop großspurig in einem gestohlenen Sportwagen durch die Gegend fahren lassen und als Köder ausgeworfen, aber dann waren sie nach Norden entschlüpft. »Die Hetshop steht unter Polizeiaufsicht«, sagte Varney, »insofern ist dem Gesetz Genüge getan. Wir können sie jeden Tag wieder festnehmen. Vielleicht sollten wir es wirklich tun.«

Noch während der Fahrt ins Büro beschäftigte sich Varney mit diesem Gedanken. Dort fand er keine Zeit mehr, ihm nachzuhängen: Er mußte sein Material zusammenstellen, und nach dem Mittagessen ging er mit einer Mappe unter dem Arm über den Korridor und klopfte an die Tür seines Vorgesetzten.

Es geschah nicht oft, daß ein Beamter, der selbständig einen Fall bearbeitete, zu einem derartigen Rapport bestellt wurde, es kam einer Kritik gleich. Inspektor Sheperdson schien der Besprechung von vornherein jeden Stachel nehmen zu wollen, indem er fragte, ob denn die bevorstehende Weltmeisterschaft im Fußball auch in der Familie Varney bereits jedes andere Gesprächsthema erstickte. »Bitte, stellen Sie sich vor, meine Frau war gestern zur Massage und wurde von der knetenden Dame gefragt, ob sie die Gruppeneinteilung für günstig für unsere Mannschaft hielte. Meine Frau mußte bekennen, daß sie nicht die geringste Vorstellung besaß, was eine Gruppe wäre, und wurde daraufhin recht deutlich mangelnden Nationalstolzes geziehen. Ich fürchte, man wird meine liebe Frau künftig besonders unzart durchwalken.«

»Wer sich nicht für Fußball interessiert, hat es in diesen Wochen schwer. Die Hysterie wird steigen.«

»Dennoch: Die Öffentlichkeit fordert die Skalps von Grebb und Woodward. Wann hoffen Sie, diese präsentieren zu können?«

Diese Frage war deutlich, sie war schon fast ein Ultimatum. Sorgfältig breitete Varney sein Material aus. Es war System darin: Untersuchung der Lebensumstände von James Horrocks und dessen Enkelin, von Dr. Tasburgh und der Wachtmeister, die beim Überfall auf den Gefangenentransport versagt hatten, Verhör der Hetshop und Überwachung eines jeden ihrer Schritte; mehrfache Vernehmung von Bicket und die Durchsuchung des Wochenendhauses des noch immer verschwundenen Mont. Nach einer halben Stunde unterbrach Sheperdson zum erstenmal: »Mont, da stimmen wir überein, ist wahrscheinlich das Opfer seiner Neugier geworden. Was haben Sie getan, um in dieser Richtung weiterzukommen?«

»Die Hunde, die wir zwei Tage nach Monts Verschwinden angesetzt hatten, kamen zu spät. Wir suchen jetzt mit dem besten Hund, den Großbritannien besitzt, die Umgebung von Hempstead ab. ›Nelson‹ hat im vorigen Jahr eine Leiche in einem Meter Tiefe aufgespürt.«

Inspektor Sheperdson stellte seine Fragen: Woher stammten der Personen- und der Lastwagen, die bei der Befreiung Woodwards verwendet worden waren? Mit welcher Pistole war geschossen worden? Was sprach man in der Unterwelt?

Ein Wagen war, darüber konnte Varney Auskunft geben, in der Nacht vor dem Überfall gestohlen worden. Ein Gangster hatte mit einer FN geschossen, mit der gleichen Waffe also, die schon beim Überfall an der Celtic-Bank verwendet worden war. In der Unterwelt sprach man lobend über die Organisation des Unternehmens und war sich allgemein einig, daß Grebb dafür nicht in Frage kam.

Inspektor Sheperdson strich sich über die weichen, makellos rasierten Wangen. »Tausend Fakten haben Sie zusammengetragen«, sagte er abschließend. »Es wäre zu hoffen, daß sich aus ihnen bald ein klares Bild ergibt. Lieber Kollege, ich wünsche Ihnen, daß Sie rasch zu einem umfassenden Erfolg kommen. Bitte, halten Sie mich auf dem laufenden.« In diesen Worten lag eine feine, dennoch nicht zu überhörende Kritik. Noch als Varney wieder in seinem Zimmer saß, ärgerte er sich über die Unverbindlichkeit, mit der ihn sein Chef entlassen hatte. Keine offene Mißbilligung, kein Ansporn, nicht einmal ein Ratschlag. Aber es war denkbar, daß diesen Worten die Ablösung folgte, die Umbesetzung des Ressorts; es war nicht ausgeschlossen, daß man ihn von einem Tag auf den anderen in die Wüste schickte. Gab es nicht auch in Portland, Hull, Sheffield und hundert anderen Städten dankbare Aufgaben?

Wieder und wieder ackerte Varney den Fall nach allen Richtungen durch. Es gab verschiedene Möglichkeiten, daß Licht ins Dunkel kam: Man konnte die Leiche von Mont finden oder Bicket nun doch noch in Widersprüche verwickeln; jemand konnte das Versteck von Woodward und Grebb entdecken; Grebb konnte versuchen, sich seiner Geliebten zu nähern und dabei der Polizei ins Garn gehen. Als Varney merkte, daß er nicht nur wenig Vertrauen in seine Maßnahmen setzte, sondern auch auf einen Zufall hoffte, wurde ihm klar, daß er tatsächlich so ziemlich am Ende seines Lateins war.

Zwei Tage später zeigte »Nelson«, der berühmte Schäferhund, am Rande einer Fichtenschonung acht Kilometer nördlich von Hempstead alle Zeichen äußerster Unruhe. Die lockere, mit trockenen Nadeln bestreute Erde wurde aufgegraben. Varney traf ein, als Monts Leiche bereits in einem Zinkbehälter lag, als der Londoner Professor für Gerichtsmedizin durch seinen Assitenten Erdproben aus der Grube einsammeln ließ und die Polizisten, die die Leiche transportieren sollten, beschwor, jedes Rütteln zu vermeiden. Varney grüßte den Professor mit einer achtungsvollen Verbeugung.

»Sie sehen selbst«, sagte der Professor, »taufrisch ist die Leiche nicht. Aber wir haben schon andere Sachen gemacht. Vor einer Woche habe ich eine Frauenleiche untersucht, die vier Wochen im Wald gelegen hatte. Fuchsfraß, Maden überall, das Gesicht ...«

»Hören Sie auf«, sagte Varney. »Ich weiß, Sie können nicht leben, ohne andere Menschen gruseln zu machen. Ich bin nicht so hart gesotten wie Sie und kapituliere sofort. Was passierte mit Mont?«

»Heute abend sind wir klüger.«

Varneys Beruf hatte es mit sich gebracht, daß er oft dem Tod ge-

genüberstehen mußte, und jedesmal ergriff ihn eine Beklemmung, die aus Zorn, Trauer und auch aus Ekel zusammengesetzt war, die einen Druck in der Magengegend erzeugte und ihm den Appetit raubte. Ein süßlicher Geruch lag über dem Zinksarg. Polizisten standen untätig und mißgelaunt, abseits lag »Nelson«, der Wunderhund, den Kopf auf die Vorderpfoten gelegt. Sein Bild würde durch alle Zeitungen gehen, die Journalisten würden ihre Betrachtungen anstellen, daß im Fall Grebb-Woodward eine Hundenase klüger gewesen war als hundert Polizistenhirne.

Am Abend dieses Tages hielt Varney einen ersten Bericht in den Händen. Danach hatte eine Kugel Mont im Rücken getroffen und die Niere zerrissen. Ein zweiter Schuß hatte seinen Schädel über dem linken Ohr durchschlagen und den sofortigen Tod herbeigeführt. Die Kugel stammte aus einer Arbogast 22, einer langen, schweren Waffe, wie sie amerikanische Gangster vor dem letzten Krieg gern benutzt hatten und mit der man einen Büffel töten konnte. Inzwischen war sie aus der Mode gekommen; Varney konnte sich nicht erinnern, daß in den letzten Jahren in London mit einer solchen Pisole etwas angestellt worden wäre. Sie war unhandlich und schwer, sehr funktionssicher allerdings.

Am nächsten Morgen ging Varney in den Keller hinunter, in dem die Waffenspezialisten saßen. Diese waren in der Lage, stundenlang über jede Pistole zu sprechen, die es je auf der Welt gegeben hatte, und sie kramten aus ihren Hirnkammern heraus, was ihnen irgendeinmal über eine Arbogast 22 zu Ohren gekommen war. »Alte Zeiten«, sagte einer, »die großen Gangsterschlachten in Chikago nach dem ersten Weltkrieg. Mit einer Arbogast haben sie den Sarg von Delanay durchlöchert, weil sie dachten, er wäre gar nicht tot und sein Begräbnis bloß ein Spaß, um die Polizei zu täuschen.«

»Sie kracht wie eine Pak«, sagte ein anderer. »Sie hat einen harten Rückstoß und reißt leicht nach oben weg wie eine Armeepistole. Man muß sich wundern, daß noch keine Armee mit ihr ausgerüstet wurde.«

»Uruguay«, sagte ein dritter, »hat sie 1923 ausprobiert. Aber eingeführt hat es sie nicht.«

Varney fragte: »Von der Psychologie her: Könnte man sich denken, daß ein starker, rauher Bursche, wie beispielsweise Woodward, eine Vorliebe für eine solche Kanone entwickeln könnte?«

Die Waffenspezialisten nickten. »Woodward scheidet natürlich aus«, ergänzte Varney, »denn als Mont erschossen wurde, saß Woodward noch hinter Gittern. Ich meine den Typ.«

»Sie sollten sich nicht zu sehr festlegen«, riet einer. »Es ist ja nicht so, daß man Pistolen in den Regalen eines Selbstbedienungsladens liegen sieht und sich die Waffe seines Herzens aussucht. Womöglich greift selbst ein schwaches Weib zur Arbogast. Man muß nehmen, was man kriegt. Sie verstehen?«

Varney ging in sein Büro hinauf und las wieder und wieder den Bericht des Gerichtsmediziners. Er forschte die Liste der in Monts Taschen aufgefundenen Gegenstände durch: Schlüsselbund, Geldbörse mit einem mäßigen Betrag, ein Notizbuch ohne Eintragungen, die auf den Ausbruch von Bicket Bezug nahmen, ein Briefumschlag mit Monts Adresse und einer Bleistiftkrakelei auf der Rückseite, Taschentuch, Kamm, Feuerzeug, eine angebrochene Zigarettenpackung. Fürs erste war damit nichts anzufangen.

Am nächsten Morgen fuhr Varney wieder nach Hertford hinaus. Er schwor alle Höllenstrafen auf Bicket herab, wenn er nicht endlich auspacken würde, was er über seine Befreier verschwiegen hatte. Still und blaß saß Bicket vor ihm, grauer und unscheinbarer als jemals. »In drei Wochen können Sie ein freier Mann sein«, sagte Varney. »Es ist aber auch möglich, daß der Staatsanwalt Sie am Morgen Ihres Entlassungstages mit einem neuen Haftbefehl abholt und wieder in Untersuchungshaft bringt. Das liegt bei uns!«

Bicket zeigte keine Regung, auch keine Angst. Eine Zeitlang vermutete Varney, es gäbe etwas, was Bicket mehr fürchtete als die Polizei; dann wieder kam ihm der Gedanke, Bicket wäre so ruhig, weil er sich seiner Sache so herrlich sicher fühlte. Varney fuhr fort, wobei er sich bewußt war, daß er jetzt in die Mottenkiste griff: »Wir wissen mehr, als Sie glauben, Bicket. Wir wollen nur wissen, ob Sie ehrlich sind. Davon hängt für Sie alles ab.« Es schien, als verengten sich Bickets Augen ein wenig und als zeigte sich um seine Mundwinkel ein spöttischer Zug. Da ließ er seine billigste Miene springen: »Sie müssen sich doch selber darüber im klaren sein, daß uns Mont alles gebeichtet hat!« Da wurde das Grinsen auf Bickets Gesicht offenkundig, und Varney merkte, daß er zu weit gegangen war. Oder wußte Bicket, daß Mont nicht mehr lebte?

Nach dieser Vernehmung sprach Varney noch einmal mit Direktor Carmicheel und Dr. Tasburgh. Sie versicherten beide, alles getan zu haben, Bicket von jeder Verbindung mit der Außenwelt abzuschneiden. Sie hätten ihn auf einen Flügel gelegt, in dem alle übrigen Zellen leer stünden, und der Kalfaktor, ein sehr zuverlässiger Mann, dürfte nur in Gegenwart eines Wachtmeisters an Bickets Zelle herantreten.

Varney sagte: »Ich habe das merkwürdige Gefühl: Bicket weiß, daß Mont tot ist, und deshalb fühlt er sich so sicher. Er ist überzeugt, daß aus dieser Richtung keine Gefahr kommen kann.«

»Ich kann mir nicht vorstellen, wie er es erfahren haben könnte«, sagte Direktor Carmicheel.

»Ich halte so nach und nach auf diesem Gebiet alles für möglich.« Dr. Tasburgh zählte einige Fälle auf, in denen Häftlinge eine geradezu unwahrscheinliche Findigkeit bewiesen hatten, Nachrichten und Tabakwaren zu schmuggeln. »Und Bicket ist nicht zum erstenmal hinter Gittern. Dieser Bursche kennt jeden Trick.«

»Für eines haben wir jedenfalls gesorgt«, versicherte Carmicheel. »Horrocks verrichtet seinen Dienst auf einem anderen Flügel.«

Varney schied ziemlich niedergeschlagen aus dem Zuchthaus von Hertford. Einige Tage später mußte er wieder in dieses Städtchen hinausfahren. Ein Trauerzug folgte dem Sarg des Reporters Mont, Reden wurden gehalten vom Chefredakteur der »Hertford News«, vom Sekretär der Journalistengewerkschaft und vom Bürgermeister. Varney ertappte sich dabei, daß er seinen Blick über das Trauergefolge schweifen ließ und nach einem Mann suchte, der groß und kräftig war und so aussah, als könnte er eine Vorliebe für eine Arbogast 22 hegen. Er sah mehrere Männer dieser Art und fragte Carmicheel. Einer der gefährlich erscheinenden Hünen war der Besitzer des größten Schuhgeschäfts am Ort, ein anderer Kraftfahrer in einer Molkerei, ein dritter Dachdeckermeister. Da merkte Varney, auf wie schwankendem Boden er sich bewegte.

Was Varney befürchtet hatte, kam: Am Tag nach Monts Begräbnis ergingen sich alle Londoner Zeitungen in spaltenlangen Berichten über Monts Laufbahn, über seinen Tod und das Versagen von Scotland Yard. Man rühmte den Wunderhund »Nelson«, und der Glossenschreiber des »Morning Star« machte den Vorschlag, »Nelson« zum Kommissar oder gar zum Inspektor zu ernennen und hinter einen der Schreibtische in Scotland Yard zu setzen. An diesem Tag ging Varney wieder über den Korridor und klopfte an die Tür seines Chefs. Er schilderte die Lage, in der er sich befand, breitete aus, was er wußte, und verschwieg nicht die weiten Räume, über denen Dunkel lag. »Wir müssen«, schloß er, »zu einigen Mitteln greifen, die nicht gerade Hohe Schule darstellen. Mit edlem Florettfechten kommen wir nicht weiter.«

Die Bewegung, mit der sich Inspektor Sheperdson über die Schläfen strich, war bühnenreif. Er zupfte an seinen Manschetten, bis sie akkurat einen halben Zentimeter aus den Ärmeln herausschauten, dann sagte er: »Wir sind kein Institut für ältere Damen. Es mag sein, daß sich Agathe Christie einen lupenreinen Weg superber Geistigkeit zum Ziel ausdenken könnte. Ich bin überzeugt«, und dabei lächelte er, »daß Sie die kleinen grauen Zellen Ihres Gehirns genügend angestrengt haben. Wenn wir auf dem gepflegten Parkett nicht weiterkommen, müssen wir eben eine Etage tiefer steigen.« Er schwieg und blickte Varney fast träumerisch an. Dann sagte er mit einer Geste, die dem segnenden Papst gegenüber einer tausendköpfigen Menge zugestanden hätte: »Ich werde Sie decken!«

An diesem Nachmittag fand Pat Oakins zu Hause einen Brief vor. Ein Herr Salantis bat ihn, ihn am nächsten Tag im »Old-Dragon«-Hotel in Chelsea sprechen zu dürfen, zehn Uhr im Salon. Bei Verhinderung wurde um einen Anruf gebeten. Oakins überlegte, ob es sein Renommee erhöhe, wenn er die Unterredung um einen Tag hinausschöbe. Aber dann fürchtete er, daß ihm ein womöglich lukrativer Auftrag entgehen könnte, und seine Neugier gab den Ausschlag. Immerhin: »Old Dragon« war ein teures Hotel, dort stieg nicht jeder ab.

Pünktlich um zehn fragte er nach Herrn Salantis. Er wurde in den Salon geführt und an einem ungewöhnlich fetten Mann verwiesen, der hinter einer Zeitung auftauchte, sich ein Stück aus einem Sessel hochschob und sofort wieder fallen ließ. In einem fehlerhaften, aber durchaus verständlichen Englisch fragte er Oakins, was er trinken und essen wollte, bestellte Kaffee und Kalbsfrikassee und Toast, für sich einen Kognak, dann begann er ein Gespräch über London, das er enthusiastisch rühmte. Er sei zum erstenmal hier, ein Verehrer von Tradition, Würde, Form, und das finde er hier wie nirgends in der Welt. Rom, bitte, aber da herrsche eine gewisse Sorglosigkeit dem Erbe gegenüber; Paris, es sei eine deutliche Nonchalance zu spüren in allem und jedem. Oakins hörte zu, bestätigte, wartete. Er aß das Frikassee, das vortrefflich war, überschlug, was dieses kleine Frühstück kosten würde und was unter Umständen für diskrete Dienste herauszuholen wäre und welcher Art die Dienste sein könnten, die dieser in teure Stoffe gehüllte Ausländer von ihm erbitten mochte. Während Salantis eine Zigarre zurechtstutzte, kam er zur Sache. Er hätte durch einen führenden Londoner Fußballklub erfahren, daß Mister Oakins in der letzten Zeit einen verschwiegenen Auftrag mit höchster Zuverlässigkeit ausgeführt hätte. Er selbst hätte sein Leben dem Fußball verschrieben, sei Direktor eines führenden Klubs der portugiesischen Hauptstadt und vom Fußballverband seines Landes damit beauftragt, die Reise des Nationalteams zur Weltmeisterschaft vorzubereiten.

»Wunderbar«, sagte Oakins, »Perreira, Eusebio, Torres, Coluna – ich kenne Ihre erstklassigen Leute. Mein ganz privater Tip: Portugal steht im Endspiel.«

Salantis strahlte. Er hätte einen Mann von erlesener Bildung vor sich, rief er aus und hob die kurzen Finger, als wollte er Oakins an sich ziehen. Es würde ein Vergnügen sein, mit ihm zusammenzuarbeiten, sie würden sich ausgezeichnet verstehen. Dann winkte er Oakins näher heran und fügte leise hinzu, er möchte Oakins für die Tage des Englandaufenthaltes seiner Truppe engagieren, offiziell als Begleiter, Fremdenführer, Lotse – man würde eine wohlklingende Bezeichnung dafür finden. Er sollte stets in der Nähe der Mannschaft sein, ihr helfen, sich mit dem englischen Leben zurechtzufinden. Aber vor allem sollte er aufpassen, daß sich keine Einkäufer an die Stars heranmachten, Agenten der finanzstarken italienischen Klubs vor allem. Man sei Portugiese, Patriot, und außerdem sei man auch Geschäftsmann. Oakins' Aufgabe sollte es also sein, das Auftauchen infamer Menschenhändler aufzuspüren, zu signalisieren, abzuwehren. Sie müßten Hand in Hand arbeiten dabei, das verstünde sich wohl von selbst. Der Weg für Portugals Elf wäre schwer, sie hätte die zweifellos stärkste Konkurrenz aller Vorrundengruppen dieser Weltmeisterschaft niederzuringen. Bulgarien müßte man schlagen können, Brasilien aber, der zweifache Weltmeister, wäre ein nicht zu bezwingender Fels, und deshalb müßte man unbedingt das unberechenbare Ungarn überwinden, wenn man den notwendigen zweiten Platz erringen wollte. Es wäre gut, wenn sich die Leitung der Mannschaft voll und ganz auf diese Spiele konzentrieren könnte und nicht noch Angst haben müßte, daß die wertvollsten Beine abgeworben würden. »Drei Wochen«, sagte Salantis. »Was kosten Sie?«

Einige Sekunden lang starrte Oakins auf den schweren Ring an der Pranke des Managers, auf den dunkelgrünen Stein mit der schwachen gelblichen Maserung. Er sprach von Spesen und davon, daß es einfacher wäre, einen Pauschalsatz zu vereinbaren, als kleinlich Posten für Posten abzurechnen. Einige Sekunden lang fürchtete Oakins, er könnte seinen eigenen Wert herabsetzen, wenn er zu wenig verlangte, so wenig etwa, wie er von dem Londoner Fußballklub erhalten hatte. Aber womöglich war Salantis darüber informiert? Was billig war, war nichts wert – hundert Pfund, zweihundert? Schließlich sagte er: »Als Honorar stelle ich einen Betrag von zweihundertfünfzig Pfund für die drei Wochen in Rechnung.«

Salantis war keineswegs überrascht. »Meine Mannschaft trifft am sechsten Juli in England ein. Ich erwarte, daß Sie an diesem Tag bereit sind. Wir engagieren Sie wochenweise. Nicht wahr, pro Woche fünfundachtzig Pfund?«

Oakins verbeugte sich zustimmend.

Einen Tag, nachdem Varney mit seinem Chef gesprochen hatte, rief er Sientrino an und bat ihn, am Abend an einer bestimmten Straßenecke, weit von dessen Lokal entfernt, in seinen Wagen zu steigen. Sientrino zögerte mit der Zusage. Er hätte wenig Zeit, ein Kellner wäre krank, aber Varney beharrte, es wäre außerordentlich wichtig.

»Gut«, sagte Sientrino schließlich. »Hoffentlich dauert es nicht lange.«

Als Varney zur vereinbarten Zeit an der betreffenden Ecke hielt, trat Sientrino aus einem Hausflur und stieg sofort ein. Er hatte den Mantelkragen hochgeschlagen und trug einen breitkrempigen Hut. Varney spottete, während er den Fuß von der Kupplung ließ: »So, wie Sie jetzt aussehen, habe ich mir immer einen Meuchelmörder aus der Renaissance vorgestellt. Gift und Dolch im Gewande, Sie verstehen?«

»Sie haben gut reden«, erwiderte Sientrino gereizt.

»Ich habe gar nicht gut reden. Lesen Sie manchmal Zeitung? Dann wüßten Sie: ich bin schuld, daß Woodward und Grebb noch nicht gesiebte Luft atmen und keiner weiß, wer Mont über den Haufen geschossen hat. Aber zur Sache.« Varney erzählte, was er sich ausgedacht hatte. Eine Frau wurde gebraucht, die Bicket, sobald er aus dem Zuchthaus entlassen war, um den Bart ging. Bicket würde, wie viele Männer nach längerer Haft, an der ersten besten Frau, die ihnen über den Weg lief, klebenbleiben. Diese Frau brauchte nicht allzu jung zu sein und durfte nichts dagegen haben, für eine gewisse Summe mit Bicket ins Bett zu gehen. Und sie mußte versuchen, dieses und jenes aus ihm herauszuholen.

»Und«, sagte Sientrino, als Varney geendet hatte, »diese Frau soll ich Ihnen beschaffen?«

»Nicht nur das. Sie sollen die Dame finanzieren und bei ihr den Eindruck erwecken, daß Sie sich für Bickets Lebenswandel interessieren. Irgendeine alte Rechnung – wir können uns da einiges ausdenken. Ich bleibe absolut im Hintergrund.«

»Das ist das Schwierigste, was Sie jemals von mir verlangt haben.«

»Dafür fällt auch mehr als jemals für Sie ab. Heute ist der sechste April. Am dritten Mai wird Bicket entlassen. Wir haben vier Wochen Zeit, alles in die Wege zu leiten.«

»Machen wir Schluß für's erste«, sagte Sientrino. »Ich muß mir alles durch den Kopf gehen lassen. Es wird nicht leicht sein, diese Dame aufzugabeln.«

»Ich stelle es mir durchaus nicht leicht vor.«

Zwei Tage später trafen sie sich erneut. Sofort, nachdem Sientrino in den Wagen gestiegen war, sagte er: »Die Sache ist für mich zu gefährlich. Ich mache nicht mit.«

Varney fuhr an. Den ganzen Tag über hatte es schon geregnet, die Straßen glänzten, und unter den Laternen schienen nasse Gardinen zu hängen. Einer der Scheibenwischer mußte offenbar geölt werden; eine Zeitlang waren das Summen des Motors und das Quietschen des Scheibenwischers die einzigen Geräusche im Wagen. Dann fragte Varney: »Und warum machen Sie nicht mit?«

»Es ist unmöglich, eine Frau zu finden, die so etwas macht und dichthält. Wenn ihr einer mehr bezahlt als ich, haut sie mich in die Pfanne. Wenn nur der Verdacht aufkommt, daß ich mit der Polizei zusammenarbeite, ist mein Lokal erledigt. Ein Boykott ist das mindeste. Vielleicht schlagen meine Gäste mir auch die Scheiben ein.«

»Ich hoffe, Sie sind versichert«, sagte Varney ungerührt. »Aber warum sollte jemand hinter Ihre Beziehungen kommen?«

»Es braucht nur einer zuzusehen, wie ich in Ihren Wagen steige oder wie Sie bei mir über den Hof gehen.«

»Wir haben uns bisher so wenig wie möglich getroffen und werden es auch in Zukunft so halten. Das nächste Mal schicke ich einen meiner Leute.«

»Abgesehen davon«, beharrte Sientrino, »die Sache ist mir zu gefährlich.«

»Haben Sie sich schon nach einer derartigen Frau umgeschaut?«

»Begreifen Sie doch!« antwortete Sientrino heftig. »Das alles kann mich um meine Existenz bringen!«

Varney hatte keine harte Gangart anschlagen wollen, aber nun sah er sich doch dazu genötigt. So ruhig, als brächte er etwas Nebensächliches vor, sagte er: »Wieviel Zigaretten waren das neulich? Bestand nicht der Verdacht, Sie hätten gestohlene Zigaretten gekauft?«

Sientrino stieß stöhnend die Luft aus. »Von der Seite also kommen Sie, ich hätte es mir denken können.«

»Wir beide«, fuhr Varney versöhnlich fort, »betreiben seit Jahren ein Geschäft zu gegenseitigem Vorteil. Sie helfen mir hier und da, und ich sorge dafür, daß Ihnen niemand an den Wagen fährt, wenn in Ihrem Lokal einmal Waren auftauchen, die nicht stubenrein sind. Wenn ich mich recht besinne, habe ich sogar einmal eine Geschichte zugedeckt, bei der einige Leute meinten, man hätte in Ihrem Lokal mit Rauschgift krumme Geschäftchen gemacht. Wollen wir nicht weiter so verfahren?«

Sientrino verlegte sich aufs Flehen. Er wüßte die Hilfe durchaus zu schätzen und hätte immer sein Bestes getan. Wäre er es nicht gewesen, der die Hetshop erkannt hätte? Und wäre er nicht stets zu Auskünften dieser und jener Art bereit gewesen? Aber das neue Projekt war gefährlich, leichtsinnig, konnte alles Weitere gefährden.

»Nicht, wenn Sie schlau sind«, sagte Varney. »Und nicht, wenn Sie alles so machen, wie ich es Ihnen sage.« Sientrino tat ihm leid, das war keine Frage. Vielleicht hätte er, wenn er die Angst des Gastwirts vorausgeahnt hätte, nach einem anderen Weg gesucht, aber nun hatte er einmal die Katze aus dem Sack gelassen. »Machen Sie jetzt keine Mätzchen«, sagte er. »Ich bin in einer üblen Lage. Nicht nur das, Scotland Yard ist es. Wir haben keine Veranlassung, zimperlich zu sein. Ich werde Sie abdecken, so gut es geht. Aber in einer Woche möchte ich wissen, wen wir Bicket in den Pelz setzen.«

Wieder wurde es still, der Scheibenwischer quietschte in immer gleichem Rhythmus. Nach einer Weile sagte Sientrino: »Sie haben mich in der Hand. Ich hätte nicht gedacht, daß Sie das so rücksichtslos ausnutzen würden.«

An der nächsten Straßenecke ließ sich Sientrino absetzen. Varney war froh, daß dieses Gespräch hinter ihm lag. Er hatte kein Vergnügen daran, jemandem den Daumen auf die Gurgel zu setzen, und wenn ihm etwas an seinem Beruf zuwider war, dann die Tatsache, daß er bisweilen nicht anders als mit Gewalt zu Rande kam. Er tröstete sich damit, daß ihm der Gegner diese Methoden aufzwang, aber zu völliger Beruhigung langte es nicht. Er würde nach Hause fahren, einen Sherry trinken, sich mit seiner Frau über irgend etwas unterhalten, was weit abseits von seinem Beruf lag, vielleicht sogar über Fußball. Aber am nächsten Morgen würde alles wieder da sein, Sientrino, Bicket, die Jagd auf Woodward und Grebb und die Sorge vor dem, was noch kommen konnte. Manchmal, darüber war sich Varney klar, verspürte er sogar Angst.

Dr. Tasburgh lag auf dem Sofa, rauchend, Zeitung lesend. »Du könntest mir noch einen Tee eingießen.«

Babette trat vom Fenster zurück und zog die Gardinen zu. Er folgte ihren Bewegungen, wie sie an den Tisch trat, sich niederbeugte und mit dem Geschirr hantierte. »Es ist geradezu ein Wunder«, sagte er, »wie glänzend dir alles steht. Wenn ich nicht dabeigewesen wäre, wie du dir diese Bluse ausgesucht hast, würde ich nicht glauben, daß sie nur ein paar Schillinge kostet.«

Babette stellte die Tasse auf einen niedrigen Kacheltisch. »Bitte, Herr Doktor«, sagte sie. »Ob es noch lange dauert, bis ich Professor zu dir sagen kann?«

»Zehn Jahre, wenn alles gutgeht. Dann werden wir ein großes altes Haus in einem vornehmen Viertel mieten, ein Dienstmädchen haben und einen geräumigen, nicht zu modernen Wagen. Ich werde jahraus, jahrein dunkle Anzüge tragen müssen.«

»Und ich werde die Gemahlinnen deiner Kollegen zum Tee empfangen. Wir werden Konversation machen über alte Dichter und neue Waschmittel und uns über die Hafenarbeiter entrüsten, weil sie wieder streiken und überhaupt nicht mehr arbeiten wollen und mit ihren maßlosen Forderungen schuld sind, daß das Hammelfleisch teurer geworden ist.«

»Du wirst großartig sein.«

Babette legte den Kopf zurück, schloß halb die Augen und sagte:

»Stell dir vor, ich sitze am Kamin, in einer züchtigen hochge-schlossenen Bluse. Noch etwas Tee, Frau Oberassistent? Hoffent-lich schmeckt Ihnen die Obsttorte, Frau Professor. Hach, wissen Sie, mein Mädchen, gewöhnlich eine Perle, aber diesmal ...« Ba-bette hielt die Rolle nicht lange durch, lachte und warf sich über ihren Freund, der halb ärgerlich rief, sie sollte ihm seine Zeitungen nicht zerknüllen, dann aber von ihrer Heiterkeit angesteckt wurde und sich küssen ließ und nicht darauf achtete, daß die Zeitungen auf den Boden rutschten und die Teetasse in Gefahr geriet.

Eine Stunde später sammelte Dr. Tasburgh die zerstreuten Blätter auf. »Ich bin nicht ganz sicher«, sagte er, »ob eine Professorengat-tin derartige Sitten an den Tag legen darf.«

»Ich auch nicht«, sagte Babette. »Wenn ich recht bedenke, wird sie wohl in einem knöchellangen Hemd aus gestärktem Leinen ins Bett steigen müssen.« Sie alberten noch eine Weile, dann wurde Babette ernst und sagte: »Unser letzter Sonntag in diesem Zimmer. Dann ziehst du nach London. Ob es da auch wieder so schön wird? Ob ich mich schnell an dein neues Zimmer gewöhne? Und ob du dann noch so viel Zeit für mich hast? Dort gibt es Kollegin-nen, Studentinnen ...«

»Hör auf, Mädchen. Du wirst mich genauso oft besuchen wie jetzt. Die ersten beiden Monate bleiben mir zum Einarbeiten, da habe ich kaum etwas anderes zu tun, als mich an die Atmosphäre zu gewöhnen. Dann hast du deinen Urlaub, wir fahren zusammen weg, an den Kanal oder nach Schottland. Glaub nur nicht, daß ein Dozent mehr zu tun hat als ein Zuchthausbeamter. Und von Hert-ford nach London hinein ist es schließlich nur ein Katzensprung. Ich habe dir ja gesagt, daß ich mir ein Zimmer im Norden nehmen werde.«

Babettes Besorgnis war nicht zerstreut, aber sie hielt es für besser, die Laune dieses Sonntagnachmittags nicht zu verderben. Sie blät-terte in einer Zeitschrift, bis ihr Blick an einer ganzseitigen An-nonce haften blieb. Die Orient-Line pries Vergnügungsfahrten an; zweiundzwanzig Tage lang kreuzte die »Chusan« über den Atlan-tik von Southampton nach Teneriffa, nach Trinidad und Barbados, zurück nach Madeira und in den Heimathafen. Die Fahrt kostete in der Touristenklasse 151 Pfund; so viel verdiente sie in etwa drei Monaten. »Sieh doch mal«, sagte sie, »die Cunard-Line veranstal-tet Weltreisen: Las Palmas, Kapstadt, Durban, Fremantle, Mel-bourne, Sydney, Neuseeland, Tahiti, durch den Panamakanal nach Curaçao und zurück über den Atlantik. Das ganze in 75 Tagen.«

»Hübsch«, sagte Dr. Tasburgh. »Und was kostet der kleine Spaß?«

»Immerhin 325 Pfund.«

»Also 650 Pfund für uns beide. Zu Hause laufen Miete und Versicherungen und Steuern und einige Kleinigkeiten weiter. Taschengeld braucht man für Zigaretten und Getränke und Filme und Souvenirs. Unter achthundert Pfund wird sich da nichts machen lassen, Liebling. Und wer gibt uns so lange Urlaub!«

»Nichts für uns.«

»Der Sprung nach oben«, sagte er, »ich glaube, daran denkt heute jeder. Eine Villa auf den Bermudas, eine Jacht in Mallorca, eine Safari durch Kenia – ich wüßte schon, was ich dann anfangen würde.«

»Wann ist das, dann?«

»Nach diesem Sprung nach oben.«

»Wann machst du ihn?«

Er lachte. »Natürlich nie. Es stirbt nicht jeden Monat eine begüterte Tante, und im Toto werde ich nicht gewinnen, weil ich nicht spiele. Denk an etwas anderes, Schatz.«

Babette legte die Zeitschrift beiseite und trat ans Fenster. Vielleicht, sagte sie, würde es gegen Abend zu regnen aufhören, und es wäre hübsch, noch ein Stück hinauszufahren und durch die Wiesen zu laufen. Sie könnten in einem Gasthof, den sie liebten wegen seiner stilvollen ländlichen Sauberkeit, zu Abend essen und zurückfahren in der Dunkelheit und hätten dann etwas erlebt, woran sie sich erinnern könnte während der nächsten Woche im Büro.

»Denk doch«, sagte sie, »es ist unser letzter Sonntag in Hertford.«

Aber ihr Freund hörte nicht zu. Er starrte so interessiert auf die Zeitung, daß sie für einen Augenblick ärgerlich wurde, aber da sagte er: »Tolles Ding!« Und er las ihr einen Artikel vor, wonach Jane Hetshop, die Braut des Gangsters Grebb, die Polizeibehörden in Kenntnis gesetzt hatte, künftig in Blyth, einer Industriestadt in Northumberland, als Verkäuferin arbeiten zu wollen. »Die blonde Jane«, las Dr. Tasburgh vor, »die Grebb half, seine 6000-Pfund-Beute von der Celtic-Bank durchzubringen, die kurz nach Woodwards Flucht in einem gestohlenen Sportwagen spazierenfuhr und von Polizei und Staatsanwaltschaft dennoch ungeschoren gelassen wurde, gab vor der Polizei an, das Londoner Pflaster sei ihr zu heiß, sie fürchte, wieder in unsaubere Dinge hineingezogen zu werden, und ziehe es deshalb vor, in die Provinz überzusiedeln. Die Polizeibehörden, unter deren Aufsicht sie steht, gaben dazu die Genehmigung. Wie unser Reporter erfuhr, beabsichtigt Jane, zu einer Tante zu ziehen, die in Blyth eine bescheidene Pension verzehrt. Eines ist sicher: unter den Junggesellen von Blyth wird Jane Hetshop, 28, ehemaliges Mannequin mit einer Taille von 65 und einer Oberweite von 108 cm, beachtliches und berechtigtes Aufsehen erregen.«

Babette sagte: »Da steckt doch etwas dahinter!«

»Varney wird die Ohren spitzen. Er wird die Polizei dort oben aufmöbeln und vielleicht sogar einen oder zwei seiner Leute dorthin schicken. Er könnte vermuten, daß Woodward und Grebb sich im Kohlenkeller dieser Tante versteckt halten.«

»Kannst du Varney nicht leiden?«

»Doch, durchaus.«

»Man hat ihn mir beim Begräbnis von Mont gezeigt. Für sein Alter sieht er noch recht gut aus, groß, nicht dick, schöne dunkle Augen. Bloß sehr ernst scheint er zu sein, und sehr müde.«

»Aber er hat keine Zeit, müde zu sein.« Dr. Tasburgh lachte leise. »Du glaubst nicht, wie froh ich bin, der Justizmühle zu entkommen. Noch vier Tage, und meine Zeit in diesem verdammten Zuchthaus ist abgelaufen. Varney war übrigens vorige Woche wieder da und hat sich Bicket vorgeknöpft.«

»Warst du dabei?«

»Varney tut neuerdings sehr geheimnisvoll. Aber das alles interessiert mich nicht mehr. Wie ist das, fahren wir noch ein Stück?«

»Ich bin in fünf Minuten soweit«, sagte Babette.

Sientrino goß noch einen Whisky ein. »Ich bin überzeugt«, sagte er, »du schaffst das. Mädchen, du bist doch nicht auf den Kopf gefallen!«

»Ein Bild von diesem komischen Vogel hast du nicht da?«

»Mein Gott, er ist keine Schönheit, und die paar Jahre Knast waren keine Verjüngungskur.«

»Begeistert bin ich nicht.«

Sientrino war nicht sicher, ob Betsy Ambrose lediglich den Preis hochtreiben wollte. Sie rauchte eine Zigarette nach der anderen, fragte, schwieg, sagte nicht ja noch nein. Bis zur Entlassung von

Bicket blieben nur noch vier Tage, und alle Bemühungen Sientrinos, eine Frau zu finden, die Varneys Bedingungen entsprach, waren bisher gescheitert. Wenn es nicht gelang, Betsy Ambrose zu einer Zusage zu bewegen, mußte er vor Varney hintreten und bekennen, daß er dessen Wünsche nicht erfüllen konnte. Dann war sein Verhältnis zum Yard merklich abgekühlt, und vielleicht machte Varney seine Drohungen wahr.

»Und was soll ich ihm aus den Zähnen ziehen?«

»Das werde ich dir sagen, wenn du ihn kennengelernt hast.«

»Warum hast du solches Interesse?«

»Ich hab mit Bicket ein Geschäftchen gemacht, kurz bevor er in den Knast ging. Und Bicket hat mich verdammt übers Ohr gehauen. Ich bin in diesen Dingen empfindlich.«

»Gib mir noch einen.«

Sientrino schenkte ein. Er fürchtete, daß Betsy Ambrose, wenn sie öfter so trank, bald die letzten Reste von jugendlichem Scharm verlieren würde. Sie war über die Dreißig, und ihr bisheriger Lebenswandel hatte keineswegs dazu beigetragen, ihre Reize zu konservieren. Sie hatte zwei Kinder zur Welt gebracht, die längst in einem Fürsorgeheim erzogen wurden, sie hatte mit siebzehn geheiratet und war mit neunzehn geschieden gewesen, eine Zeitlang hatte sie in der Gefahr geschwebt, rauschgiftsüchtig zu werden, und vermutlich war sie nur durch eine Gefängnisstrafe vor dem endgültigen Absacken gerettet worden. Dann hatte sie als Köchin, Aufwärterin, Pförtnerin und Fahrstuhlführerin gearbeitet, hatte nebenbei hin und wieder den Prostituierten ins Handwerk gepfuscht und war ein zweites Mal ins Gefängnis geschickt worden, weil sie guten Freunden einen Tip gegeben hatte, wie man in das Warenhaus, in dem sie arbeitete, durch ein Fenster einsteigen konnte. Wahrscheinlich, aber das war nicht nachzuweisen gewesen, hatte sie sogar absichtlich ein Fenster offenstehen lassen, hatte Schmiere gestanden, beim Abtransport geholfen und ihren Anteil an der Beute zu Geld gemacht.

»Mädchen«, sagte Sientrino, »Knast verbindet, du weißt es selbst. Wenn du zu Bicket kommst, eine Weile herumdruckst und dann sagst, du wärst erst vor kurzem aus dem Knast entlassen worden, hättest Schwierigkeiten, eine Arbeit zu finden, wärst mutterseelenallein, wenn du ein bißchen weinst, wenn du die selbe Bluse anhast wie jetzt und genauso dasitzt, bloß nicht so angesoffen – verliebt er sich sofort.«

»Und fünf Pfund die Woche von dir?«

»Fünf Pfund, solange du mit Bicket zusammen bist. Und Prämie für jede Auskunft.«

Betsy Ambrose trank aus. »Ich will's versuchen.«

Sientrino fühlte sich, als wäre ihm ein Stein vom Herzen gefallen. Nachdem Betsy Ambrose gegangen war, rief er einen alten Bekannten in Eastham an: er hätte es sich überlegt, er würde die sechs Kisten Hummermayonnaise, die ihm drei Tage vorher angeboten worden waren, nun doch nehmen. Natürlich versuchte sein Partner, jetzt, unter dem Vorwand, ihm läge ein günstigeres Angebot vor, den Preis hochzutreiben, und Sientrino war so guter Laune, daß er nicht lange feilschte.

Jetzt, das wußte Sientrino, kam für ihn eine Zeit, in der er sich allerhand leisten konnte. Varney brauchte ihn dringender denn je – ob Scotland Yard auch dann beide Augen zudrücken würde, wenn in seinem Lokal wieder die hübschen kleinen Päckchen mit schrägen Zigaretten auftauchten?

Die Abschiedszeremonie verlief so, wie sie Bicket schon einige Male erlebt hatte. Er probierte seine Zivilsachen an und stritt mit dem Wachtmeister, seine Hose hätte Mottenlöcher bekommen, aber der Wachtmeister wies diesen Vorwurf routiniert ab: diese Löcher müßten schon vorher darin gewesen sein, denn im Zuchthaus gäbe es keine Motten. Bicket erhielt seine Effekten Stück für Stück vorgelegt, quittierte ihren Empfang, bekam seinen Arbeitsverdienst ausgezahlt, und dann hielt Direktor Carmichael die gleiche Ansprache wie schon unzählige Male, und Bicket stand mit niedergeschlagenen Augen und nickte ergeben, als Carmichael die Hoffnung aussprach, die Strafe hätte ihren erzieherischen Wert nicht verfehlt und dazu beigetragen, dem Häftling die ganze Verwerflichkeit seiner Handlung zum Bewußtsein zu bringen. Und nun wünsche er ein rasches Zurückfinden ins Leben, geordneten Aufstieg in wirtschaftlicher und jeder anderen Beziehung und Beherzigung der Lehren, die ihm Gericht und Zuchthausverwaltung zu erteilen sich bemüht hatten. Vor allem: Direktor Carmichael hoffe, Mister Bicket in dieser Umgebung nicht wiederzusehen!

Zehn Minuten später stand Bicket, einen Pappkarton mit seinen Habseligkeiten unter dem Arm, auf der Straße. Er blinzelte in die Sonne und quälte sich mit dem Gefühl herum, jeder müßte ihm ansehen, daß er soeben aus dem Zuchthaus entlassen worden war, jeder müßte den muffigen Geruch seiner Kleidungsstücke wahrnehmen. Er ließ sich den Weg zur Redaktion der »Hertford News« zeigen, verlangte den Chefredakteur zu sprechen, wurde hingehalten, lärmte schließlich im Vorzimmer, er wolle ein Faß aufmachen, wenn er nicht zu seinem Recht käme, und wurde endlich vorgelassen. Zuerst weigerte sich der Chefredakteur, irgendwelche Beziehungen zwischen den »Hertford News« und Bicket anzuerkennen, alles wäre Monts Sache gewesen, und der wäre tot, und er selbst hätte von nichts gewußt. Aber dann bequemte er sich zum Einlenken. »Ich kann mir denken, daß Sie in einer schwierigen Lage sind. Ich helfe vollkommen privatim, aus meiner Tasche, zwanzig Pfund, und nun lassen Sie sich nicht mehr blicken.«

Bicket zögerte, nahm das Geld doch, verschwand ohne Gruß und Dank. Er ging geradenwegs zum Bahnhof und fuhr mit der Schnellbahn nach Tottenham hinein, dort bestellte er in einer Konditorei Tee, Torte, Kuchen und Schlagsahne, aß, trank, rauchte, und alles war so, wie er es in hundert Zuchthausnächten erträumt hatte.

Am Abend klingelte er an der Wohnungstür seines Bruders. Die Begrüßung war sachlich, von seiten der Schwägerin offenkundig kühl. Bicket fragte: »Du hast meinen Brief erhalten?«

»Ich hab' mich um alles gekümmert. Nicht weit vom Wembley-Stadion will einer einen Tabakladen vermieten. Der Besitzer heißt Moothe. Beckerley-Street 15.«

»Großartig. Kann ich ein paar Tage bei dir bleiben?«

Der Bruder war verlegen. Seinetwegen ginge das natürlich, aber die Frau, er müßte verstehen, und die Kinder würden fragen, wo denn der Onkel so lange gewesen wäre, und die Leute im Haus ... »Verstehe vollkommen«, sagte Bicket. »Aller Anfang ist schwer. Wie ist das: wieviel kannst du mir pumpen?«

Der Bruder schnaufte. »Hör gut zu«, sagte er dann. »Du weißt genau, daß ich nicht auf Rosen gebettet bin. Ich gebe dir sechzig Pfund, ich habe sie mir unter der Hand zusammengespart. Meine Frau darf nichts davon wissen. Sobald du einigermaßen auf festen Füßen stehst, stotterst du sie ab. Und wenn du noch einmal krumme Sachen anfaßt, breche ich dir alle Knochen!«

Bicket nahm das Geld und verabschiedete sich rasch. Er aß zu Abend in einer Speisewirtschaft, quartierte sich in einer Pension ein, ging noch mal aus, streifte durch Spielkasinos und landete schließlich in einem Kino, in dem ein James-Bond-Film gezeigt wurde. Am nächsten Morgen fuhr er hinaus zum Wembley-Stadion. Er war sehr zufrieden, daß der Tabakladen hier lag: in den Tagen der Weltmeisterschaft würde mächtiger Betrieb herrschen, und es müßte mit dem Teufel zugehen, wenn er dabei kein Geschäft machte.

Moothe war ein langaufgeschossener älterer Mann, der ungewöhnlich kurzsichtig zu sein schien und mit jedem Wort geizte. »Die Galle«, murmelte er und glaubte, damit genügend über den Grund ausgesagt zu haben, weshalb er den Laden aufgab. Er wies die Umsatzbelege der letzten Monate vor, und obwohl Bicket nicht alles sofort verstand, wurde ihm doch klar, daß dieses Geschäft nicht gerade eine Goldgrube war. »Mit Ihrem Bruder habe ich den Pachtpreis besprochen«, sagte Moothe und nannte eine mäßige Summe. »Sie übernehmen sofort?«

Bicket ließ sich das Stübchen hinter dem Laden zeigen und den Weg zum Klosett, das jenseits eines schmalen Hofes lag. »Ich muß noch einiges regeln«, sagte Bicket. »Übergeben Sie morgen früh um acht?«

Bicket verbrachte noch eine Nacht in der Pension; am nächsten Morgen fand er sich mit seinem Pappkarton in der Beckerley-Street ein. Moothe übergab ihm die Vorräte, erklärte, welche Wege zu den Behörden zu erledigen wären, und legte einige Papiere vor, die Bicket unterschrieb. Dann stülpte Moothe den Hut auf und sagte zum Abschied: »Die Miete kassiere ich freitags.«

Bicket bestellte bei einem Malermeister ein Firmenschild, groß die Buchstaben »Tabakwaren« und klein darunter »Edward Bicket«. Er verhandelte mit dem Finanzamt und dem Großhändler, von dem Moothe seine Waren bezogen hatte. Mittags öffnete er. Die ersten Kunden fragten, wunderten sich, wurden aufgeklärt. Am Nachmittag bot eine Frau ihre Dienste als Reinigungskraft an. »Hier ist nicht viel zu machen«, sagte Bicket. »Das schaff' ich schon selbst.« Aber die Frau blieb vor dem Ladentisch stehen und blickte Bicket so traurig und ergeben an, als könnte niemand anders ihr Lohn und Brot geben, als gäbe es keine einzige freie Stelle in der ganzen Stadt. Ein Kunde kam und wurde bedient, die Frau blieb, und da sah Bicket, daß sie so uneben nicht war. Eine Frau mit solchen kräftigen Formen hatte er unzählige Male erträumt in den vergangenen bitteren Monaten. Allerdings: Wie das blühende Leben sah sie nicht gerade aus.

»Ich könnte Ihnen auch die Wäsche waschen«, sagte die Frau.
»Und Besorgungen machen. Und kochen natürlich.«
An all das hatte Bicket noch gar nicht gedacht. Er würde von früh
bis abends hinter diesem Ladentisch stehen und die Kundschaft
bedienen müssen, es blieb ihm wahrscheinlich kaum Zeit, auf die
Toilette zu gehen. Er sah die Frau genauer an, ihre Blicke trafen
sich, hakten sich fest. »Ich verdiene auch nicht viel«, sagte Bicket,
»ich fange gerade erst an.«
»Ich fange auch erst an«, sagte sie leise.
Während er den nächsten Kunden bediente, überlegte er, was
dieser Satz bedeuten konnte. Er warf ihr zwischendurch einen
forschenden Blick zu. Die Frau war auffällig blaß. Sollte auch
sie ...?
Nachdem der Kunde gegangen war, sagte Bicket: »Viel bezahlen
kann ich nicht. Und nur stundenweise. Können Sie gleich was
machen?«
Betsy Ambrose räumte das Stübchen auf, wischte Staub, sagte,
daß einmal gründlich saubergemacht werden müßte, aber es waren
weder Schrubber noch Eimer da. Sie kaufte Suppenwürfel und
Brot und ein Stück Wurst, kochte und briet auf einer elektrischen
Platte. Sie aßen zusammen. Bicket gab ihr ihren ersten Lohn aus
der Ladenkasse und sagte, sie könnte ja mal am nächsten Tag vor-
beischauen, ob es was zu tun gäbe. Am Abend ertappte er sich
dabei, daß er an ihre Bluse dachte und sich ihre Augen und ihre Art
zu sprechen vorzustellen suchte. Er freute sich, als sie kam, fand
immer neue Arbeiten für sie, und am Abend gingen sie zusammen
ins Kino. Danach erwies sich das Sofa in seinem Stübchen als recht
schmal für beide, und sie sprachen darüber, wie es denn wäre,
wenn sie noch ein Feldbett aufstellten. Bicket hörte die Lebens-
beichte der Betsy Ambrose an, erfuhr auch vom Einbruch in das
Kaufhaus und urteilte, daß die Sache gar nicht so dumm eingefädelt gewesen wäre, aber doch nicht mit dem richtigen Pfiff. Betsy
schwor, ihrem jeweiligen Freund noch niemals auch nur einen Ho-
senknopf gestohlen zu haben; ihr Leben wäre ganz anders verlaufen, hätte sich nicht ihre Ehe als Mißgriff herausgestellt. Sie kamen
überein in dieser Nacht, daß sie billiger wirtschaften könnten,
wenn sie zusammenlebten, und Bickets letzte Bedenken wurden
zerstreut, als Betsy versicherte, sie könnte in der nächsten Zeit
jede Woche zwei Pfund vom Wohlfahrtsamt abholen. Dieses Geld
hätte sie während der Haft verdient, und es würde ihr nun raten-

weise zugeteilt, damit sie nicht in Versuchung geriete, es unbedacht auszugeben.

»Merkwürdige Methode«, sagte Bicket. »Hab' nie von so was gehört. Aber brauchen können wir's natürlich.«

Am nächsten Morgen hängte der Maler das neue Schild über dem Laden auf. Minutenlang stand Bicket davor und las stumm ergriffen seinen Namen. Ihm schwindelte ein wenig, als ihm bewußt wurde, wie viele Wünsche in unglaublich kurzer Zeit in Erfüllung gegangen waren.

Die Nachrichten, die Varney aus Blyth bekam, waren spärlich und eintönig. Jane Hetshop ging morgens zur Arbeit, räumte Tüten, Büchsen und Flaschen in die Regale eines Lebensmittelgeschäfts, saß auch aushilfsweise an der Kasse, und nach ihrer Arbeit ging sie zurück zum Häuschen der Tante. Die Abende verbrachte sie vermutlich vor dem Fernsehapparat. Sie kleidete sich schlichter als bisher und schminkte sich weniger auffällig. Bisher war noch nicht beobachtet worden, daß jemand von Grebbs Bande versucht hatte, mit ihr Verbindung aufzunehmen. Die Polizei von Blyth hatte die Leiterin des Geschäfts, das einem Warenhauskonzern gehörte, ins Vertrauen gezogen und gebeten, ein wachsames Auge auf Jane Hetshop zu haben. Die Leiterin, eine ältere Jungfrau, hatte vor Aufregung rote Flecken auf den Wangenknochen bekommen und sich mit glühendem Eifer in ihre Aufgabe gestürzt. Aber auch sie, der man die Bilder von Grebb und Woodward gezeigt hatte, konnte nichts berichten, was auch nur einen Schritt weitergeholfen hätte.

Am 10. Mai fand im Scotland Yard eine Konferenz aller leitenden Beamten statt. Inzwischen waren die Termine der Fußball-Weltmeisterschaften bekanntgegeben worden, und die Polizei traf ihre Maßnahmen. Man mußte damit rechnen, daß die großen Zusammenballungen von Menschen und der Strom von Ausländern auch bestimmte Zweige der Kriminalität beleben würden. Taschendiebe, Automarder, Prostituierte und deren Helfer, Hoteldiebe, Kofferdiebe aller Art würden ihre fette Zeit haben. Es mußte Vorsorge getroffen werden, die Polizei in London und den anderen Wettspielstädten zu erhöhen. Schließlich wurde aufgezählt, welche besonders gefährlichen Verbrecher sich auf freiem Fuß befanden, und natürlich wurden auch, sehr zum Leidwesen von Varney, Grebb und Woodward erwähnt. Der Beamte, der diesen Teil des

Berichts vortrug, urteilte über die beiden: »Die Konzentrationen von Menschen und Fahrzeugen können zu Gewaltverbrechen, besonders zu Raubüberfällen, ausgenutzt werden, Grebb und Woodward stellen hier eine akute Gefahr dar. Wir alle fühlten uns wohler in unserer Haut, gelänge es bis zur Weltmeisterschaft, dieser Gangster habhaft zu werden.«

Niemand außer Varney faßte dies als eine Kritik auf. Er merkte, wie ihm das Blut zu Kopf stieg, und er erwog eine Sekunde lang, ob er diesem Gremium die Anstrengungen schildern sollte, die seine Männer in den letzten Wochen gemacht hatten und noch machten. Aber er besann sich rechtzeitig, daß man so nicht argumentieren konnte. In diesem Beruf zählten nicht die aufgewendeten Arbeitsstunden und nicht die schlaflos verbrachten Nächte. Es zählte nur eins: der Erfolg. Und den hatte er nicht.

Am Abend dieses Tages schickte Sientrino durch einen Mittelsmann seinen ersten Bericht: Betsy Ambrose war es gelungen, Bikkets Geliebte zu werden. Varney entschloß sich, ihr noch nicht mitteilen zu lassen, was sie aus Bicket herausholen sollte; er wußte nicht, ob sie geschickt genug war, sich unauffällig an ein Ziel heranzutasten. Vielleicht erzählte Bicket von sich aus, was sich in Monts Wochenendhaus zugetragen hatte und warum er ins Zuchthaus zurückgekehrt war?

Am nächsten Morgen saß Varney wieder seinem Chef gegenüber. Obwohl es schwül war, trug Inspektor Sheperdson einen dunklen Anzug wie stets, ein makellos weißes Oberhemd und eine silbergraue Krawatte, und es schien Varney, als betrachte es sein Chef für unter seiner Würde, von der Hitze, unter der London stöhnte, überhaupt Notiz zu nehmen. »Da ist noch eines«, sagte Sheperdson. »Warum bearbeiten Sie den Ausbruch von Woodward und den Mord an Mont als unbedingte Einheit?«

»Weil Bicket versehentlich an Stelle von Woodward befreit wurde. Weil Mont bei seiner Suche nach Bicket Erfolg hatte und ihn in seinem Bungalow versteckte.«

»Ich würde vorsichtig sein. Man verrennt sich zu schnell in eine Kombination und ist dann blind für andere Konstellationen.«

»Mein alter Fehler«, sagte Varney. »Aber in diesem Fall glaube ich wirklich, daß ich mich nicht irre.«

Am Nachmittag lief ein Fernschreiben von der Polizeiwache in Blyth ein. Jane Hetshop hatte sich an die Polizei gewendet und gebeten, ihr die Möglichkeit zu geben, unter falschem Namen irgendwo untertauchen zu dürfen. Gründe für ihr ungewöhnliches Ansinnen hatte sie verweigert.

Varney bedachte sich nur kurz, dann ließ er sich zum Flugplatz bringen. Eine Stunde später stieg er in Newcastle aus der Maschine. Vor dem Flugplatz wartete ein Wagen auf ihn. Ein behäbiger Mann nahe der Fünfzig stellte sich als Leiter der Kriminalpolizei von Blyth vor: »Ich heiße Donnavan.«

»Haben Sie selbst mit der Hetshop gesprochen?«

»Heute morgen. Sie hat sich extra in ihrem Geschäft freigeben lassen und kam zu uns. Erst druckste sie herum mit einigen Fragen über Ausweise und dergleichen, dann kam sie mit ihrer Absicht heraus. Sie will untertauchen und merkwürdigerweise mit unserer Hilfe.«

Donnavan steuerte den Wagen nach Norden aus Newcastle hinaus, an Maschinenfabriken und Kohlenschächten vorbei und durch einen Schleier von Gestank hindurch. »Ich möchte die Hetshop unbedingt noch heute sprechen«, sagte Varney. »Können Sie das unauffällig einfädeln?«

Donnavan schlug vor, einen Polizisten in Zivil zu ihr zu schicken und sie zu bitten, zu einer Besprechung mitzukommen. Dann würde man sie in einem Wagen aus Blyth hinausfahren und an einer stillen Stelle irgendwo in der Heide mit Varney zusammenbringen. Varney war einverstanden.

Von einer Gastwirtschaft in einer Industriesiedlung vor Blyth aus telefonierte Donnavan mit seiner Dienststelle, dann berichtete er: »Alles klar. Wenn es klappt, treffen Sie die Hetshop heute abend um neun am Wansbeck-Fluß, nördlich von Bothal. Dort sagen sich Fuchs und Hase gute Nacht.«

Donnavan und Varney fuhren in einem Bogen um Blyth herum, bogen auf eine Landstraße ab und holperten durch Dörfer und über Landstraßen. In einem Gasthof aßen sie zu Abend, und da es nichts mehr über Jane Hetshop zu reden gab und es leichtsinnig gewesen wäre, es an einem solchen Ort zu tun, glitt ihr Gespräch auf die Fußball-Weltmeisterschaft ab. Donnavan fragte: »Ihr Tip?«

»Ich bin kein Fachmann«, sagte Varney. »Hin und wieder sehe ich mir ein Spiel an, manchmal direkt, manchmal im Fernsehen. Ein kleiner Spaß: Eine Wahrsagerin hat die Tierkreise, unter denen ihrer Meinung nach die einzelnen Länder stehen, zu den Planetenkonstellationen der Spieltage in Beziehung gesetzt. Dabei ist etwas

Kurioses herausgekommen: Weltmeister wird Argentinien, zweiter Brasilien.«

Donnavan lachte. »Aber was halten Sie davon: Ein paar Experten haben ein Elektronengehirn mit Trainingsergebnissen, Spielbedingungen, bisherigen Leistungen und anderen Umwelteinflüssen gefüttert. Der Computer rechnete als Semifinalisten England, Italien, Brasilien und Westdeutschland aus. Im Endspiel stehen seiner Meinung nach England und Italien, und Weltmeister werden die Italiener.«

»Das läßt sich schon eher hören«, sagte Varney. »Mein Endspieltip ist nicht sehr sensationell: England gegen Brasilien.«

»Und wer gewinnt?«

Varney lächelte. »Natürlich wir.«

Gegen acht Uhr brachen sie auf; gegen halb neun hielt Donnavan auf einem Feldweg zwischen Hafer und Klee. Über eine Wiese hinweg sah man den Nebel, der vom Wansbeck aufstieg. Die Luft war vollkommen still und so rein, als hätte es eben erst geregnet. »Wunderbare Gegend«, sagte Varney. »Man müßte hier ein Häuschen haben und in Blyth ein Bankkonto, dann könnte man angeln und Enten schießen und alle dicken Romane lesen, die Galsworthy geschrieben hat.«

»Es ist aber auch eine wunderbare Gegend für ein verschwiegenes Rendezvous mit einer schönen Frau.«

»Stimmt. Nur ist die Hetshop nicht mein Typ.«

Kurz vor neun schwankte ein Wagen über den Feldweg. Die Scheinwerfer waren nicht eingeschaltet, obwohl es fast dunkel war. Ein junger Mann stieg aus und kam Donnavan und Varney entgegen. Er sagte: »Sie sitzt drin.«

Varney ging auf den Wagen zu. Durch die Windschutzscheibe sah er Jane Hetshops helles Haar, und als er sich auf den Platz hinter dem Steuer setzte, roch er ihr Parfüm. In der Dämmerung fand er sie hübscher als bei Tag und ihre Augen nicht so vorstehend und töricht wie bei der ersten Begegnung und während der Vernehmung in ihrer kurzen Haft. »Ich habe Ihnen bei unserem letzten Gespräch gesagt, daß wir uns bestimmt wiedersehen werden«, begann er. »Ich habe mir das aber anders vorgestellt. Ich habe geglaubt, ich bekomme soviel Material zusammen, daß es für ein paar Jährchen langt. Warum wollen Sie Ihren Namen wechseln?«

Sie dachte eine Weile nach, dann sagte sie: »Die widerwärtigsten Leute, die es gibt, sind die Journalisten. Ich wollte mich still und unauffällig zurückziehen. Ich war noch nicht hier, da hatten die Zeitungen schon Wind bekommen. Inzwischen weiß in diesem Drecknest jedes Schulkind, daß ich die Freundin von Grebb war.«

»Sie sind es nicht mehr?«

»Hören Sie auf damit. Ich habe in London der Polizei erklärt, daß ich aussteigen will. Ich will mit diesen Dingen nichts mehr zu tun haben. Verstehen Sie das denn nicht?«

»Natürlich, sehr gut sogar. Und warum tun Sie das gerade jetzt?«

»Irgendwann muß man es ja tun.«

Es wurde immer dunkler. Zwei Dutzend Schritt entfernt standen Donnavan und sein junger Mann neben dem anderen Wagen. Hinter ihnen zuckte einmal der Himmel rot auf; wahrscheinlich wurde unten bei Blyth ein Hochofen abgestochen, oder eine Koksbatterie stieß ihre glühenden Massen aus. Varney fragte: »Hat jemand Sie bedroht?«

»Quatsch.«

»Warum wollen Sie dann Ihren Namen wechseln? Und warum wollen Sie schon wieder von Blyth weg, nachdem Sie gerade erst hier angekommen sind?«

»Sag' ich doch: Weil auch hier schon jeder Bescheid weiß. Und weil ich wirklich ein neues Leben anfangen will.«

»Und Grebb?«

»Zwischen uns ist Schluß.«

»Seit wann?«

Sie antwortete nicht sofort. »Ich habe ihn nicht mehr gesehen seit etlichen Wochen. Daß er Woodward herausgeholt hat, wissen Sie ja selbst. Eine Woche vorher war ich zum letzten Mal mit ihm zusammen.«

»Ich erlaube mir, das nicht zu glauben.«

»Wie Sie wollen. Mir hängt jedenfalls die Sache zum Halse heraus. Und ich habe Angst, daß es beim nächsten Mal schiefgeht. Und vorm Zuchthaus habe ich einen Heidenrespekt.«

»Ich könnte mir noch etwas vorstellen. Sie haben es Ihrem Freund übelgenommen, daß er Sie in eine Falle geschickt hat und selbst durchgekommen ist, sozusagen auf Ihre Kosten.« Das sagte Varney mit der Absicht, die Hetshop zu einem Widerspruch oder zu einer Bestätigung herauszulocken, aber sie ging nicht darauf ein. Nach einer Pause fuhr er fort: »Scotland Yard kann eine Menge machen, aber doch nicht alles, und vor allem nicht alles sofort. Einen Ausweis mit geändertem Namen stellen wir nicht jeden Tag aus, ich müßte mich da erst mit etlichen Kollegen beraten. Ganz offen, ich traue Ihnen nicht über den Weg. Ich stelle eine Bedingung: wenn wir Ihnen helfen sollen, müssen Sie erst einmal uns helfen.«

Jane Hetshop ließ eine halbe Minute verstreichen, ehe sie erwiderte: »Ihr Männer seid doch alle gleich. Grebb war so, und Sie sind so. Sie brauchen sich jetzt nicht aufzuregen, daß ich einen Gangster und einen Bullen in einem Atemzug nenne. Ehe einer hilft, will er erst einmal etwas haben.«

»Sie sollten sich nicht aufspielen«, sagte Varney. »Ihnen müßte doch klar sein, daß wir Sie jederzeit einsperren können.«

»Aber davon haben Sie nichts.«

»Sie sollten sich wirklich etwas überlegen, was uns weiterhilft, ohne Sie selbst zu belasten. Außerdem: Wir schätzen nichts so sehr, als was unserer Arbeit hilft, und sind dann gern bereit, ein Auge zuzudrücken.«

»Ich möchte Grebb nicht schaden«, sagte sie. »Immerhin waren wir fast zwei Jahre zusammen. Und er war mir gegenüber immer fair.«

Varney setzte zu einer längeren Erörterung an, was Fairneß wäre und daß dieses Wort keinesfalls angebracht wäre, wenn ein Mann eine Frau in eine Kette von Verbrechen hineinzöge. Er merkte, daß die Hetshop nicht das richtige Objekt für eine derartige Gedankenkombination war, als sie ihn unterbrach: »Was mir imponiert, ist das: er hat immer gehalten, was er mir versprochen hat.«

»Wahrscheinlich kommen wir so nicht weiter«, sagte Varney. Er überlegte, daß ihm eine Hetshop mit falschem Namen in irgendeinem Dorf in Schottland oder Wales nicht das geringste nützte. Er würde sie auch dort beobachten müssen, und das mußte um so stärker auffallen, je kleiner der Ort war. Wenn es ihr wirklich ernst war mit dem, was sie sagte, mußte er jede Hoffnung begraben, durch sie die Spur von Grebb zu finden. In diesem Fall war es wirklich besser, er erwirkte einen Haftbefehl gegen sie. Vielleicht würde sie das so beeindrucken, daß sie auspackte. Er machte noch einen Versuch: »Sagen Sie uns wenigstens, wer der Mann war, der Ihnen den gestohlenen Sportwagen übergeben hat.«

»Er heißt Paul.« Sie gähnte herzhaft. »Ich habe Ihnen schon alles erzählt, was ich von ihm weiß.«

»Das ist verdammt wenig. Und bestimmt ist es nur ein Zehntel von dem, was Sie wirklich wissen.« Plötzlich hatte Varney das Gefühl, daß die Hetshop eine Komödie spielte, um ihm Sand in die Augen zu streuen und um von anderen Dingen abzulenken. »Schluß für heute«, sagte er abrupt. »Wenn Ihnen noch etwas einfällt, können Sie sich an die Polizei von Blyth wenden. Ich werde in London sondieren, ob überhaupt die gesetzliche Möglichkeit besteht, Ihnen einen falschen Namen zuzubilligen.« Er stieg aus und gab dem jungen Mann den Auftrag, die Hetshop nach Blyth zurückzubringen. Er blieb noch eine Weile neben Donnavan stehen und schaute auf das faszinierende Bild am südlichen Horizont, wo Feuergarben in den Himmel zuckten und breit hingelagerte Wolkenbänke in Purpur tauchten. »Eines ist natürlich möglich«, sagte er. »Die Hetshop könnte sich tatsächlich von Grebb und seinen Komplicen absetzen wollen und deshalb bedroht werden. Vielleicht sollten wir deshalb weniger unerbittlich sein?«

Varney ließ sich nach Newcastle bringen und wartete im Flugplatzrestaurant bei Tee und vielen Zigaretten auf die Morgenmaschine nach London. Gegen acht Uhr verließ er den Londoner Flughafen und rief in Scotland Yard an. Er wollte mitteilen, daß er nach Hause fahren und ein paar Stunden schlafen wollte, aber seine Sekretärin rief erregt, es sei etwas sehr, sehr Wichtiges geschehen. In einem Taxi ließ sich Varney zum Yard bringen. Dort erfuhr er, daß Jane Hetshop, kurz nachdem der junge Kriminalbeamte sie in der Nähe des Hauses ihrer Tante abgesetzt hatte, erschossen worden war.

6
Wer schießt mit einer Arbogast?

Als Babette Horrocks nach Feierabend die Bank, bei der sie angestellt war, verließ, wurde sie von Jonny Farrish erwartet. Ihr Erstaunen war nicht geheuchelt. »Du hier?«

»Ich muß dich sprechen«, sagte er hastig. »Darf ich dich nach Hause fahren? Bitte, es ist dringend!«

»Hast du deinen Wagen so geparkt, daß die Späher deines Herrn Papa nicht sehen, wenn wir einsteigen?«

»Babette, ich kann es dir nicht einmal übelnehmen, wenn du mich verhöhnst. Aber bitte, höre mich an, du mußt mir die Gelegenheit geben.«

»Ich muß nicht.« Sie ging weiter in Richtung auf den Schnellbahnhof; er blieb an ihrer Seite und redete weiter auf sie ein. Einmal versuchte er, sie behutsam am Arm zu fassen, aber sie riß sich los. Gleich darauf blieb sie stehen. »So geht das nicht, die Leute schauen schon auf uns. Also, was willst du?«

»Ich möchte es dir lieber im Wagen sagen.«

Jonny Farrish war kein Schuft, er war nur weich, sie wußte es. Sie hatte ihn einmal geliebt, und das war noch nicht so lange her, daß alle Spuren in ihr ausgelöscht gewesen wären. »Meinetwegen«, sagte sie. »Wo steht dein Wagen?«

Sie gingen um eine Straßenecke und stiegen ein. Während sie aus Tottenham nach Norden hinausfuhren, versuchte ihr Farrish noch einmal zu erklären, warum vor ein paar Monaten ihr Verhältnis zerbrochen war. »Ich wollte es ja gar nicht beenden, ich wollte nur Zeit gewinnen. Ach was«, sagte er plötzlich, »was rede ich um die Sache herum: Ich war feig. Ich hätte den Kampf mit meinem Vater aufnehmen sollen, so hätte er am ehesten gemerkt, daß es mir ernst um dich ist.«

Babette hätte alles andere erwartet als diesen Ausbruch. »Du hättest es dir eher überlegen sollen.«

»Ich weiß«, sagte er. »Ich möchte nur, daß du nicht glaubst, ich hätte noch diesen erbärmlichen Standpunkt wie im März.«

Sie wartete auf seine Frage, ob sie einen neuen Freund hätte, aber wahrscheinlich wußte er Bescheid. »Gut, ich weiß nun, was du jetzt denkst. Ändert es etwas zwischen uns?«

»Vielleicht kannst du jetzt anders von mir denken.«

»Das wäre nicht viel.«

»Es wäre allerhand. Ich weiß nicht, wie eng dein Verhältnis zu Dr. Tasburgh ist. Vielleicht können wir uns dann und wann sehen?«

»Wozu?«

Sie waren aus Tottenham längst hinaus. In einer Villensiedlung verminderte Farrish die Geschwindigkeit und bog in eine Seitenstraße ein. Sie fragte: »Wo willst du hin?«

»Ich will anhalten und dich anschauen. Es macht mich nervös, nach einem Vierteljahr zum erstenmal wieder mit dir zusammen zu sein und auf die Fahrbahn starren zu müssen.« Er brachte den Wagen zum Stehen, legte einen Ellbogen auf die Lehne und wendete sich ihr zu. »Ich bin so ziemlich im Bilde«, sagte er bitter. »Es ist nicht so, daß ich spioniert hätte. Aber die lieben Freunde tragen einem manches zu. Zwei Tage, nachdem wir uns zum letztenmal gesprochen hatten, bekam ich eine Angina und mußte für zehn Tage ins Bett. Als ich wieder auf den Beinen stand, erfuhr ich, daß du mit Dr. Tasburgh an der Kanalküste gewesen bist. Bitte«, sagte er rasch, »ich mache dir deshalb keinen Vorwurf, alle Schuld liegt bei mir. Aber bißchen Tragik ist auch dabei.«

Nun sah sie ihn doch an. Er schien ihr gereift zu sein in dem Vierteljahr, in dem sie sich nicht gesehen hatten, ernsthafter, nicht mehr so schnell mit jedem Urteil fertig. Ein bißchen Wärme fühlte sie in sich aufsteigen und suchte nach einem Wort, das trösten sollte, ohne Hoffnung zu machen. Da sagte er: »Ich habe zwei Karten für die Eröffnung der Fußball-Weltmeisterschaft. Erstklassige Plätze. Darf ich dich einladen?«

Sie lachte. »Nun bildest du dir wer weiß was ein. Du müßtest doch wissen, daß ich mich nicht für Fußball interessiere.«

»Schon. Aber es ist schließlich ein Ereignis von Rang. Die Königin wird die Meisterschaft eröffnen.«

»Das wäre allerdings ein Grund. Aber ich habe keine Lust, mich von der allgemeinen Hysterie anstecken zu lassen. Alle Welt redet nur noch vom Fußball, und selbst ich kenne schon Namen wie Greaves, Banks, Charlton und dergleichen. Jonny, such dir jemand anders für diesen Abend.«

»Und wenn ich wieder mal vor deiner Firma stehe und dich abhole?«

»Fahr jetzt weiter.«

Farrish zeigte keinen Zorn, nur Trauer. Er wendete und fuhr auf die Hauptstraße zurück. »Ich werde dich doch wieder einmal zu treffen versuchen«, sagte er. »Eines jedenfalls sollst du wissen: Ich habe dich nicht vergessen.«

In der Nähe ihres Hauses setzte er sie ab. »Wir sehen uns bestimmt wieder«, beharrte er. Sie sagte weder ja noch nein.

»Das ist das Haus.« Donnavan öffnete die Gartentür und ließ Varney vorantreten. Dann berichtete er: »Die Tante der Hetshop hat sich so verhalten, wie es klüger nicht möglich ist. Als sie den Schuß hörte, ist sie rasch durch den Flur auf den Hof hinausgelaufen. Die Hetshop lag quer vor der Tür. Sie hat noch ein paar Worte geflüstert, dann starb sie. Frau Millwark, so heißt die Tante, ist sofort zu einem Nachbarn gerannt und hat die Polizei angerufen. Als ich hier ankam, war alles unverändert.«

Das Häuschen war klein und ältlich und sorgfältig instand gehalten. Ein Plattenweg führte an einer Planke vorbei zum Hof an der Rückfront. Ein paar Kreidestriche waren auf das Pflaster gezeichnet. Donnavan sagte: »So lag sie.«

»Spuren?«

»Wir haben sofort einen Hund angesetzt. Der Mörder ist von der Straße gekommen und zur Straße zurückgekehrt. Offensichtlich stand er schon im Hof, als die Hetshop von dem Rendezvous mit uns zurückkam. Ob ein Wortwechsel stattgefunden hat, wissen wir nicht, vielleicht hat er sofort geschossen. Wir haben seine Spur um zwei Straßenecken verfolgt. Dort ist er wahrscheinlich in einen Wagen gestiegen.«

Varney war so müde, daß er einen ständigen Druck im Kopf und in der Brust verspürte. Er hatte im Flugzeug Tee getrunken und nach seiner Ankunft wieder, er hatte Pervitin geschluckt, aber alles half nicht mehr. Er war seit fast vierzig Stunden auf den Beinen und hoffte, bald würde diese klare, helle Wachheit kommen, die sich bei einer Übermüdung gewöhnlich einstellte und aus der jede Hoffnung auf Schlaf verbannt war. Er fragte: »Weiß man etwas von dem Wagen?«

»Wir haben in der Straße herumgefragt, niemand hat etwas gesehen. Ich habe die Presse dahingehend informiert, daß sie besonders auf diesen unbekannten Wagen aufmerksam machen soll. Vielleicht bekommen wir so noch einen Hinweis aus der Bevölkerung. Aber das Wichtigste lassen Sie sich mal von Frau Millwark selbst erzählen.«

Eine ältere Frau empfing sie würdig und gesetzt und ohne jedes Lamentieren; niemand hätte ihre Erregung gespürt, wenn nicht ihre Augen unnatürlich geweitet gewesen wären. Varney sprach sein Beileid aus, sie dankte mit einem Nicken. Donnavan setzte an, man müßte sie leider noch einmal behelligen und sie bitten, alles zu wiederholen, was sie gehört und gesehen hatte, aber sie ließ ihn nicht ausreden. »Was wollen Sie wissen?« Ihre Stimme klang rauh wie bei einem starken Raucher.

Varney fragte: »Wo waren Sie, als der Schuß fiel?«

»Im Bett. Es war schon nach elf, ich las wie gewöhnlich um diese Zeit. Ich hörte den Schuß und einen leisen Schrei. Ich wußte sofort, daß Jane geschrien hatte, und ich wußte auch, daß es ein Schuß gewesen war. Ich habe meinen Morgenmantel umgenommen und bin zur Tür. Als ich die Hoftür aufstieß, fiel das Licht hinaus und genau auf Jane. Ich hielt mich vorerst an der Seite der Tür, im Dunkeln.« Gelassen setzte sie hinzu: »Man weiß doch, wie man sich in einem solchen Fall zu verhalten hat, schließlich besitze ich seit fünfzehn Jahren einen Fernsehapparat. Ich rief Jane an, aber sie antwortete nur mit einem Murmeln. Mir war plötzlich klar, daß der Mann, der auf sie geschossen hatte, weggerannt sein mußte.«

»Wie kommen Sie darauf, daß es ein Mann war?«

»Ich bin sofort zu Jane hin und habe ihren Kopf gehoben. Ich sah das Blut auf der Brust und habe gefragt: ›War es Grebb?‹ Sie hat mich angesehen und wohl auch erkannt. Dann sagte sie: ›Nein, der Delphin.‹«

»Ich habe Frau Millwark schon gefragt«, ergänzte Donnavan, »ob sie einen Mann kennt, der Delphin heißt oder den man Delphin nennt.«

»Völlig unbekannt«, sagte Frau Millwark.

Varney fragte: »Ihre Nichte hat nie von einem solchen Mann erzählt?«

»Niemals.«

Eine Stunde lang erkundigte sich Varney nach allem, was Jane Hetshop in den Wochen, seit sie nach Blyth gekommen war, getan und gesprochen hatte. Sie hatte ihre Arbeit verrichtet, keine Bekanntschaften angeknüpft, war fast immer unmittelbar nach Arbeitsschluß nach Hause gekommen, manchmal ein Stück spazierengegangen. Nie hatte sie Post empfangen. Ihre freie Zeit hatte sie im Garten oder vor dem Fernsehapparat verbracht. Eines allerdings: in den letzten vier Tagen war sie aufgeregt gewesen, hatte schlecht gegessen und dies mit Kopfschmerzen motiviert.

»Vielleicht hat jemand sie bedroht?«

»Wahrscheinlich«, antwortete Frau Millwark. »Wenn sie davon ein einziges Wort gesagt hätte, wären wir weiter.«

»An Ihnen ist ein Kriminalist verlorengegangen«, lobte Donnavan.

»Die Bildungsarbeit des Fernsehens unter anderem«, sagte die Frau ungerührt. »Ich habe bisher rund gerechnet 1500 Krimis gesehen.«

Varney zögerte einige Sekunden, ehe er sagte: »Etwas muß ich doch noch fragen: hatten Sie ein enges, herzliches Verhältnis zu Ihrer Nichte?«

Frau Millwark war weder erstaunt noch verletzt. »Ich habe sie gemocht, als sie ein Kind war. Später wurde sie so hübsch, daß ihr bißchen Charakter damit nicht fertig wurde. Das kann ich beurteilen, denn bei mir war dieses Verhältnis seit jeher umgekehrt.«

»Leider haben Sie recht behalten.«

Frau Millwark hob die Hand zu einer Geste, die ausdrücken sollte, daß das nicht verwunderlich wäre. »Mein verstorbener Gatte hat eine beträchtliche Bibliothek hinterlassen, und ich habe sie genutzt. Ich besitze sämtliche Bände von Agatha Christie, darunter etliche Erstausgaben. Meine Sammlung von Gardener-Romanen ist beachtlich. Wenn es Sie interessiert, kann ich Ihnen handsignierte Exemplare von Simenon und Henry Kane zeigen. Und da sollte mich das Schicksal meiner Nichte überraschen?«

Beeindruckt von dieser Logik schieden Varney und Donnavan. Sie gingen in die Straße, in der die Spur des Mörders abgerissen war. Dabei wurde Varney den Gedanken nicht los, daß Jane Hetshop noch am Leben sein könnte, wenn er sofort auf ihren Wunsch eingegangen wäre und ihr einen falschen Paß besorgt hätte. Aber niemand in der Welt hätte aus Janes Worten heraushören können, daß sie sich in einem so ungeheuren Maße bedroht fühlte. Sie hatte sich unter den Schutz der einen Seite stellen, die andere Seite aber nicht verraten wollen. Es war eine alte Sache: Wer zwischen kämpfende Fronten geriet, kam dabei um.

An diesem Tag befragte Varney noch die Leiterin des Geschäfts, in dem Jane Hetshop gearbeitet hatte. Jane war pünktlich gewesen, zuverlässig, nicht übertrieben freundlich. Sie hatte ausgesprochenen Widerwillen gegen Überstunden gezeigt, im übrigen gab es an ihrem Fleiß nichts auszusetzen. Freundschaften hatte sie mit ihren Kolleginnen nicht angeknüpft. Es war auch nicht bemerkt worden, daß jemand sich vier oder fünf Tage vor dem Mord in auffälliger Weise mit ihr unterhalten hätte.

In dieser Nacht schlief Varney auf der Couch in Donnavans Wohnzimmer, am nächsten Tag setzte er die Ermittlungen fort. Er stieß überall ins Leere. Nichts war über ein parkendes Auto in der betreffenden Straße zu erfahren, nichts über einen Mann, der die Hetshop angesprochen hätte. Die Durchsuchung ihres Zimmers hatte keinen Hinweis erbracht. Die tödliche Kugel war gefunden und nach London geschickt worden; von dort lag noch kein Ergebnis vor.

Am Abend flog Varney von Newcastle nach London und ging sofort in sein Büro. Er wurde mit einer Nachricht empfangen, die seine niedergedrückte Laune mit einem Schlag vertrieb. Die Waffenspezialisten hatten herausgefunden, daß Jane Hetshop mit einer Arbogast 22 erschossen worden war, und zwar zu 99 Prozent Sicherheit mit der selben Waffe, mit der man Francis Mont ermordet hatte.

Der Bericht, den Varney am nächsten Tag seinem Chef vortrug, enthielt weit mehr Fragezeichen als sichere Fakten. Da war das letzte Wort der Hetshop, ein gewisser Delphin wäre ihr Mörder, und da bestand Klarheit über die Mordwaffe; alles andere war bestenfalls Spekulation. Inspektor Sheperdson, distinguiert gekleidet wie stets und mit dem Gesichtsausdruck eines Philosophen, hörte sich den Bericht an. »Hochinteressant«, sagte er dann. »Was wissen Sie übrigens über Delphine?«

»Es sind ziemlich große Meeressäugetiere.«

»Sehr richtig. Es sind vor allem ungewöhnlich kluge Tiere. Die Entwicklung des Großhirns eines Delphins übertrifft alles, was uns aus der Tierwelt bekannt ist. Im absoluten Gewicht kommt sein Gehirn dem des Menschen nahe, in bezug auf die Entwicklung der Hirnrinde sowie mit seinem komplizierten inneren Bau übertrifft es jedoch das menschliche Gehirn. Es wurden mehrere

Zentren entdeckt, die dem menschlichen Gehirn fehlten und deren Bestimmung uns noch unbekannt ist. Delphine sind also in mancher Beziehung klüger als Menschen.«

»Daraus könnte man schließen, daß der Mann, der sich diesen Beinamen zugelegt hat, von sich selbst glaubt, er sei klüger als andere.«

»Zumindest auf einem Gebiet. Vielleicht auf dem des Verbrechens. Womöglich hält er sich für einen perfekten Mörder.«

Dies war es, was Varney an seinem Chef bewunderte: die Fähigkeit, aus scheinbaren Zufälligkeiten und Belanglosigkeiten verblüffende Kombinationen zu ziehen. »Psychologie«, hörte er, »ist eine Wissenschaft, bei der wir in den Anfängen stecken. Es gibt nur Vermutungen. Vielleicht bringt uns die Kybernetik dem Beweis näher. Ein Mann nennt sich Delphin und schießt mit einer Arbogast 22. Wie stellen Sie sich diesen Mann vor?«

»Groß, kräftig, robust. Etwa so wie Woodward.«

»Ich nicht«, sagte Sheperdson. »Ich halte es für undenkbar, daß sich Woodward mit einem solchen Beinamen schmückt. Tarzan, Robin Hood, Peter Chambers, irgend etwas Gewalttätiges würde er, glaube ich, vorziehen. Und dann die Arbogast 22, diese unhandliche Waffe. Ich könnte mir denken, daß ein Mann sie bevorzugt, der es nötig hat, sein Selbstbewußtsein aufzubessern. Ein Schwächling, ein Krüppel.«

Es schien, als würde Sheperdson noch diesem Problem nachsinnen, unvermittelt aber fragte er: »Und was glauben Sie, wie lange Sie brauchen werden, bis Sie diesen Delphin im Netz haben?«

»Darüber kann ich nichts sagen.«

Sheperdson strich sich übers Kinn. »Ich habe einen Rüffel eingesteckt«, sagte er dann. »Bitte, kommen Sie nicht auf die Idee, daß ich ihn hiermit weitergebe. Ich muß Ihnen aber leider mitteilen, daß ich Sie nicht unbegrenzt decken kann. Der Druck der Öffentlichkeit, der Presse, wiegt unter Umständen stärker als alles andere.«

Varney verstand. »Wie lange bleibt mir Zeit?«

»Wir schreiben heute den sechsten Juli. Ich denke, bis zum Ende des Monats sollten Sie den Delphin an Land gezogen haben. Kennen Sie Pembroke?«

»Eine Grafschaft in Wales, am Ende der Welt.«

»Am ersten August geht der Leiter der dortigen Kriminalpolizei in den Ruhestand. Wir suchen einen Nachfolger.«

»Ich hätte nicht gedacht, daß es schon so ernst ist.«

»Es tut mir leid«, sagte Sheperdson mit der gleichen Höflichkeit, mit der er selbst ein Todesurteil ausgesprochen hätte, »aber nach diesem Termin werde ich Sie nicht mehr decken können.«

Für den Rest dieses Tages fand Varney seine gute Laune nicht zurück. Er gab einem seiner jungen Männer den Auftrag, Sientrino mitzuteilen, Betsy Ambrose sollte auf möglichst geschickte Weise das Gespräch auf einen Delphin bringen und beobachten, wie Bikket reagierte. Er spann Sheperdsons Idee weiter: Der Mann, der mit der Arbogast 22 geschossen hatte, müßte es nötig haben, sein Selbstbewußtsein aufzupäppeln. Er dachte an den Überfall auf den Gefangenentransportwagen, aber dort waren Beretta- und FN-Pistolen verwendet worden. Er schrieb eine Anforderung an die Waffenspezialisten aus, ihm eine Liste aller Fälle zusammenzustellen, in denen in den letzten Jahren mit schweren Pistolen gearbeitet worden war, dann fuhr er nach Hause. Er war schweigsam beim Abendessen, antwortete abwesend auf die Fragen der Kinder und schrie den Jungen unbeherrscht an, weil dieser mit vollem Mund sprach. Als die Kinder im Bett waren, fragte seine Frau: »Wann wirst du wenigstens ein paar Tage ausspannen?«

»Im nächsten Monat«, sagte er bitter. »Da bin ich wahrscheinlich der oberste Sheriff von Pembroke. Wenn ich keinen Erfolg habe, läßt mich der vornehme, edle Sheperdson kaltlächelnd fallen.«

»Pembroke«, sagte sie, »soviel ich weiß, gibt es dort mehr Schafe als Menschen.«

»Und eine zerklüftete Küste zur Irischen See hin, grasbestandene Hügel, dreihundertfünfzig Regentage im Jahr. Die schwersten Verbrechen, die dort verübt werden, sind Fahrraddiebstähle. Wenn ich dorthin verbannt bin, ist meine Karriere zu Ende.«

»Wo du hingehst, da will ich auch hingehen«, zitierte sie unfroh, »aber es wäre mir nicht nur leid um dich. Ich möchte nicht gern von London weg.«

»Du wirst es auch nicht brauchen.« Übertrieben zuversichtlich klang das nicht.

Babette Horrocks zog die Brauen zusammen, als Jonny Farrish wieder vor dem Eingang der Bank auf sie wartete. »Sei nicht böse«, sagte er sofort, »ich muß dich sprechen, es ist etwas wirklich Wichtiges.«

Diesmal folgte sie ohne Widerstreben zu seinem Wagen. Sie sagte:

»Es ist erst vier Tage her, daß du mich abgeholt hast. Und warum bist du gestern mit Großvater zusammengewesen?«

»Hat er es dir erzählt?«

»Er hat eine Andeutung gemacht, aber da habe ich ihn sofort angefahren, ein Gespräch über dich interessiere mich nicht, er solle mich in Ruhe lassen. Das hat er dann auch getan.«

»Ich habe ihn zufällig getroffen.«

Sie stiegen in Farrishs Wagen und fuhren die gleiche Strecke wie vier Tage vorher. In der Villensiedlung bog er wieder ab und hielt. Dort sagte er, wobei sein Gesicht düster war und seine Worte aufgeregt klangen: »Ich bitte dich, mir einen Gefallen zu tun. Es fällt mir schwer, und ich weiß nicht, wie du dazu stehen wirst. Es ist sehr ungewöhnlich.« Farrish druckste noch einige Sätze lang um sein Vorhaben herum, dann ging er endlich auf sein Ziel los: Es wäre in der letzten Zeit erneut zu Zwistigkeiten zwischen seinem Vater und ihm gekommen. Sein Vater hätte ihm zwar die Prokura erteilt, hielte jedoch weiterhin gewisse geschäftliche Manipulationen vor ihm geheim. Warum? Das wäre schwer zu sagen. Vielleicht verliefen nicht alle Geschäfte korrekt? »Ich muß Bescheid wissen«, sagte er, »wie sich einige Konten bewegen.« Er machte eine Pause und sah sie an. Sie wartete auf den entscheidenden Satz, obwohl ihr klar war, wie er lauten würde; aber sie hatte nicht die Absicht, entgegenzukommen. Endlich sagte Farrish: »Du könntest mir helfen.«

»Könnte ich das wirklich? Du mutest mir einen Verstoß gegen das Bankgeheimnis zu, nicht wahr? Vielleicht bietest du auch eine Belohnung?«

»Los«, sagte er leise, »nun schlag richtig zu! Nun wirf mir an den Kopf, daß ich ein Schuft bin, daß ich dich in ein Verbrechen hineinziehen will, daß ich dich sitzengelassen habe, daß ich versucht habe, deinen Großvater für einen Vermittlungsversuch zu mißbrauchen. Du hast doch nun alle Waffen, worauf wartest du noch?«

Als sie ausstieg, machte er nicht den geringsten Versuch, sie zurückzuhalten. Sie hatte einen Weg von fast einer Stunde bis zur nächsten Schnellbahnstation; in dieser Zeit wich der Zorn auf Farrish nicht aus ihr und vor allem nicht der Stolz, so deutlich reagiert zu haben.

Sie zweifelte, ob es richtig war, ihren Freund von Farrishs Angebot zu informieren, aber als sie zwei Tage später neben ihm lag, richtete sie sich halb auf und sagte: »Du, ich muß dir etwas erzählen.« Sie unterschlug die erste Begegnung, schilderte die zweite wahrheitsgemäß nahezu Wort für Wort und sagte dann: »Ist das nicht ein starkes Stück? Läßt mich erst sitzen und macht dann ein solches Angebot? Und meinen Großvater spricht er einfach auf der Straße an, lädt ihn ein, versucht ihn zu beschwatzen?«

Dr. Tasburgh antwortete nicht gleich. Es fiel nur wenig Licht ins Zimmer, so daß Babette den Ausdruck seines Gesichts nicht erkennen konnte. Sie fürchtete schon, er würde ärgerlich sein, weil sie zu Farrish ins Auto gestiegen war, und bereute beinahe, ihn eingeweiht zu haben, aber er sagte: »Erzähl mir alles ganz genau. Welche Konten? Welche Firmen?«

»Das sagte er nicht. Ich ließ ihn nicht dazu kommen.«

»Eigentlich schade.«

»Warum?«

»Weil man dann klarer sehen könnte. Und was hat er von deinem Großvater gewollt?«

»Wahrscheinlich sollte der ein gutes Wort für ihn einlegen.«

»Du mußt nicht denken, daß ich eifersüchtig bin. Was Farrish für ein Fatzke ist, hat er zur Genüge bewiesen. Trotzdem möchte ich in Zukunft genau wissen, ob er sich wieder an dich oder deinen Großvater heranmacht. Wie ist das: hat dein Großvater noch irgendwelchen Ärger wegen der alten Geschichte?«

»Ich glaube nicht. Zumindest erzählt er nichts davon. Er macht den gleichen Dienst wie früher auch.« Sie nahm ihre Uhr vom Nachtschrank und hielt sie ins Licht. »Gleich elf«, sagte sie erschrocken. »Jetzt muß ich schnell machen.«

»Du schaffst deinen Zug noch.«

Während Dr. Tasburgh sie mit dem Wagen zur Bahn brachte, sagte er: »Vielleicht hättest du Farrish doch ausreden lassen sollen?«

»Ach«, sagte sie fröhlich, »ich will mit der ganzen Sache nichts zu tun haben. Was hätten wir davon?«

»Da hast du auch wieder recht.«

Edward Bicket rechnete die Einnahmen dieser Woche zusammen. Eine halbe Stunde nach Ladenschluß kam Moothe, nahm wortlos die Miete entgegen, hielt die Scheine dicht an seine kurzsichtigen Augen und ging. Bald darauf hatte Bicket seine Abrechnung beendet. »Wir können gleich essen«, sagte Betsy Ambrose. Bicket war guter Laune. »Es schmeckt, Mädchen«, sagte er. »Reis mit Curry gelingt dir am besten. In der letzten Woche haben wir einen erträglichen Umsatz gemacht, und die nächste Woche wird natürlich viel besser. Am Montag wird das Volk drüben im Wembley-Stadion zusammenströmen zur Eröffnung der Weltmeisterschaft, und unser Laden wird brechend voll sein. Du wirst mit verkaufen, klar?« Er löffelte den Teller leer und häufte noch einmal auf. »Aber vorher werden wir uns etwas Besonderes leisten. Am Sonntag machen wir einen Ausflug.«

»Wohin?«

»Das wirst du schon sehen.«

Am Sonntag morgen fuhren sie mit dem Zug bis Albans hinaus und stiegen in einen Omnibus nach Hempstead. Betsy maulte, das Wetter wäre kühl und diesig, und außerdem hätte sie noch nie gehört, daß jemand einen Ausflug in diese öde Gegend machte.

»Sei nicht mürrisch«, sagte Bicket, »du wirst noch sehen, was Hempstead für ein hübsches Städtchen ist.«

Er streifte kreuz und quer mit ihr durch den an diesem Morgen wie ausgestorben erscheinenden Ort. Einer der wenigen Passanten zeigte ihnen stolz die Telefonzelle, in der der Reporter Mont erschossen worden war; sie war offenbar die einzige Attraktion der kleinen Stadt. Nachdem sie wieder allein waren, fragte Betsy: »Und wer hat ihn umgebracht?«

Bicket antwortete: »Ich glaube, du liest überhaupt keine Zeitung. Das weiß bis heute keiner außer dem Mörder selbst.« Dann erzählte er, wie er Mont angerufen und getroffen hatte, wie er in dessen Wochenendhaus versteckt worden war. Plötzlich brach er ab, als gäbe es etwas zu verbergen. Sie schlenderten durch einige Straßen, gingen kreuz und quer; nach einer Weile wurde Betsy ungeduldig. Sie schimpfte, einen so dämlichen Ausflug hätte sie ihr Leben lang nicht mitgemacht, wenn sie das gewußt hätte, wäre sie zu Hause geblieben, und wenn er ihr nicht endlich erzählte, was das alles solle, würde sie auf der Stelle umkehren.

»Du bist an historischer Stätte«, behauptete er, »hier ist Mont zum letzten Mal in seinem Leben spaziert. Könnte nicht in diesem Haus da der Mörder wohnen?« Bicket ärgerte sich, daß er seine Freundin mitgenommen hatte. Vielleicht fand er das Haus mit dem Messingbriefkasten durch Zufall, aber an ein systematisches Suchen war mit ihr natürlich nicht zu denken. Schließlich: Was hatte er davon, wenn er das Haus fand? Er würde sich hüten, sich mit seinen Befreiern in irgendeiner Form anzulegen. Es war wohl vor allem Neugier, die ihn hier hinausgetrieben hatte. Man sagt: der Mörder kehrt an den Ort seiner Tat zurück. Er hatte sich bisher nie die Beweggründe dazu vorstellen können. Jetzt dämmerte ihm: es war nicht der Wunsch, die Umgebung in allen Einzelheiten betrachten zu können, es war vor allem der Trieb, die Gefühle während der Tat heraufzubeschwören. Je mehr er darüber nachdachte, desto stärker wurde ihm klar: er wollte die Erregung nach der Flucht noch einmal erleben.

»Willst du mir endlich sagen, was die blöde Lauferei soll? Und was gaffst du jedes Haus an? Willst du eins kaufen?«

»Schön«, sagte er, »wenn du unbedingt willst: hier wohnt ein Freund, der mir Geld schuldet. Ich weiß die Adresse nicht, bloß auf das Haus kann ich mich besinnen. Ich war ziemlich besoffen, als ich hier war.«

»Wie heißt er?«

»Spielt keine Rolle.«

»Aber du weißt es?«

»Natürlich.«

»Dann geh zur Polizei und frage.«

»Möchte ich nun auch wieder nicht. Oder hast du gern mit der Polente zu tun?«

Sie maulte, es wäre eine faule Sache, die er ihr da erzählt hätte, ohne Hand und Fuß. Da lenkte er ein, brach die Suche ab und ging mit ihr essen. Die Mahlzeit, die er spendierte, war reichlich und gut, und allmählich fand Betsy ihre Laune zurück.

»Dein Glück, daß du jetzt nicht knauserig bist. Hat der Mann große Schulden bei dir?«

»Wenn ich alles hätte, brauchte ich nicht von früh bis abends hinter dem Ladentisch zu stehen.«

Nach ihrer Rückkehr kaufte Bicket eine Flasche Rum, sie tranken sie zusammen in ihrem Stübchen aus und wurden fröhlich.

»Wir werden ein schönes Stück Geld machen in unserem Laden«, sagte er. »Ich werde eine Wettkonzession beantragen, und im nächsten Monat oder im übernächsten suchen wir eine Wohnung, nicht teuer und nicht zu weit weg von hier.«

»Und vielleicht«, sagte Betsy, »zahlt dein Bekannter seine Schulden zurück.«

Bicket ließ eine Weile verstreichen, ehe er sagte: »Hör mal, von dem erzählst du besser niemandem was. Die Sache gehört nicht an die große Glocke. Schwamm drüber, klar?«

»Völlig, Eddie«, sagte sie.

Am nächsten Morgen brachte Betsy den Laden in Ordnung, putzte das Schaufenster und rieb die Türgriffe auf Hochglanz. Bicket stapelte Zigarettenpackungen in das Regal hinter dem Ladentisch und steckte eine grüne Reklamefahne über die Tür, die in die Straße hineinragte und »Navy Cut« anpries. Sein erster Kunde war, wie oft, der Bäcker von gegenüber. Natürlich war von dem lange und sehnsüchtig erwarteten Eröffnungsspiel England gegen Uruguay die Rede. Der Bäcker tippte auf 4:1 und Bicket auf 2:0, und schließlich fragte Bicket, ob er sich das Spiel am Fernsehapparat des Bäckers ansehen dürfte. Er wurde eingeladen. Vom Nachmittag an strömten immer mehr Passanten durch die Beckerly-Street, Männer zumeist, und der Betrieb in Bickets Laden riß nicht ab. Der Rasen würde trocken sein. Alf Ramsey wollte seine beste Truppe aufbieten, Greaves müßte es den Urus schon zeigen, Bobby Charlton würde im Mittelfeld regieren – die kurzen Gespräche drehten sich immer um das eine Thema, das einzige, das es zu dieser Zeit in England gab. Bicket und seine Freundin kamen keinen Augenblick zur Ruhe und verkauften in zwei Stunden mehr als sonst in zwei Tagen. Dann riß der Käuferstrom ab, Bicket verschloß die Tür und ging mit Betsy hinüber zum Bäcker. Sie sahen die Königin, den Einmarsch der Mannschaften, sahen Jungen, die Fahnen der Länder und fellmützige Soldaten musizieren. Dann begann jenes Spiel, das überall auf der Insel als eine eindeutige Sache für England angesehen worden war und doch einen so unerwarteten Ausgang nahm. Alf Ramseys Schützlinge begannen mit einem Blitzstart und holten in der ersten Minute die erste Ecke heraus. Zehn Minuten lang waren die Engländer Herr im Haus, aber dann kamen die Männer aus dem kleinen Land am Rio de la Plata immer besser zur Geltung. Wie auf dem Trainingsplatz schoben sich die Urus die Bälle zu, schalteten im richtigen Augenblick auf Steilpaß um. Bicket und der Bäcker urteilten fachkundig, daß dadurch die Engländer aus ihrem Rhythmus gebracht wurden, daß das Spiel an Resonanz verlor, aber die Urus ihr Tor rein hielten. Einmal ließ Goncalvez einen Mordsschuß los, daß Bicket erschrocken die Hände hochriß, aber Banks reagierte blitzschnell. Gegen Ende des Spiels hatten dann die Engländer tolle Möglichkeiten, sie steigerten das Eckenverhältnis auf 14:1, aber das Ergebnis blieb trotzdem neunzig Minuten lang bei null zu null.

Nach dem Abpfiff herrschte betretene Stimmung. »Immerhin«, urteilte Bicket, »die Vorrunde werden wir schon überstehen. Aber wenn wir Weltmeister werden wollen, müssen wir einen Zahn zulegen.«

An diesem Abend gingen Bicket und Betsy Ambrose bald schlafen. Beim Erwachen am nächsten Morgen sagte Betsy: »Sag mal, sprichst du oft im Schlaf?«

»Das wäre mir das Neuste.«

»Letzte Nacht hast du paarmal von einem Delphin geredet.«

»Was denn für ein Delphin?«

Sie lachte. »Weiß ich doch nicht.«

»Ist'n Fisch. Irgend so was wie ein Hai. Ich hab' mir noch nie was aus Fisch gemacht.« Damit hielt Bicket das Thema für erschöpft, und Betsy fand keinen Weg, unauffällig darauf zurückzukommen. Pünktlich öffnete Bicket seinen Laden. Der erste Kunde war der Bäcker. Er war erstaunt über Bickets schlechtes Aussehen.

»Haben Sie sich das Unentschieden so zu Herzen genommen?«

Bicket knurrte. »Man ist schließlich Patriot.«

»Hier Dr. Tasburgh«, hörte Varney im Telefon. »Ich hätte Sie gern heute noch gesprochen.«

Sie vereinbarten einen Termin für den Nachmittag. Dr. Tasburgh war pünktlich. »Eine merkwürdige Sache«, begann er. »Möglicherweise sehe ich Gespenster. Kriminalist sind Sie und nicht ich, aber bißchen Staub gewischt habe ich in dieser Branche ja doch.«

Varney fand seinen Besucher gebräunt, frisch, ausgeruht. »Schon Ferien? Haben Sie am Strand eine Leiche ausgebuddelt?«

»Ferien – fast kann man es so nennen. Ich arbeite mich an der Universität ein. Es macht Spaß, und ich kann mir die Arbeit einrichten. Wenn die Sonne scheint, bin ich draußen. Dafür muß ich dann nachts manche Stunde anhängen.«

»Und was führt Sie zu mir?«

Dr. Tasburgh schilderte weitschweifig, wie er Babette Horrocks kennengelernt und sich mit ihr angefreundet hatte, warum sie von Farrish sitzengelassen worden war und was es mit diesem Farrish auf sich hatte. »Ein kleiner Playboy. Verwöhnt, verspielt – und jetzt hat er Babette den Vorschlag gemacht, das Geheimnis einiger Konten zu lüften.« Das wäre noch nicht alles, erzählte Dr. Tasburgh weiter. Farrish hatte sich auch an Babettes Großvater, den alten Horrocks, herangemacht. »Ich traue ja dem würdigen Herrn nach wie vor nicht über den Weg. Ich war noch in Hertford, als wir ihn wieder einstellen mußten, die Gewerkschaft machte Skandal, und unsere formalen Mittel waren erschöpft. Ich sorgte dafür, daß er in der Effektenkammer beschäftigt wurde, da gab es den zweiten Krach, und längst macht Horrocks wieder Stationsdienst. Ich bin neugierig, wann er den zweiten Gefangenen türmen läßt.«

»Wieder ein Verdächtiger«, sagte Varney unfroh. »Horrocks, unser erster Sündenbock, hat einen neuen schwarzen Tupfer auf der Weste. Farrish bei der Vorbereitung eines Banküberfalls – ist das nicht etwas kühn? Farrish hat mit Horrocks zusammen Woodward befreit, jetzt will er Grebb und Woodward auf die Bank Ihrer Freundin loslassen; geht Ihr Verdacht in dieser Richtung?«

»So ungefähr.«

Varney seufzte. »Wenn Sie wüßten, wie vielen Fährten wir schon nachgegangen sind, die dann in die Irre führten! Wissen Sie, daß Sie einen halben Tag lang unser Verdächtiger Nummer eins waren?«

Dr. Tasburg lachte. »Als man mir den Wagen gestohlen hat?«

»Genau. Wir haben damals Ihr Leben durchfilzt, aber die Erbschaft war echt und alles andere auch. In den Tagen nach dem Diebstahl haben wir Sie beobachten lassen, aber Sie haben sich nicht aus Hertford fortbewegt. Doch, einmal waren Sie in London. Besinnen Sie sich?«

»Ich müßte nachdenken.«

»Das ist kein Verhör.«

»Natürlich nicht. Vielleicht war ich im Theater? Vielleicht bei einem Studienkameraden.«

»Ich habe es nicht im Kopf«, sagte Varney, »ich müßte nachschaun, irgendwo steht's. Etwas anderes: Halten Sie es für möglich, daß Babette Horrocks bei einer krummen Sache im Spiel sein könnte?«

»Ich würde die Hand für sie ins Feuer legen.«

»Liebe macht blind«, warnte Varney. »Ist es nicht denkbar, daß ihr Großvater absichtlich Bicket über die Mauer gelassen hat in der Meinung, es sei Woodward, der da flieht? Und etwas später hat die Enkelin Ihren Sportwagen den Banditen in die Hände gespielt?«

»Ein Gegenargument: Warum sollte sie mir dann erzählen, daß Farrish versucht hat, sie in eine krumme Sache hineinzuziehen?«

»Das ist natürlich Ihr Trumpf. Jedenfalls: wir werden die Sache weiterverfolgen. Darf ich, wenn sich etwas Neues ergibt, mit Ihrer Nachricht rechnen?«

»Selbstverständlich.« Nachdem sich Dr. Tasburgh verabschiedet hatte, zeichnete Varney Kreise und Striche. Wer kannte wen? Wer stand mit wem in guten, wer in schlechten Beziehungen? Was Dr. Tasburgh erzählt hatte, war im Kern keine aufregende Angelegenheit, aber es konnte natürlich allerhand dahinterstecken; man würde sich das Fräulein Babette anschauen müssen. Eines war sicher: Wenn sich am Ende herausstellen sollte, daß der alte Horrocks im Dienste einer Bande stand, würde er selbst freiwillig nach Pembroke übersiedeln, denn dann war er ein so schlechter Menschenkenner, daß man ihm unmöglich Schwereres als die Aufklärung von Fahrraddiebstählen zumuten durfte.

Diesmal machte Varney pünktlich Feierabend, fuhr nach Haus, aß Abendbrot und schaltete den Fernsehapparat an. Das erste Weltmeisterschaftsspiel des Titelverteidigers Brasilien wollte er sich nicht entgehen lassen. Bulgarien war der Papierform nach kein allzu starker Gegner, um so mehr bestand die Hoffnung, daß Brasilien groß aufspielen würde. 60 000 Zuschauer füllten den Goodison-Park in Liverpool, als die Mannschaften auf den Rasen liefen. Es war kein ganz großes Spiel, die Bulgaren mischten kräftig mit und raubten den Brasilianern durch entschlossenes Dazwischenfahren zahlreiche Chancen. Zwei Freistöße führten zu zwei Toren: die berühmten Stars Pele und Garrincha rechtfertigten dabei ihren großen Ruf. Immerhin: die Brasilianer hatten kein Tor herauskombiniert; wollten sie sich schonen für die folgenden schweren Kämpfe?

Nach dem Spiel fühlte sich Varney so nervös, daß er unmöglich schlafen konnte und zu nichts Lust verspürte, nicht zum Lesen und nicht zur Unterhaltung mit seiner Frau. Daran war natürlich nicht dieses Spiel schuld, sondern die unablässige harte Arbeit der letzten Wochen und Monate mit den so geringen Erfolgen. Er hoffte, ein Spaziergang würde ihn beruhigen. Während er durch die nächtlichen Straßen ging, erschien es ihm gar nicht mehr so schrecklich, in Pembroke ein stilles Leben zu führen. In zwanzig arbeitsreichen Jahren war er Stufe um Stufe nach oben geklettert, und es war durchaus nicht unmöglich, daß er einmal, wenn sich Inspektor Sheperdson zurückzog, dessen Posten einnehmen würde. Dann stand er am Ziel aller Wünsche, dann gehörte er zu

den fünf, sechs Großen von Scotland Yard. Aber wenn er Woodward und Grebb nicht fing, wenn er den Arbogast-Schützen, der
Francis Mont und Jane Hetshop ermordet hatte, nicht ausfindig
machte, dann würde er für den Rest seiner Dienstzeit der erste
Mann in Pembroke sein. Von dort gab es in seinem Alter kein
Zurück. Er würde Zeit haben für Frau und Kinder, mit dem
Direktor des Grafschaftsgerichts, einem Arzt und einem Rechtsanwalt einmal in der Woche einen Bridge-Abend veranstalten,
angeln, Briefmarken sammeln, sich eine gediegene Bibliothek
zusammenstellen. War das alles so schlecht? Aber er würde es sich
niemals verzeihen, daß er dieses Dasein der Tatsache verdankte, im
entscheidenden Fall seines Lebens versagt zu haben.

Als er zurückkam, sagte seine Frau, ein Mann, der seinen Namen
nicht nennen wollte, hätte angerufen und wollte es gegen elf noch
einmal versuchen. Varney wartete, rauchte, dann meldete sich
Sientrino. Kurz nach Mitternacht traf ihn Varney am Rande eines
Parks von Dulwich. »Ich wollte Ihnen ein Jahr lang aus dem Weg
gehen«, sagte Sientrino. »Aber diese Sache ist so merkwürdig, daß
ich sie Ihnen selbst erzählen möchte.« Dann berichtete er, was ihm
Betsy Ambrose am Nachmittag über den Ausflug nach Hempstead erzählt hatte.

Varney sagte: »Anscheinend haben Sie das richtige Mädchen für
diese Aufgabe gefunden. Tatsächlich, Sientrino, wenn Ihnen wieder mal jemand billige Zigaretten anbietet, dann sollten Sie nicht
ängstlich sein. Ihr makelloser Ruf ist für die nächste Zeit gesichert.
Und wie ist das, hat die Ambrose ihrem Freund schon wegen des
Delphins auf den Zahn gefühlt?«

»Es ist nichts dabei herausgekommen.«

»Trotzdem. Das bisher angelegte Geld hat sich wahrscheinlich
rentiert.«

Nun war es für Varney endgültig vorbei mit Schlafen in dieser
Nacht. Noch während des Gesprächs mit Sientrino war ihm klargeworden, daß Bicket in diesem Viertel von Hempstead das gleiche gesucht hatte wie Mont, nämlich das Haus, in dem er versteckt
worden war. Und hatte da nicht in Monts Tasche ein Briefumschlag mit Bleistiftkritzeleien gesteckt?

Morgens war er zeitig in seinem Büro. Er ließ sich die Photokopie
des Umschlages heraussuchen und dann das Original selbst.
BRIEFE stand da in großen Lettern, dann noch einmal BRIEFE,
in geschwungenem Halbrund. Hätte, so fragte sich Varney, ein

größerer Kriminalist, als er es war, eher mit diesen Schriftzeichen etwas anzufangen gewußt? Immerhin, er wäre weiter, wenn er diese Wörter nicht als bedeutungslose Krakeleien abgetan hätte.

Varney mußte sich auf frühere Irrtümer besinnen, um sich zu hüten, alles auf eine Karte zu setzen. Danach rief er bei Oakins an. Dessen Wirtin sagte ihm, Oakins wäre seit Tagen in Manchester und wohnte im »Globe«-Hotel; mit seiner Rückkehr sei vor Mitte nächster Woche nicht zu rechnen. Varney bestellte einen Wagen, der ihn eine Stunde später nach Manchester bringen sollte, dann rief er einige seiner Mitarbeiter zusammen. Der alte Beamte, der auf den Parkbänken von Hempstead die Pensionäre nach dem Verschwinden von Mont ausgeforscht hatte, war dabei; ihn ernannte Varney zum Leiter der neuen Aktion: Suche in Hempstead nach einem Briefkastenschild, das so aussah, wie es von Mont gezeichnet worden war, Varney schloß: »Teilen Sie die Straße ein, kämmen Sie systematisch alles durch, nehmen Sie notfalls die örtliche Polizei zu Hilfe. In zwei Tagen müßte es Ihnen möglich sein, die Arbeit zu bewältigen.«

In Manchester herrschte der gleiche Betrieb wie in London und den anderen Städten, in denen Weltmeisterschaftsspiele stattfanden. Varneys Fahrer hatte Mühe, zum »Globe«-Hotel vorzudringen, und am Eingang war es für Varney nicht leicht, den Pförtner zu überzeugen, daß die Rechte des Scotland Yard auch in einem Hotel galten, in dem die portugiesische Nationalmannschaft abgestiegen war. Varney sah Oakins schon, als er die Halle betrat. Oakins stand in gestenreichem Gespräch neben einem baumlangen, braungebrannten Mann, den Kopf im Nacken, fuchtelnd, unversehens mit den Armen über dem Kopf. Varney fragte: »Unterweisen Sie den Herrn in den Vorzügen britischer Gymnastik?«

Oakins stöhnte. »Sie hier? Ich glaubte, Ihrem ätzenden Spott für einige Zeit entronnen zu sein.« Er stellte den langen Portugiesen als Innenstürmer Torres vor, Varney als den gefürchtetsten Mann der britischen Kriminalpolizei; das geschah in einem Gemisch von Englisch und portugiesischen Brocken, unterstützt von raumgreifenden Gesten. Torres nickte erfreut und schüttelte Varney die Hand; dann fragte Varney, ob er Oakins für kurze Zeit sprechen könnte, entschuldigte sich bei Torres, der mit einer großzügigen Handbewegung sein absolutes Verständnis kundtat, und zog sich mit Oakins in einen Winkel des Schreibzimmers zurück.

»Ich komme ungelegen?«

»Ein wenig«, sagte Oakins. »Ich bin vierundzwanzig Stunden am Tag im Dienst. Keine leichte Sache. Gestern gelang es mir, den ersten italienischen Schnüffler aus dem Hotel zu weisen. Man verdient hier sein Geld nicht umsonst.«

»Zur Sache, Oakins, ich könnte Sie in London brauchen, ich hätte da einen hübschen kleinen Auftrag für Sie. Könnten Sie für einen Abend abkommen?«

Oakins bezeichnete dies als ausgeschlossen, fragte aber dann doch, worum es sich handelte. Er hatte Varney in der letzten Zeit mehr Körbe gegeben, als gut war, und schließlich mußte er an die Zeit denken, in der die Fußballhausse vorbei war und er wieder in mühseliger Kleinarbeit sein Gewerbe betreiben würde. »Worum geht's?«

»Das sage ich Ihnen erst, wenn Sie Zeit haben. An einem Abend, an dem im Fernsehen ein Spiel übertragen wird, müßten Sie nach London kommen. Die reine Arbeitszeit beträgt etwa eine Stunde; ich weiß, daß Sie eine solche Sache schon in kürzerer Frist erledigt haben.«

»Und warum lassen Sie es nicht von Ihren Leuten besorgen?«

»Versuchen Sie nicht, mich auszuhorchen, Oakins. Überlegen Sie, und wenn Sie sich entschieden haben, rufen Sie mich an. Ich gebe Ihnen drei Tage Zeit, dann suche ich mir einen anderen. Nun noch eine Frage: Besitzen Sie eine Pistole?«

»Natürlich nicht.«

So aufmerksam Varney den kleinen Privatdetektiv während dieser Antwort auch beobachtete, er konnte nicht die geringste Unsicherheit bemerken. »Und warum nicht?«

»Es ist stilwidrig. Wenn ich in Amerika wäre, würde ich in jede Rocktasche eine Kanone stecken. Aber hier in England trägt die Polizei seit jeher keine Schußwaffen, und deshalb sollte ein Privatdetektiv nicht aus der Reihe tanzen.«

»Und wenn Sie in Amerika wären, welche Waffe würden Sie dann bevorzugen?«

»Wahrscheinlich eine Beretta.«

»Das überrascht mich. Starke, eigenwillige Charaktere greifen meist zu großem Kaliber.«

Oakins schob mit dem Finger eine Wange nach oben, daß ein Auge fast verdeckt war. »Ich wittere Tücke«, sagte er dumpf und bemühte sich um einen dämonischen Blick. »Meister, Sie reden um den Brei herum.«

»Gar nicht«, sagte Varney gelassen. »Ein kleiner Disput unter

Fachkollegen, nicht wahr? Ausloten psychologischer Tiefen. Oder sahen Sie in meiner Formulierung, daß ich Sie für einen starken Charakter halte, eine Spitze?«

»Keineswegs! Das war eines der wahrsten Worte, die Sie je gesprochen haben.«

Später glitt das Gespräch auf Oakins derzeitigen Auftrag ab.

»Lohnend«, versicherte Oakins, »so viel haben Sie nie gezahlt! Interessant obendrein, man erweitert seinen Weltblick. Heute abend spielt meine Truppe gegen Ungarn.«

»Wer wird gewinnen?«

»Selbstverständlich wir. Übrigens beobachte ich bei mir eine interessante Spaltung. Einerseits wünsche ich England den Weltmeistertitel, andererseits auch meinem Brötchengeber. Wenn Sie gelegentlich ein Autogramm von Eusebio, Coluna, Simoes oder einem meiner anderen Schutzbefohlenen wünschen, brauchen Sie es nur zu sagen. Meine Freunde schlagen mir nichts ab.«

»Sie sind eine Schlüsselfigur, Oakins«, sagte Varney. »Wenn die erwähnten Herren Weltmeister geworden sind, werde ich darauf zurückkommen. Und rufen Sie mich möglichst bald an.«

Während der Rückfahrt nach London hörte Varney im Radio, daß Portugal die Ungarn mit 3:1 schlug und Argentinien mit 2:1 über Spanien siegte. Beides waren keine Überraschungen, und vom englischen Standpunkt aus waren sie uninteressant.

Am nächsten Morgen sprach Donnavan in Varneys Büro vor und lieferte den ersten zusammenfassenden Bericht über die Ermordung von Jane Hetshop. Seite um Seite blätterte Varney ihn durch, fand Bekanntes und Vertieftes, dann stieß er auf eine Neuigkeit.

»Ein Bäckerauto? Ist das sicher?«

»Einigermaßen. Zwei Leute sagen unabhängig voneinander aus. Überdies kann sich niemand besinnen, daß ein Bäckerauto sonst in dieser Straße hielt. Ein kleiner, geschlossener Kastenwagen. Auf die Nummer hat natürlich niemand geachtet.«

»Der Delphin kam im Bäckerauto«, sagte Varney. »Das könnte der Titel eines Kriminalromans sein. Wir werden Frau Millwark fragen, ob er gut ist. Und im Bäckerauto fuhr der Mörder wieder fort. Gewöhnlich ist so ein Fahrzeug ziemlich langsam.«

»Aber man kann damit ungesehen allerlei transportieren.«

»Was in diesem Fall?«

»Mithelfer vielleicht. Oder man wollte die Hetshop verschleppen, und sie hat sich gewehrt, wollte schreien.«

»Nicht schlecht«, lobte Varney. »Versuchen Sie herauszubekommen, ob irgendwo in Ihrer Gegend ein solcher Wagen fehlt. Ich werde von hier aus die geeigneten Schritte einleiten.«

Als Varney an diesem Abend nach Hause kam, brachte er Blumen mit für seine Frau und ein Spiel für seine Kinder. Seine Frau fragte sofort: »Wie steht's mit Pembroke?«

»Die Aussichten haben abgenommen.«

Je näher der Feierabend heranrückte, desto öfter schaute Bicket auf die Uhr. Betsy Ambrose war kurz nach Mittag weggegangen, um eine Besorgung zu machen, sie hätte längst zurück sein müssen. Bicket war kein Freund von hastig zusammengerührtem, lieblosem Abendessen. Er würde, so nahm er sich vor, ihr energisch klarmachen, was sie dafür zu tun hatte, daß sie die Beine unter seinen Tisch stecken durfte.

Ein junger Mann trat ein, stemmte die Fäuste auf den Ladentisch, lächelte. »So sieht man sich also wieder.«

Bicket erkannte ihn, erschrak, suchte nach Worten, und ihm fiel nichts Törichteres ein, als zu fragen: »Womit kann ich dienen?«

»Bist du allein?«

Bicket hatte es immer gewußt: Die Leute, die ihn befreit hatten, würden eines Tages auftauchen, aber er hatte nicht damit gerechnet, daß es so schnell geschehen würde. Da stand der Mann, der das Fluchtauto gesteuert und ihm Steak und Zeitungen in den Keller gebracht hatte, und sagte: »Hör mal, du Früchtchen, warum bist du eigentlich getürmt?«

»Die Tür ging plötzlich auf«, erwiderte Bicket rasch. »Ich wurde in einer Kurve 'rausgeschleudert, Ehrenwort.«

»Du kannst dir vorstellen, daß wir ein bißchen Wut auf dich haben. Sind deine Fensterscheiben versichert? Und hast du selbst eine Lebensversicherung abgeschlossen?«

»Mein Gott«, sagte Bicket, »ich kann doch nichts dafür, daß alles so gekommen ist! Und ich habe nichts, nichts verpfiffen! Ich habe immer gesagt, du hättest eine schwarze Maske aufgehabt, und von dem Bäckerauto habe ich nichts verraten. Und sonst weiß ich doch nichts!«

»Dein Glück. Gib mir mal 'ne Schachtel Camel.« Der Mann fischte eine Zigarette heraus, zündete sie an, rauchte, wobei er nachzudenken schien; Bicket fürchtete, aus diesem Nachdenken käme für ihn neues Unheil. »Wohnst du überhaupt hier?«

»Ich hab' 'ne Freundin, wir wohnen dahinten.«

»Kein schlechter Anfang für dich. Müßtest mal vorrichten lassen. Und keine üble Lage. Ich komme gelegentlich wieder vorbei.« Der Mann ging, und erst als die Tür längst hinter ihm geschlossen war, fiel es Bicket ein, daß der Strolch nicht einmal gezahlt hatte.

Bis zum Feierabend gelang es Bicket nicht, die furchterfüllten Gedanken abzuschütteln. Nachdem er den Laden abgeschlossen hatte, richtete sich sein Zorn wieder gegen Betsy: Es war ein starkes Stück, sich sonstwo herumzutreiben, während er hier ohne Abendbrot saß. Er war viel zu nachsichtig und vertrauensselig gewesen, er hatte sie aufgenommen in seiner Herzensgüte, und wie dankte sie es ihm? Überhaupt: Es wurde Zeit, daß er sich ein wenig in ihren Klamotten umsah; so was gab bisweilen überraschenden Aufschluß.

Die Gelegenheit war günstig: Der Laden war verschlossen; Betsy würde klopfen müssen. Er ging rasch nach hinten und kramte systematisch ihre Habseligkeiten durch, den kleinen Koffer, die Manteltaschen, ihre Wäsche. Er fühlte in die Schuhe hinein, spannte den Schirm auf. Aus ihm fielen Geldscheine. Bicket grapschte nach ihnen, sechs Pfundnoten, siehe da, und das Weibsstück hatte ihm erzählt, es wäre bloß mit ein paar Schillingen aus dem Knast herausgekommen und könnte sich jede Woche zwei Pfund abholen! Wo waren diese sechs Pfund her? Aus der Ladenkasse geklaut? Ging sie auf den Strich?

Eines war unsinnig wie das andere. Bicket hätte es sich bei einigem Nachdenken klarmachen müssen. Aber er wollte nicht ruhig sein, er wollte seinen Ärger abreagieren, und dazu mußte Betsy Ambrose so schnell wie möglich zurückkehren. Sie kam, als sein Zorn den Höhepunkt erreicht hatte. Er beantwortete ihren Gruß nicht und sagte kein Wort zu ihrer Entschuldigung, sie hätte eine alte Bekannte getroffen und mit ihr eine Tasse Tee getrunken; er brüllte sie an, sie sollte ihm sofort erklären, wo dieses Geld her wäre. Sie schrie zurück, das wären alte Ersparnisse, und es wäre eine Gemeinheit, während ihrer Abwesenheit in ihren Sachen zu kramen. Sie verbitte sich das ein für allemal!

Bicket war kreidebleich. »Das ist der Dank«, keuchte er, »daß man dich von der Straße aufgelesen hat. Bestohlen wird man, betrogen.« Er griff hastig nach dem Geld, aber sie war schneller, riß es vom Tisch, stopfte es in die Tasche. Er packte sie am Handgelenk, sie schrie, er solle sie loslassen; da das nicht sofort geschah, stieß sie ihm die gespreizten Finger ins Gesicht. Er fuhr zurück, holte aus, schlug mit geballter Faust zu, fühlte einen Tritt gegen das Schienbein und taumelte gegen die Wand.

»Du halbe Portion«, schrie sie, »du ausgemergeltes Wrack, rühr mich nicht noch mal an, sonst drehe ich dich durch den Wolf! Und nun steh nicht im Weg, wenn ich meine Sachen packe!« Sie warf ihre Wäsche in den Koffer, stopfte die Schuhe in einen Beutel, nahm Schirm und Mantel. Bicket stand unterdessen an der Wand, spürte, wie der Schmerz im Schienbein und auch sein Zorn abnahmen. »Betsy«, sagte er, aber sie hörte nicht zu, schmiß die Schranktür zu, gab einem Stuhl einen Tritt, ging. Er schloß hinter ihr ab, legte sich hin, war wütend. Nach einer Weile spürte er Hunger. Natürlich: Das Weibsstück hatte auch noch das mitgenommen, was es für das Abendbrot eingekauft hatte.

Er kochte sich eine Suppe aus einem Würfel und aß Brot mit Margarine. Der Mann fiel ihm wieder ein, der gelegentlich wiederkommen wollte, und das zweifellos nicht wegen unüberwindlicher Sympathie. Er müßte künftig selber kochen, müßte einkaufen, kehren, die Schaufensterscheiben putzen. Alles was recht war: Mangelnde Sauberkeit konnte er Betsy nicht vorwerfen.

Zur gewohnten Zeit ging Bicket zum Bäcker hinüber. Die Übertragung hatte noch nicht begonnen; der Bäcker gab ihm eine Zeitung zu lesen. Natürlich war auch dort fast nur vom Fußball die Rede. Ein ungarisches Blatt hatte einige ulkige Ratschläge erteilt: »Wenn Albert vor dem gegnerischen Tor in den Rasen tritt, statt den Ball ins Tor zu schießen, sollte daraus niemand Rückschlüsse auf die ungarische Regierung ziehen. – Wer Gift nimmt, weil Ungarn verliert, handelt übereilt. – Es wäre verfehlt, seiner Frau mit Scheidung zu drohen, wenn sie während des Spiels das Abendbrot einnehmen will.« Bicket schmunzelte noch nicht einmal.

Das Spiel Uruguay gegen Mannschaften wurde übertragen, interessant insofern, weil diese Mannschaften zur selben Gruppe wie die englische Nationalelf gehörten. Nur 35 000 Zuschauer hatten sich im White-City-Stadion eingefunden; sie bildeten eine müde Kulisse bei einem durchschnittlichen Spiel, das die Südamerikaner knapp gewannen. Anschließend wurden Auszüge aus dem Spiel Spanien gegen die Schweiz übertragen, und schließlich sahen der Bäcker und Bicket noch die Aufzeichnung des Spiels Ungarn gegen Brasilien. Schon in der zweiten Minute schlängelte sich

Bene durch die brasilianische Abwehr und schoß ein. Zwar zog die Weltmeistermannschaft gleich, aber in der zweiten Halbzeit liefen Albert und Bene immer wieder ihren Bewachern davon und brachten die erste Sensation dieses Turniers fertig: Der große Favorit Brasilien kam mit 1:3 unter die Räder, und das gegen eine Mannschaft, die in ihrem ersten Spiel gegen Portugal alles anders als gut ausgesehen hatte. Nicht ein einziges Mal in dieser anderthalben Stunde dachte Bicket an die bitteren Erlebnisse des Tages, er stieß die Arme in die Luft, stöhnte, lachte, zappelte. Ernsthaft und fachkundig zog er dann mit dem Bäcker das Fazit: Zwar hatten die Brasilianer ohne Pele gespielt, aber waren nicht Santos, Gerson, Alcindo und Garrincha ebenfalls Namen von absoluter Weltklasse? Waren die Brasilianer von England nicht mehr die von Schweden und Chile?

Als Bicket in sein leeres Stübchen zurückkehrte, fiel ihm wieder ein, was an diesem Tag an Widerwärtigem geschehen war. Er hatte Betsy gegenüber vorschnell gehandelt, als er ihr keine Möglichkeit zu einer Erklärung gegeben hatte, das sah er jetzt ein. Und: Warum sollte sie ihm von vornherein lückenlos vertrauen? War das nicht ein bißchen viel verlangt? Wenn sie wiederkommen würde, wollte er ihr goldene Brücken bauen.

Aber nicht Betsy Ambrose kam am nächsten Morgen, sondern der Mann aus dem Keller von Hempstead. »Ich glaube«, begann er, »ich habe mich noch gar nicht vorgestellt. Du kannst mich Bobby nennen, wie das meine Freunde tun.« Bicket schob ihm eine Schachtel Camel über den Tisch, ohne einen Wunsch abzuwarten. Der Mann lächelte. »Ich sehe, du weißt, wie du anderen Menschen eine Freude machen kannst. Bist du allein?«

»Ich werde es auch künftig sein. Eine kleine Meinungsverschiedenheit mit meiner Freundin.«

»Tut mir leid um dich, aber es hat auch seine guten Seiten, wie du noch sehen wirst. Wir könnten gelegentlich ein kleines Geschäft miteinander machen.«

»Ich verdiene genug.«

Bobby war nachsichtig und freundlich. »Keiner verdient je genug, nicht wahr? Du könntest einen neuen Anzug brauchen, scheint mir. Das nur als Beispiel. Könntest du mir gelegentlich mal dein Zimmer dahinten zeigen?«

»Wozu?«

»Ob es noch einen Eingang hat, ein Fenster oder dergleichen. Du könntest doch eines Tages ausgehen, alles sorgfältig verschließen, und wenn du zurückkommst, hat man bei dir eingebrochen. Bißchen was klauen wir notfalls sogar, wenn es dir lieber ist. Das bezahlen wir, und auf hundert Pfund soll es uns nicht ankommen.«

Bicket stöhnte. Er war nicht sicher, ob er stärker daran interessiert war, den Preis hochzutreiben, oder ob er sich mehr scheute, schon so kurze Zeit nach seiner Entlassung in ein krummes Ding einzusteigen. »Bei mir zählt nun allmählich jede Sache doppelt«, sagte er. »Das letzte Mal haben sie mir schon Zuchthaus gegeben für eine Lappalie.«

»Diesmal ist die Sache für dich ohne jede Gefahr. Wer kann dir einen Vorwurf daraus machen, wenn bei dir eingebrochen wird?«

»Das kann man vorher nie so genau wissen.«

»Jedenfalls«, sagte der Mann, »wäre es am besten, wenn du dir innerhalb der nächsten zwei Wochen keine neue Freundin anlachen würdest. Du hättest auf diese Weise mehr vom Leben.«

»Mal sehen, wie's kommt.«

Auch diesmal bezahlte der Mann seine Zigaretten nicht. Aber seltsamerweise war ihm Bicket deswegen nicht böse.

»Luton-Street«, sagte einer von Varneys Assistenten. »Ein abgelegenes Haus, ein Messingschild und die Buchstaben so ähnlich wie auf dem Umschlag.«

Varney teilte seine Leute ein. Zwei sollten sich an der Rückfront postieren, zwei an einem Wagen am Eingang der Luton-Street als Reserve bereitstehen. Williamson, den jungen Mann, der vor einigen Monaten das Rendezvous Woodward-Briggs beobachtet und anschließend Woodward mit einigen Haken zur Aufgabe gezwungen hatte, nahm er mit. »Sie sollten nicht erschrecken«, sagte Varney, während sie den Wiesenweg entlanggingen, »wenn uns Woodward die Tür öffnet.«

Das Haus machte einen gepflegten, ruhigen Eindruck. Das Messingschild neben der Tür war tadellos geputzt, der Rasen kurz geschoren wie im Wembley-Stadion. Rosen blühten, auf dem Kiesweg lagen keim Halm und kein Blatt. Die Gartentür war nur angelehnt, Varney und sein Begleiter gingen hindurch. An der Haustür klingelte Varney, wartete, klingelte nochmals, erst dann hörte er Türenklappen im Haus und Schritte auf der Treppe. Es wäre ihm in diesem Augenblick am liebsten gewesen, er hätte die beiden

Beamten nicht jenseits des Gartenzauns postiert gehabt; wenn es hier hart auf hart ging, nutzen sie ihm dort nichts.

Die Tür wurde geöffnet, eine dunkelhäutige Frau stand im Rahmen. Varney bat um Entschuldigung; das Straßenbauamt der Stadtverwaltung hätte ihn mit einer Umfrage beauftragt. Ob er den Besitzer des Hauses sprechen dürfte?

Die Frau verzog keine Miene. Sie blickte ihn aus großen braunen Augen an, bat mit einer einladenden Geste ins Haus, sagte etwas, was Varney nicht verstand. Seiner Vermutung nach war sie Inderin. Sie ging voran in die Halle, wies auf Ledersessel, verschwand hinter einer Tür. Varney und Williamson blickten sich verwundert an, sahen sich um. Das war eine Halle, wie man sie in jedem englischen Landhaus fand, das vor dem ersten Weltkrieg gebaut worden war: Kamin, schwere Sessel, geschnitzte Möbel, ein Teppich, der fast den ganzen Raum füllte, geschnitzte Bücherschränke. Aber in ihnen stand nicht ein einziges Buch. Die Blumenvasen waren leer, ein Bild war von einem weißen Überzug bedeckt. Nach langen Minuten trat aus der selben Tür, durch die die Frau verschwunden war, ein alter Mann herein, ein Inder in einer Hausjacke, mit rundem, blankem Kopf, einer dicken Brille und dunkelbrauner, stark gefälteter Haut. »Ich bin Professor Narain Sawakar«, sagte er. »Womit kann ich Ihnen dienen?«

Varney stellte sich und seinen Begleiter als Vertreter des städtischen Straßenbauamtes vor. Sie hätten den Auftrag, mit den Anliegern über den geplanten Ausbau dieser Straße zu sprechen, über Kostenbeteiligung und ähnliche Dinge. Professor Sawakar wies einladend auf die Sessel, setzte sich selbst. »Ich muß zunächst meine Haushälterin entschuldigen«, erklärte er in makallosem Englisch. »Sie ist erst vor wenigen Wochen mit mir nach Großbritannien gekommen und spricht die Sprache des Landes nicht. Mein Sekretär ist in London. So kam dieser nicht ganz formvollendete Empfang zustande. Überdies sind Sie mit Ihrem Anliegen an die falsche Adresse geraten. Der Besitzer des Hauses bin ich nicht. Hat man Ihnen das nicht gesagt?«

Für einen Augenblick geriet Varney in Verlegenheit und bereute, sich nicht bei der Stadtverwaltung über die Eigentumsverhältnisse unterrichtet zu haben, aber Professor Sawakar sprach schon weiter: »Ich wohne erst seit etwa zehn Tagen hier.« Er wies auf die Regale: »Sie sehen, ich habe mich noch nicht eingerichtet. Meine

Bücher befinden sich in Kisten auf einem Londoner Speicher, mein Sekretär kümmert sich eben darum.«

»Bleiben Sie längere Zeit in England?«

»Ich habe hier einige Studien vor über das Mahabharata-Epos; an verschiedenen englischen Universitäten befindet sich ausgezeichnetes Material. Außerdem werde ich Vorlesungen halten. Da ich ein halbes Jahr hier zu tun habe und nicht gern für längere Zeit im Hotel wohne, habe ich dieses Haus gemietet. In Ihrer Angelegenheit wenden Sie sich am besten an den Besitzer.«

»Ich muß Sie um Verzeihung bitten«, sagte Varney. »Wir hätten Ihnen wirklich diese Störung ersparen können.«

Professor Sawakar nannte noch den Namen des Hausbesitzers und suchte dessen Anschrift heraus, dann verabschiedeten sich Varney und Williamson mit einer abermaligen höflichen Bitte um Entschuldigung. Danach zog Varney seine Posten ein und fuhr rasch nach London zurück.

Am Nachmittag saß er dem Besitzer des geheimnisvollen Hauses, dem Makler Macintosh, gegenüber. Macintosh war so aufgeregt, einen Beamten von Scotland Yard in seinem Büro zu sehen, daß er eine Reihe von Minuten mit sinnlosen Redereien und Verrichtungen vergeudete. Er schloß das Fenster, riß es wieder auf, wies die Sekretärin an, Tee aufzubrühen, fragte Varney, was er rauchen wollte, suchte Zigaretten, fand keine, warf den Inhalt eines Schreibtischkastens auf den Boden, sank schließlich erschöpft in einen Sessel.

»Beruhigen Sie sich bitte«, sagte Varney. »Nichts ist geschehen, was Sie in irgendeiner Weise aufregen könnte. Ich brauche eine Auskunft, die Sie mir ohne weiteres in fünf Minuten geben können. An wen haben Sie das Haus in Hempstead am Ende der Luton-Street im Februar und März dieses Jahres vermietet?«

Macintosh rief die Sekretärin herein, bezeichnete es als zweitrangig, Tee zu kochen, und wies sie an, unverzüglich die Akte Luton-Street herbeizuschaffen. Eigenhändig schlug er nach. »Robert Webster«, sagte er. »Natürlich, ich besinne mich.«

»Und wo wohnt dieser Herr?«

»Wimbledon, Fennymoore-Street 86.«

»Können Sie sich erinnern, warum Webster das Haus gemietet hat?«

»Ich müßte nachdenken. Ich muß sogar nachdenken, nicht wahr?« Macintosh fuhr sich durch das schüttere Haar, drückte die

Zigarette im Ascher aus, brannte sich sofort eine neue an und schrie nach der Sekretärin, wo denn der Tee bliebe, jetzt wäre nichts wichtiger, als den verehrten Gast zu versorgen! Varney sah, daß die Hände des Maklers zitterten, als sie nach der Akte Luton-Street griffen. Der Tee wurde gebracht. Varney bediente sich. »Sie sollten nichts überstürzen«, riet er. »Wir haben Zeit, alles in Ruhe zu besprechen.«

»Dieses Haus ist für mich seit Jahren eine Belastung«, berichtete Macintosh. »Ich hatte eine Hypothek darauf stehen und übernahm das Haus, als der Besitzer starb, um nicht das meiste zu verlieren. Seitdem finde ich keinen Abnehmer und auch niemanden, der es für längere Zeit mietet. Als Sommersitz ist es recht angenehm, und in den Sommermonaten kann ich es gewöhnlich vermieten. Wie jetzt eben an diesen indischen Wissenschaftler. Aber im Winter steht es meist leer.«

»Und warum mietete es Webster im Februar und März?«

»Ich weiß es nicht. Oder hat er es mir gesagt? Ich kann mich beim besten Willen nicht besinnen.«

»Es könnte wichtig werden. Haben Sie selbst mit Webster verhandelt?«

Macintosh bejahte, widerrief, fragte die Sekretärin. Diese besann sich, daß der Kontrakt zunächst am Telefon ausgehandelt worden war. Macintosh und die Sekretärin widersprachen einander, wurden heftig, schrien sich an. Webster war hier gewesen, war nicht hiergewesen. »Ich«, schrie die Sekretärin, »habe ihn jedenfalls nicht gesehen!«

»Ich glaube, ich habe mit ihm gesprochen«, sagte Macintosh schließlich erschöpft. »Ja, er war hier, ein jüngerer Mann, vielleicht doch nicht so ganz jung. Er hat das Haus für Februar und März gemietet. Im April stand es leer, dann hielt eine Sprachschule einen Kurs für Fremdenführer darin ab.«

»Sagte Ihnen Webster, warum er das Haus mietete?«

»Ich glaube nicht.«

Varney merkte, daß er hier nicht weiterkam. Es würde besser sein, sich diesen Webster selbst anzuschauen. Er verabschiedete sich und fuhr nach Wimbledon hinaus. Im Haus Fennymoore-Street 86 kletterte er bis unters Dach, ohne ein Schild mit dem Namen Webster zu finden. Schließlich klingelte er beim Hauswirt und erkundigte sich. Niemals, seit das Haus stand, hatte ein Herr Webster hier gewohnt.

Macintosh wollte gerade sein Büro schließen, als Varney wieder durch die Tür trat. »Die Sache wird spannend«, sagte Varney, »ich möchte mir Ihre Eintragungen selbst ansehen.«

Als Macintosh den Grund für Varneys plötzliche Rückkehr erfahren hatte, begann er zu zittern. Er breitete seine Unterlagen auf dem Tisch aus, herrschte die Sekretärin an, sie sollte sich gefälligst an diesen Robert Webster zu besinnen suchen, und beschwor Varney, ihm zu glauben: Webster hatte tatsächlich diese Adresse angegeben. Nach einer Weile schlug Varney vor, die Sekretärin sollte ihren Arbeitsschluß nicht länger hinausschieben. Als er mit Macintosh allein war, sagte er: »Sie merken selbst, daß Sie sich in keiner beneidenswerten Lage befinden. Es könnte sein, daß dieser Webster ein Mörder ist und Sie einem Mörder das Haus vermietet haben. Vielleicht hat Webster, oder wie immer er heißen mag, Sie tatsächlich angeführt. Aber es könnte einem Staatsanwalt einfallen, Sie als seinen Komplizen zu betrachten, nicht wahr?«

Macintosh wurde aschfahl. Seine Hände zitterten nicht mehr, sie lagen reglos auf dem Schreibtisch, knochig, von Adern überzogen, wie von einem Toten. Mit einer Ruhe, die Varney dem Makler nicht zugetraut hätte, sagte dieser: »Das ist eine Unterstellung, Sie wissen es selbst genau. Niemand kann mir den geringsten Vorwurf aus meiner Handlung machen. Ich bin nicht verpflichtet, mir von jemandem, der ein Haus mietet, den Paß zeigen zu lassen.«

»Stimmt.« Varney wußte, daß er zu weit gegangen war. »Aber es wäre natürlich besser, Sie könnten sich erinnern, wie dieser Webster ausgesehen hat.«

»Ich könnte Ihnen irgendwas erzählen«, sagte Macintosh. »Aber ich besinne mich nicht. Ich bin nicht mehr ganz jung, und ich bin krank. Es würde mir, wenn es hart auf hart geht, nicht die geringste Mühe machen, mir von einem Arzt hochgradigen Gedächtnisschwund bescheinigen zu lassen.«

»Nicht darum geht es. Es ist wichtig, daß Sie Ihr Gedächtnis bemühen, weil wir auf diese Weise einem Verbrecher auf die Spur kommen können.«

»Ich werde mir Mühe geben, verlassen Sie sich darauf. Aber einen Erfolg verspreche ich Ihnen nicht.«

Als Varney an diesem Abend nach Hause kam, fühlte er sich so abgespannt wie lange nicht mehr. »Noch zehn solcher Tage«, sagte er beim Abendessen, »und ich melde mich freiwillig nach Pembroke.«

An diesem Abend wurden zunächst Ausschnitte von zwei Spielen im Fernsehen übertragen. In einhundertachtzig Fußballminuten fiel nur ein einziges Tor, Tschislenko schoß den Ball zwischen die italienischen Pfosten und holte der Sowjetunion zwei wichtige Punkte. Westdeutschland kam in einem überharten, verkrampften Spiel gegen Argentinien nicht über ein 0:0 hinaus. Varney betrachtete diese Kämpfe, ohne daß sie ihn von seinen schweren Gedanken hätten ablenken können. Dann kam der Höhepunkt dieses Fußballtages: England traf auf Mexiko und fand lange Zeit nicht das richtige Rezept. Bobby Charlton schließlich war es, der nach einem 30-MeterLauf den mexikanischen Schlußmann überwand. Pfiffe erschollen mehrfach von den Rängen, wenn sich Paine und Peters immer wieder in der gegnerischen Deckung festrannten oder die Pässe in die Beine der Mexikaner adressierten. Varney atmete ebenso wie Millionen Briten an den Bildschirmen und achtzigtausend im Wembley-Stadion auf, als Hunt in der 75. Minute das zweite Tor schoß. Nach dem Spiel gab Trainer Alf Ramsay ein außerordentlich selbstbewußtes Interview: »Meine Elf hat weit wirkungsvoller und taktisch klüger gespielt als gegen Uruguay, so daß ich mit ihr insgesamt zufrieden bin. Für mich besteht nach diesen neunzig Minuten nicht die geringste Veranlassung, an unserem Weltmeisterschaftssieg zu zweifeln.«

Kurz bevor Varney sich schlafen legen wollte, klingelte das Telefon. »Hier Oakins. Großer Meister, ich habe es mir überlegt, ich könnte für einen Tag abkommen.«

»Ein Abend wäre besser.«

»Schön, und wann?«

»Heute wäre es günstig gewesen. Nun klappt es erst wieder in drei Tagen.«

Oakins sagte sofort: »Da spielt meine Truppe in Liverpool gegen Brasilien. Ich kann unmöglich weg.«

»Während Ihre Helden auf dem Rasen herumrennen, wird es für die italienischen Aufkäufer außerordentlich schwierig sein, mit ihnen Schritt zu halten. Wenn Sie irgendwann entbehrlich sind, dann an diesem Tag!«

Oakins schien zu zögern, dann hörte Varney, wie er stöhnend die Luft ausstieß. »Machen Sie keine Mätzchen«, sagte Varney, »ich brauche Sie dringend. Was es zu tun gibt, sage ich Ihnen kurz vorher. Ich werde Ihnen gegen Mittag des neunzehnten Juli einen Wagen schicken, einverstanden?«

Noch einmal seufzte Oakins. »Meinetwegen.«

»Oakins, im Ernst, wenn Sie mir jetzt helfen, werde ich Ihnen das nicht so bald vergessen.«

»Notfalls werde ich Sie daran erinnern.«

Varney hängte auf. Dieser 19. Juli würde, so war er sicher, nicht nur die Weltmeisterschaft einen wichtigen Schritt voranbringen.

7

Kampf um den Cup Rimet

»Er ist raus. Über die Straße zum Bäcker.«

Oakins schaute auf die Uhr. In zehn Minuten würden die Spiele Portugal gegen Brasilien und Italien gegen Nordkorea angepfiffen werden und er konnte weder das eine noch das andere sehen. »Teilen Sie ihrem Chef mit«, sagte er zu dem jungen Mann, den Varney zu seiner Einweisung mitgegeben hatte, »daß er die Zeit, die ich jetzt für ihn schufte, überhaupt nicht bezahlen kann.«

»Nun stellen Sie sich einmal vor, Sie würden während des Endspiels für den Yard arbeiten!«

»Für jede Minute ein Pfund, etwas anderes käme nicht in Frage.«

Oakins nahm seine Aktentasche auf. Den Weg, der jetzt zu gehen war, hatte er sich eine Stunde vorher angesehen: über eine Straße hinweg, durch einen Flur, über einen Hof und in einen schmalen Gang hinein. Dort mußte er über eine Mauer klettern. Dabei durfte ihn niemand sehen.

Die Straße war so leer wie sonst nur an einem ganz frühen Sonntagmorgen. Ein paar kleine Kinder standen an einer Laterne, weit entfernt fuhr ein Auto. Oakins traf niemanden in dem Flur und niemanden auf dem Hof. Viele Fenster waren geöffnet; aus ihnen hörte Oakins die Stimme des Fernsehsprechers, der soeben die Mannschaftsaufstellungen bekanntgab. Siehe da, Brasiliens Trainer hatte nach dem Debakel gegen Ungarn die Mannschaft umgekrempelt; berühmte Haudegen wie Gilmar, Djalmar Santos, Garrincha und Alcindo waren nicht mehr dabei. Aber Pele war aufgeboten für dieses Spiel, das über so viel entschied. Für einen Augenblick überkam Oakins heißer Schmerz, daß er jetzt nicht dabeisein konnte, da seine Freunde gegen diese verjüngte brasilianische Elf antraten; dann zwang er sich, an nichts anderes zu denken als an Varneys Auftrag.

Eine Frau hantierte auf dem Hof, an ihr strich Oakins vorbei, grüßte, verschwand in einem Treppenaufgang. Er wartete, bis die Frau ihren Abfallkübel geleert hatte, ging dann auf den Hof zurück und in einen schmalen Gang hinein. Im Rücken war er gedeckt durch einen Schuppen und einen Holunderbusch, vor ihm war die Mauer. Oakins ließ seine Blicke über die Fensterfront des jenseitigen Hauses schweifen, und als er sicher war, daß niemand auf ihn herabblickte, legte er die Tasche auf die Mauer, schwang sich hinauf und ließ sich abkippen. Rasch putzte er den Staub von der Hose und blickte wieder zu den Fenstern. Als sich immer noch nichts regte, überquerte er einen schmalen Hof und ging in einen Hausflur hinein. Die erste Tür, so hatte ihm Varneys junger Mann erklärt, führte in das Stübchen hinter Bickets Laden.

Oakins stellte seine Tasche ab und lauschte. Auch in diesem Haus waren offenbar alle Fernsehapparate eingeschaltet; Oakins hörte Beifall aufrauschen. Er zog Gummihandschuhe über und machte sich an die Arbeit. Bereits mit seinem zweiten Dietrich hatte er Erfolg, die Tür sprang auf, Oakins zog sie hinter sich zu und verschloß sie wieder. Dann ging er vor in den Laden, spähte durch die Gardinen zur Wohnung des Bäckers, wo Bicket jetzt saß und von wo er in den nächsten neunzig Minuten nicht zurückkehren würde. Ehe Oakins sich weiter umschaute, nahm er einen Transistorempfänger aus der Tasche und schaltete ihn ein. Er hörte die anschwellende Stimme des Sprechers und den Torschrei der 55 000 im Goodinson-Park in Liverpool, und dann erfuhr er, daß Simoes die brasilianische Deckung überwunden hatte, daß es 1 : 0 stand in diesem hochwichtigen Spiel.

Während Oakins, auf dem Ladentisch stehend, ein Wunderwerk von der Größe einer halben Streichholzschachtel in die Lampe einmontierte, fiel ihm Varney ein, der gesagt hatte: »So etwas kann Scotland Yard auf keinen Fall machen. Stellen Sie sich vor: Eine Behörde der Königin läßt einen ihrer Mitarbeiter in die Wohnung eines Bürgers eindringen und eine Abhöranlage installieren! My home, my castle – eine Unmöglichkeit! Aber Sie sind Privatdetektiv, bei Ihnen gehört so etwas zum Handwerk. Wenn Sie erwischt werden, können wir unter der Hand eine Menge für Sie tun.«

Oakins kam rasch voran, schob den Lampenschirm wieder über, zog eine Schraube fest. Der Radiolautsprecher schilderte gerade, wie Pele ein weiteres Mal von Hilario attackiert worden war und zu Boden gehen mußte. Oakins war dabeigewesen, als Trainer Gloria am Abend vorher seiner Mannschaft die Marschroute gegeben hatte, und trotz seiner geringen portugiesischen Sprachkenntnisse war ihm klargeworden, daß man auch harte Mittel nicht scheuen wollte, um Pele zu stoppen. Wie es bereits die Bulgaren vorgemacht hatten, sollten zwei Spieler, sobald Pele den Ball annehmen wollte, ihm in die Parade fahren. »Ein grobes Foul«, sagte der Sprecher gerade, »das Schiedsrichter McCabe offenbar nicht genügend ahndet.« Das Spiel ging weiter, und wenige Minuten später hätte Oakins beinahe vor Freude aufgeschrien: Eusebio schoß das zweite Tor für Portugal; damit war die Sensation perfekt: Doppelweltmeister Brasilien war drauf und dran, bereits in der Vorrunde zu scheitern. Minuten später wurde Pele durch Hilario wieder so hart gefoult, daß er für kurze Zeit das Spielfeld verlassen mußte, und als er mit einem dicken Knieverband wieder erschien, konnte er nur noch eine Statistenrolle übernehmen. Oakins leistete sich die Fairneß, dies als bedauerlich zu empfinden, und ihm fiel dies um so leichter, als seine Elf ja mit zwei Toren führte und selbst durch ein Unentschieden nicht zu gefährden war.

Oakins war nicht so abgebrüht, daß er nicht das Kuriose dieser Stunde empfunden hätte. Bicket und er sahen beziehungsweise hörten die Übertragung vom gleichen Fußballspiel, und währenddessen schmuggelte er Bicket ein Kuckucksei ins Nest. Er sprang vom Tisch und schaltete die Lampe ein: Die kleine Abhöranlage warf keinen Schatten. Danach ging er in das Stübchen hinter dem Laden. Über der Tür befand sich eine Abzweigdose; in ihr war genügend Platz für ein zweites Abhörgerät. Während er dieses einpaßte, meldete sich aufgeregt der Sprecher des Spiels, das zur gleichen Zeit in Middlesbrough stattfand: »Hier ist soeben eine Sensation geschehen: In der 40. Minute hat der krasse Außenseiter Korea ein Tor geschossen und führt damit 1:0 gegen die Azzuris. Pak Do Ik heißt der kleine Mann, der Albertosi im italienischen Tor das Nachsehen gegeben hat!«

Siehe da, die Koreaner mischten mit! Nun ja, es waren noch fünf Minuten zu spielen, und es war nicht einzusehen, warum die Italiener das Blatt nicht wenden sollten. Oakins schraubte den Deckel der Abzweigdose wieder fest, packte sein Werkzeug ein und überzeugte sich, daß er keine Spuren hinterlassen hatte. Leise öffnete er die Tür zum Hausflur, horchte, schlüpfte hinaus.

In einem Lokal drei Straßen weiter traf er Varneys jungen Mann. »Sie können Ihrem Chef ausrichten, daß er in Zukunft jede Maus hören kann, die in Bickets Laden piepst!«

»Ausgezeichnet. Soll ich Sie gleich nach Liverpool zurückfahren?«

»Gut. Wir können ja im Wagen hören, wie die beiden Spiele ausgehen.«

Am nächsten Morgen bildete in Varneys Büro die 1:0-Niederlage Italiens gegen Nordkorea das Hauptgesprächsthema. Dagegen verblaßte sogar der 3:1-Sieg Portugals gegen Brasilien, der den zweifachen Weltmeister so ziemlich chancenlos machte. Jemand las aus der Zeitung vor, was Fabbri, Italiens Trainer, nach der Niederlage gesagt hatte: »Nach vier Jahren harter Arbeit stehe ich vor dem Nichts. Niemand außer mir und den Spielern kann empfinden, was das für ein Gefühl ist!«

»Meine Herren«, unterbrach Varney, »ich habe größtes Verständnis für Ihre Erregung, aber wir wollen doch an die Arbeit gehen.«

Gegen Mittag traf die Nachricht ein, daß die von Oakins installierte Anlage einwandfrei funktionierte. Wenig später wurde Varney ans Telefon gebeten. Eine stark dialektgefärbte Männerstimme sagte: »Sie haben Schwierigkeiten wegen des Mordes in Blyth, wie ich höre. Ich würde mich an Ihrer Stelle mal um einen gewissen Dowd kümmern, Tottenham, der Sohn vom Dr. Dowd in der Chinfort-Street. Der hat vor ein paar Tagen ein Bäckerauto gekauft.«

»Interessant, was Sie mir da sagen. Mit wem habe ich das Vergnügen?«

»Tut vorläufig nichts zur Sache. Vielleicht besuche ich Sie einmal morgen oder übermorgen. Also: Der junge Dowd in der Chinfort-Street in Tottenham.«

Es knackte in der Leitung, der Unbekannte hatte aufgelegt. Natürlich konnte es sein, daß jemand Varney zum Narren halten wollte, aber auf jeden Fall mußte diesem Hinweis nachgegangen werden. Varney wies Williamson an, in Tottenham nach dem Rechten zu sehen. Dann las er das Protokoll, das über die Vernehmung des Maklers Macintosh angefertigt worden war. Er blieb an einigen von Macintoshs Sätzen hängen: »Mit meinem Gedächtnis ist es eine eigenartige Sache. Bisweilen kann ich mich an die belangloseste Kleinigkeit erinnern, die vor Jahren geschehen ist, bisweilen weiß ich zehn Minuten nach einer Mahlzeit nicht mehr, was ich gegessen habe. Jetzt besitze ich nicht die geringste Vorstellung, wie dieser Webster aussah. Ich bin aber sicher, einmal mit ihm gesprochen zu haben. Es ist durchaus möglich, daß ich in ein oder zwei Wochen plötzlich diesen Mann haargenau beschreiben kann. Vielleicht aber fällt mir sein Äußeres nie wieder ein.«

Gegen Mittag erhielt Varney einen Bericht über alle männlichen Wesen mit Namen Robert Webster, die in London gemeldet waren. Es waren sechsundsiebzig. Achtzehn davon waren jünger als fünfzehn Jahre, einer lag seit langem gelähmt im Krankenhaus. Man würde die übrigen einer Überprüfung unterziehen müssen. Varney erwartete davon kaum einen Erfolg, denn der Mann, der das Haus in der Luton-Street gemietet hatte, hatte vermutlich nicht nur seine Adresse, sondern auch seinen Namen geändert.

Kurz vor dem Ende der üblichen Bürozeit kam Williamson aus Tottenham zurück. »Ich habe mit Dowd gesprochen«, berichtete er. »Dowd ist Medizinstudent. Er sagt, dieses Bäckerauto wäre ihm vor einigen Tagen von einem unbekannten Mann zu einem Spottpreis angeboten worden. Er hätte es gekauft, weil er sich im Kreise seiner Freunde davon einen gewissen Gag versprochen hätte.«

Varney hörte sich diesen Bericht ohne größeres Interesse an. Rund gerechnet hatte er seit dem ersten Überfall von Woodward und Grebb fünf- bis sechshundert Spuren verfolgt und die meisten ohne Nutzen. Er wurde auch nicht aufmerksamer, als er hörte, daß Dowd einem Kreis junger Burschen und Mädchen aus der begüterten Schicht von Tottenham angehörte, die sich auf mehr oder weniger auffällige Art zu vergnügen suchten. »Die ausgefallene Idee eines Playboys«, sagte er. »Aber vielleicht ist es der Bäckerwagen von Blyth? Versuchen Sie herauszubekommen, wer zu dem Freundeskreis von Dowd gehört, wie es mit seinen Einkünften und seinen Gewohnheiten bestellt ist.«

»Heute abend noch?«

»Selbstverständlich.«

Der junge Mann zögerte einen Augenblick, dann sagte er unsicher: »Ich habe eine Karte für das Spiel England gegen Frankreich.«

Plötzlich schrie Varney los, er hätte es nun endlich satt, daß seit Tagen in seiner Abteilung mehr vom Fußball gesprochen würde als von der Arbeit, und nun glaubte jemand sogar, er könnte einen Auftrag hinausschieben wegen eines Spiels. »Wir handeln hier nicht mit Jacketts oder Käse, mein Herr«, brüllte er so laut, daß er noch fünf Zimmer weiter zu hören war. »Wenn ich noch einmal eine solche Bemerkung hören sollte, werde ich so ungemütlich, wie Sie es sich gar nicht vorstellen können!« Nach einer Pause, in der er seine Erregung unterdrückte, fuhr er fort: »Sie machen sich unverzüglich an die Arbeit. Ich erwarte morgen früh Ihren Bericht.«

Eine Viertelstunde später wurde Varney zu seinem Chef gebeten. Inspektor Sheperdson eröffnete das Gespräch mit einer Bemerkung über einen blühenden Kaktus auf seinem Fensterbrett, über den merkwürdigen Kontrast der hauchzarten Blüte zu den Stacheln, wie die Natur selbst einen Ausgleich zu bieten schien zwischen Härte und Lieblichkeit.

Varney fand bei diesem lyrischen Erguß seine Ruhe zurück, vergaß den Ärger, den er eben gehabt hatte. »Kakteenzucht«, hörte er Inspektor Sheperdson meditieren, »ein wunderbarer Ausgleich für einen Mann in unserer Branche. Man muß warten können auf eine Blüte, ein Jahr, zwei Jahre, und dann entfaltet sie ihre Schönheit bisweilen nur für einen Tag. Eine Parallele zu unserer Arbeit, nicht wahr?«

»Nicht ganz«, sagte Varney. »Ein Kaktus hat Zeit, niemand drängt ihn, niemand fordert.«

»Sie haben recht. Wieviel Zeit bleibt Ihnen noch?«

»Elf Tage, wenn Sie Ihren Termin aufrechterhalten sollten.«

»Ich sehe keinen Grund«, sagte Sheperdson mit der bisherigen Höflichkeit, »es nicht zu tun.«

In dem Strom der Wagen, der sich an diesem Abend, dem 20. Juli 1966, dem Wembley-Stadion entgegenschob, befand sich ein dunkelblauer Vanguard Standard, und in ihm saßen, Sonnenbrillen vor den Augen, Woodward und Grebb. Sie schwiegen längere Zeit, denn alles, was zu tun war, hatten sie Dutzende Male durchgesprochen. Sie hatten durch Wochen diesem Tag entgegengelebt, der den großen Schlag bringen sollte, den Lohn für alle Aufregung und Anstrengung und alles Warten. Woodward steuerte, Grebb saß neben ihm, einen Mantel über den Schoß gebreitet, unter dem ein Kurzwellenempfänger lag. Einmal hörten sie aus ihm eine Stimme: »Eins, zwei, drei.« Grebb drückte eine Taste und erwiderte die gleichen Zahlen; die Verbindung mit dem Delphin war also ungestört. Nach einer Weile sagte Woodward: »Damals an der Celtic-Bank war ich nicht so aufgeregt.«

»Du wirst alt.«

»Vielleicht ist es auch deshalb so, weil es heute um höhere Beträge geht.«

Sie mußten an einer Kreuzung halten, ordneten sich ein, schoben sich wieder ein Stück nach vorn. »Der Wagen ist nicht schlecht«, sagte Woodward.

»Bobby hat noch nie schlechte Auto besorgt.«

»Ein As auf seinem Gebiet.«

Die Seitenstraßen waren bereits verstopft, in der Hauptstraße hielt die Polizei den Verkehr mühselig aufrecht. Vor einer Kreuzung sagte Grebb: »Verdammt, sieh dir das an!« Der Fahrzeugstrom wurde vom Stadion weggelenkt, und wenn nicht alles trog, würde er nicht wieder näher heranführen. Woodward und Grebb waren sich sofort im klaren, welche Folgen das für ihren Plan haben konnte. Bei den ersten beiden Weltmeisterschaftsspielen im Wembley-Stadion hatte die Verkehrspolizei diese Maßnahme nicht für nötig befunden, und es gehörte zum Plan des Delphins, daß der Wagen mit Woodward und Grebb bis in die Nähe des Eingangs D vordrang. Noch einmal drückte Grebb die Sendetaste, dann sagte er: »Wir werden zum Paddington-Bahnhof abgedrängt. Kommen nicht rechts 'raus. Was sollen wir machen?« Der Delphin antwortete nicht sofort, so daß Grebb schon glaubte, die Verbindung wäre unterbrochen. »Verdammt«, sagte der Delphin dann, »könnt ihr nicht zurück?«

»Du mußt wohl gar keine Vorstellung haben, wie es hier aussieht.«

»Versucht auf jeden Fall, wenigstens nach links 'rauszukommen. Vielleicht könnt ihr irgendwie einen Bogen nach dem Regent's Park schlagen. Notfalls treffen wir uns dort.«

»Kaum möglich.«

Eine Viertelstunde später war alles klar: Woodward und Grebb saßen festgekeilt in einem Autostrom, der in weitem Bogen um das Wembley-Stadion herumgeführt wurde und in dem es unmöglich war, nach rechts auszubrechen. Sie wurden weitergetrieben, und erst nach einiger Zeit konnten sie ihrem Chef melden, daß sie sich in eine linke Seitenstraße geflüchtet hatten. »Ihr müßt von dort weg«, hörten sie die Stimme des Delphins. »Wenigstens bis zum Regent's Park.«

»Wir versuchen es.«

Sie zwängten sich nach Süden hinaus, schlugen einen Bogen nach Westen und Norden. Zeitweise entfernten sie sich so weit vom Standpunkt des Delphins, daß die Funksprechverbindung abriß. Dann hörten sie wieder seine Anweisung, zum Regent's Park durchzukommen. Sie brauchten sich nicht darüber zu unterhalten, wie stark sich die Chancen ihres Unternehmens verringert hatten, weil sie nicht so weit an das Stadion vorgedrungen waren, wie es der Delphin geplant hatte. Natürlich, sie hätten sich eher aufmachen können, aber jede Fahrstunde mit einem gestohlenen Wagen bedeutete eine zusätzliche Gefahr. Eine nicht vorgesehene Umleitung hatte sie nun in diese Schwierigkeiten gebracht.

Woodward schaltete das Radio ein. Das »Wembley-Stadion«, begann der Kommentator, »ist heute abend nicht ganz gefüllt. Achtzigtausend sind gekommen, um dieses Spiel zu sehen und der englischen Mannschaft einen Rückhalt zu geben.«

»Achtzigtausend«, sagte Grebb, »das ist nicht gerade erschütternd. Etwa fünfzigtausend Karten waren schon im Vorverkauf weg.«

In Woodward stieg der Zorn hoch. Er hatte sich schon lange über Grebbs Getue geärgert, sobald die Sprache auf den Delphin kam. Er hatte eine primitive Wohnlaube in einem Nest nördlich von Birmingham wochenlang nicht verlassen dürfen, an der Vorbereitung dieses Überfalls war er nicht beteiligt gewesen, den Delphin hatte er noch immer nicht gesehen, und daß die Hetshop zum Schweigen gebracht worden war, hatte er erst aus der Zeitung erfahren. Zugegeben, er hatte nicht schlecht gelebt in der Zeit und das auf Kosten des Delphins. Später sollte sein Lebensunterhalt mit der Beute verrechnet werden – ein Bürokrat war der Delphin unter anderem also auch. Immerhin: Auch das, was für ihn übrigblieb, würde nicht wenig sein.

Weit von ihnen entfernt im Wembley-Stadion wurde in diesem Augenblick das Spiel angepfiffen, mit rhythmischem Klatschen und »England«-Rufen feuerten die Zuschauer ihre Mannschaft an. Nach zehn Minuten, in denen die Engländer leichte Überlegenheit erzielt hatten, wurde in den Villa-Park in Birmingham umgeschaltet, wo Spanien gegen Westdeutschland spielte. »Trainer Villalonga«, berichtete der Sprecher, »verzichtet auf die vielgepriesenen Stars Suarez, Del Sol, Peiro und Gento; er erhofft sich von den Ersatzspielern einen höheren Kampfgeist. Bundestrainer Helmut Schön hat Haller herausgenommen und muß den verletzten Brülls ersetzen, dafür spielen Krämer und Emmerich. Auch hier steht es noch null zu null.« Die Straßen lagen jetzt wie ausgestorben. Kein Auto fuhr mehr, nur wenige Fußgänger waren zu sehen. Der Delphin fragte an, wie weit sie jetzt an das Stadion herangekommen wären, und Grebb antwortete, die Polizei hätte fast eine Meile vorher abgesperrt. Wenig später bog Woodward kurz entschlossen ab. »Mensch!« rief Grebb, »Einbahnstraße!«

»Ich glaube, wir müssen heute noch mehr riskieren.« Woodward durchfuhr die schmale Straße in der verbotenen Richtung, kam auf einer Hauptstraße heraus. Grebb suchte die Verbindung mit dem Delphin, fand sie, meldete: »Alles klar. Offenbar hat die Polizei die Blackburn-Street freigehalten.«

»Großartig. Sucht eine Parklücke. Wenn die Sparbüchse abfährt, sage ich euch Bescheid.«

Woodward steuerte den Wagen an die Bordkante. »Junge«, sagte er, »das ist noch mal alles glatt gegangen. Ich habe meine Kanone doch nicht umsonst eingesteckt.«

Vor ihnen parkte ein Austin, hinter ihnen ein Rolls Royce, beide nicht so nahe, daß sie durch sie behindert worden wären. Woodward wollte, wenn es ernst wurde, seinen Wagen schnell auf die Fahrbahn bringen und die »Sparbüchse« stoppen; das schien jetzt kein Problem mehr zu sein. »Richte dem Delphin einen schönen Gruß aus«, sagte Woodward, »und ich hätte in den letzten Tagen manchmal an seinen Fähigkeiten gezweifelt. Aber jetzt hat er mein volles Vertrauen.«

»Der Delphin wird sich vor Freude nicht zu lassen wissen. Doch er hat mir befohlen, nur das Wichtigste zu melden. Vielleicht wendest du dich an BBC, die bringen jeden Montagabend eine Wunsch- und Grußsendung.«

Für eine Weile hörten sie dann nur die Stimme des Radiosprechers, der kein Hehl daraus machte, daß der kleine englische Läufer Stiles jede Gelegenheit nutzte, mehr oder weniger versteckte Fouls anzubringen. Dann meldete sich der Reporter aus Birmingham: Der Spanier Fuste hatte das erste Tor geschossen und damit den westdeutschen Auswahltorwart Tilkowski zum erstenmal während dieser Meisterschaft überwunden. Nicht viel später fiel auch in London ein Tor; Hunt preschte durch die französische Verteidigung und ließ dem Torwart keine Chance. »Ich glaube«, sagte Grebb, »du freust dich überhaupt nicht über dieses Tor.«

»Keine Zeit dazu.«

In der Halbzeitpause sprachen sie noch einmal mit dem Delphin. In wenigen Minuten würde das Auto mit der Kasseneinnahme abfahren, dann schlug für sie die große Stunde. Grebb versuchte auszurechnen, eine wie große Summe achtzigtausend Zuschauer gezahlt hatten, und wieviel auf ihn kam, wenn man diesen Betrag teilte: Ein Drittel für den Delphin, je ein Viertel für Woodward und ihn, der Rest für Bobby und den bestochenen Fahrer des Kassenautos. Immerhin: Siebzigtausend Pfund dürften für ihn selbst dabei herausspringen; das war mehr, als er jemals auf einen Schlag erbeutet hatte, aber es war natürlich längst nicht mit dem zu vergleichen, was den Posträubern in die Hände gefallen war. Man mußte zufrieden sein und durfte sich nicht durch diesen einmaligen Coup den Kopf verdrehen lassen.

Woodward fragte: »Und du bist sicher, daß uns der Delphin nicht übers Ohr haut?«

»Absolut.«

»Du weißt, wie er heißt?«

»Ich will's gar nicht wissen. Aber er wird ja nicht allein an das Geld 'rankommen. Wir holen es zusammen aus dem Kassenauto heraus, der Fahrer hebt die Hände, mit den beiden Bewachern müssen wir eben fertig werden. Unser Risiko.«

»Auch das des Delphins?«

»Hör mal«, sagte Grebb, »du solltest nicht so verdammt mißtrauisch sein. Der Mann ist vorsichtig, das ist alles. Es hat bei einer solchen Sache keinen Zweck, daß einer den anderen kennt.«

»Er hat dir den Tip gegeben, wie man mich aus dem Knast herausholen kann, dann hat er uns von seinem Telefon aus erst zur Küste und dann nach Birmingham durchgeschmuggelt – schön, das erkenne ich alles an. Aber ich weiß nicht, ob ich nach dieser Geschichte hier noch einmal mit ihm ein Ding drehe.«

In diesem Augenblick meldete sich der Delphin und teilte mit, soeben hätte das Kassenauto das Stadion verlassen. »Ich fahre nach«, hörte Grebb. »Sobald die Sparbüchse an euch vorbeikommt, sprintet ihr los. Alles wie verabredet.«

»In zwei oder drei Minuten ist es soweit«, sagte Grebb und fühlte nach der Pistole in seiner Jackettasche. Woodward würde wieder fahren wie ein Teufel, das Kassenauto stoppen, und dann kam es auf gute Nerven und ein bißchen Glück an. Grebb zuckte zusammen, als dicht neben seinem Ohr an die Scheibe geklopft wurde. Eine ältere Frau stand neben dem Wagen, er kurbelte das Fenster auf und hörte eine energische Stimme, die ihn bat, doch einmal auszusteigen und nach ihrem Wagen zu sehen, sie verstünde nichts davon, bisher hätte sich ihr Sohn darum gekümmert, aber jetzt sei sie allein und ohne das geringste technische Verständnis. »Junger

Mann«, sagte sie zu Grebb in einer Art, die keinen Widerspruch gewöhnt war, »Sie werden eine einsame Frau nicht im Stich lassen.«

»Keine Zeit, Gnädigste. Wir müssen dringend weg, verstehen Sie? Sonst gerne.« Solche Typen konnte er leiden. Ring an jedem Finger, erste Eleganz, und andere konnten sich für sie schmutzig machen. Ihr Gesicht rötete sich, sie fragte noch einmal, diesmal in unverhohlenem Zorn, ob ihr wirklich keiner der beiden jungen Männer helfen wollte, aber Grebb drehte ohne Antwort die Scheibe hoch.

Woodward ließ den Motor an. Sie sahen im Rückspiegel die Dame in den Rolls Royce steigen, gleich darauf näherte sich das Kassenauto in mäßiger Fahrt; der Fahrer wollte offenbar keinen harten Zusammenprall riskieren. »Los jetzt!« sagte Grebb. In dem Augenblick, in dem Woodward den Fuß von der Kupplung nehmen wollte, sprang der Rolls Royce mit einem Ruck an, war plötzlich an ihrer Seite und wurde so scharf gebremst, daß die vordere Stoßstange fast bis aufs Pflaster hinunterfederte. Grebb stieß die Tür auf und schrie zu der Frau hinüber, sie sollte ausbiegen oder zurückfahren, aber sie hob gestikulierend die Hände, ihr Wagen rührte sich keinen Zentimeter mehr, und zwischen ihm und dem Austin, der vor dem Auto der beiden Gangster parkte, blieb nur noch ein Raum von einem knappen Meter. Durch ihn hindurch sahen Grebb und Woodward das Kassenauto vorbeifahren, gefolgt von einem blauen Hillman, sie hörten durch ihr Funksprechgerät den Ruf des Delphins: »Wo bleibt ihr denn!« und konnten nicht von der Stelle, weil eine nervöse Frau hinter dem Steuer ihres Wagens zappelte, weder vor- noch zurückfuhr und ihnen keinen Raum zum Ausbrechen gab. Grebb sprang hinaus, riß die Tür des Rolls Royce auf, griff ins Steuer, versuchte den Wagen zurückzuschieben, aber die Bremsen waren angezogen, die Lady schrie, er möge sich gefälligst nicht an ihrem Wagen vergreifen, Grebb brüllte sie an, sie sollte sich mit ihrem verdammten Karren von der Straße scheren. Inzwischen versuchte Woodward, seinen Wagen nach hinten hinauszubugsieren, aber auch da war wenig Raum, er mußte noch einmal das Steuer einschlagen, aus dem Funksprechgerät hörte er wieder den verzweifelten Ruf: »Kommt doch endlich! Was ist denn los!« Grebb sprang in den Wagen, noch einmal stieß Woodward zurück, kam nicht frei und ließ die Hände sinken. »Aus«, sagte er.

Während die Dame allmählich ihren Wagen flott bekam und davonfuhr, starrten Grebb und Woodward, ohne ein Wort zu sprechen, vor sich hin. In den folgenden Minuten brachen alle ihre seit Monaten aufgespeicherten Hoffnungen zusammen. Das erste, was Woodward sagte, war: »Ich wundere mich jetzt noch, warum ich die Hexe nicht erschossen habe.« Noch einmal fragte der Delphin mit wütender Stimme, warum sie nicht gekommen wären. »Zu spät«, sagte Grebb. »Machst du's allein?«

»Zwecklos. Was seid ihr bloß für Idioten!« Da beugte sich Woodward über das Mikrophon und brüllte: »Du kannst mich am Arsch lecken!« Grebb schwächte sofort ab: »Unser lieber Jesse meint das nicht so.« Dann berichtete er, aus welchem läppischen, blödsinnigen Grund sie nicht freigekommen waren. Für einen Augenblick war es still, dann schien sich der Delphin gefangen zu haben. »Jungs«, sagte er, »ich verspreche euch, wir werden noch während der Weltmeisterschaft unser großes Ding drehen. Ich habe noch einen anderen Pfeil im Köcher.«

»Und jetzt?«

»Den Wagen stehenlassen, zurück ins Körbchen.«

»Wer fährt uns zurück?«

»Ich kann Bobby nicht erreichen. Ihr müßt euch auf die Bahn setzen.«

Nach diesem Gespräch waren Grebb und Woodward so niedergeschlagen, daß sie längere Zeit nicht sprachen. Beide hatten Wochen hindurch diesem Tag entgegengefiebert, hatten ihre Nervenkräfte auf diesen Abend konzentriert, und nun brach durch die krasse Unfähigkeit einer Sonntagsfahrerin alles zusammen. Sie hatten dem Delphin die Vorbereitung überlassen und sich mit der immer wiederholten Beteuerung zufriedengegeben, es sei alles großartig eingefädelt und bedürfe nur noch des beherzten Zupackens. Was bei den ersten beiden Weltmeisterschaftsspielen im Wembley-Stadion so einfach ausgesehen hatte, war nun gescheitert. Noch zwei Spiele würden dort stattfinden, aber sie waren beide ausverkauft. Was hatte der Delphin nun noch vor?

Grebb und Woodward blieben in dem gestohlenen Vanguard sitzen, bis das Spiel zwischen England und Frankreich abgepfiffen wurde und sich die Straßen wieder belebten. England gewann 2:0 und erreichte damit die Runde der letzten acht. Ungarn siegte zur gleichen Stunde über Bulgarien und schaltete damit Brasilien endgültig aus, Westdeutschland riß gegen Spanien das Steuer noch herum und schoß zwei Tore, die zum Gruppensieg langten. Die Sowjetunion schlug Chile und machte damit den Nordkoreanern den Weg frei. Zu jeder anderen Stunde hätten Grebb und Woodward ausgiebig über diese Ergebnisse diskutiert und herauszufinden versucht, wer nun aufeinandertreffen würde, aber das Mißlingen des geplanten Coups raubte ihnen dazu die Lust.

Als die Straßen wieder das gewohnte Bild zeigten, stiegen Grebb und Woodward aus. Verwunderte Blicke richteten sich auf sie, und erst da merkten sie, daß sie noch immer ihre Sonnenbrillen trugen, obwohl es fast Nacht war. Hastig nahmen sie sie ab. Grebb hatte das Funksprechgerät in eine Aktentasche gesteckt, die er unter dem Arm trug. Die andere Hand umklammerte in der Jackettasche die Pistole. Nach einer Weile sagte er leise zu Woodward: »Es ist besser, du gehst zehn Schritt hinter mir. Aber paß auf, daß du mich nicht aus den Augen verlierst.«

Sie stiegen in die U-Bahn, fuhren einige Haltestellen, warteten auf einem Bahnhof auf den Schnellzug nach Birmingham und setzten sich in verschiedene Abteile. Unerkannt erreichten sie am nächsten Morgen ihr Versteck. Ehe sie sich schlafen legten, sagte Woodward: »Vielleicht ist der Delphin bloß ein elender Aufschneider? Eines jedenfalls steht fest: Wenn die Weltmeisterschaft vorbei ist und es hat noch immer nichts geklappt, steige ich aus.«

»Laß das niemanden hören«, warnte Grebb. »Ich glaube, Jane hatte zuerst auch nichts anderes vor.«

Woodward lachte. »Ein bißchen schneller als irgend jemand schieße ich doch noch.«

Varneys Sekretärin spannte einen Bogen in die Maschine und nahm die Personalien von Roger Dowd auf: zweiundzwanzig Jahre alt, Medizinstudent, ledig, wohnhaft im Hause seiner Eltern, ohne Einkommen, mäßiges Taschengeld.

»Und von diesem geringen Betrag«, fragte Varney, »wollen Sie das Bäckerauto bezahlt haben?«

»Ich habe eine Tante, die mir manchmal etwas zusteckt. Und dann habe ich beim Poker hübsch gewonnen. Gegen meinen Freund Farrish.«

Varney ließ den Blick keine Sekunde von Dowd, einem jungen Mann von angenehmem Äußeren, der geschmackvoll gekleidet war, durchdacht antwortete und nicht die geringste Unsicherheit verriet. »Ein Spaß«, beharrte Dowd wie schon einige Male an diesem Nachmittag. »Farrish und andere meiner Freunde fahren durchschnittliche Wagen oft aus zweiter oder dritter Hand. Da wurde mir das Bäckerauto angeboten. Billig obendrein. Viel wert ist es ja nicht.«

»Und Sie haben es mit dem Mord an Jane Hetshop in Verbindung gebracht?«

»Ehrenwort, ich wußte nichts davon. Das Lesen von Kriminalberichten gehört nicht zu meinen Leidenschaften.«

Varney ließ sich noch einmal schildern, wie der Mann ausgesehen hatte, von dem Dowd das Bäckerauto gekauft haben wollte. Etwa fünfundzwanzig Jahre alt, untersetzt, mittelblond, auf dem Rücken des rechten Mittelfingers eine blasse Narbe. Londoner Dialekt, langsame Sprechweise. Die Beschreibung zeugte von genauer Beobachtungsgabe. »Und Sie würden diesen Mann wiedererkennen?«

»Unter tausend heraus.«

»Die Papiere schienen in Ordnung zu sein?«

»Mir fiel nichts auf.«

»Sie sind nur ganz wenig gefälscht, und das sehr geschickt. Dieser Mann hat einmal mit Ihnen telefoniert und einmal mit Ihnen gesprochen. Glauben Sie, daß Sie sich an seine Stimme erinnern, wenn ich sie Ihnen auf Tonband vorspiele?«

»Möglich ist es.«

Varney hatte sich auf diesen Teil der Vernehmung sorgfältig vorbereitet. Den Anruf, bei dem er auf Dowd hingewiesen worden war, hatten die Techniker der Telefonzentrale mitgeschnitten, denselben Text hatte Varney von mehreren Mitarbeitern nachsprechen lassen. Die ersten drei Versionen lehnte Dowd entschieden ab, bei der vierten wurde er unsicher und ließ sie wiederholen. Nachdem Varney auch die sechste Fassung vorgespielt hatte, sagte Dowd: »Wenn er überhaupt dabei war, dann an der vierten Stelle.«

»Er war es«, sagte Varney. »Und nun erzählen Sie bitte genau, was Farrish mit dem Wagenkauf zu tun hat.«

Roger Dowd stöhnte. Das war der einzige Punkt, über den er mit diesem Kommissar keine Einigung erzielte. Wenn ihm nicht endlich geglaubt wurde, kam er nicht mehr zu seinem Seminar zurecht. »Nicht das geringste. Er hat mich nicht animiert, er war nicht dabei, er hat von nichts gewußt. Natürlich habe ich einen

Tag nach dem Kauf meine Errungenschaft vorgeführt. Er hat herzlich gelacht und sich das Vehikel zu einer Probefahrt ausgebeten.«

»Wie lange war er unterwegs?«

»Vielleicht eine halbe Stunde.«

»Wann war das?«

Dowd nannte das Datum. Der Mord an Jane Hetshop war sechs Tage vorher passiert. Wenn es etwas gab, was man näher überdenken sollte, dann war es der Umstand, unter dem Dowd der Wagen angeboten worden war. Dowd gab diesen Vorgang so zu Protokoll: »Bei uns rief eines Abends einer an, der sich Browder oder Boude oder so ähnlich nannte. Er sagte, er hätte gehört, daß ich einen billigen Wagen kaufen wollte. Er könnte mir den Wagen am nächsten Tag zeigen. Ich traf den Mann, wie verabredet, in einer Gaststätte. Der Wagen stand vor der Tür. Wir drehten einige Proberunden und machten den Kauf perfekt.«

»Hat Farrish irgendwelche Feinde?«

»Mir fällt so schnell niemand ein. Ich müßte nachdenken.« Einer von Varneys Assistenten trat leise ein. Er bitte um Entschuldigung, aber da wäre ein wichtiges Telefongespräch. Nachdem Varney ihm ins Nebenzimmer gefolgt war, fügte der Assistent hinzu: »Der verrückte Macintosh. Er behauptet, es wäre etwas so Sensationelles geschehen, daß er es unmöglich mir mitteilen könnte.«

Varney nahm den Hörer ab und nannte seinen Namen. »Sie müssen sofort hierher kommen«, sagte der Makler. »Webster sitzt in meinem Vorzimmer. Vielleicht kann ich ihn noch eine halbe Stunde hinhalten.«

»Ich komme sofort!« rief Varney. Nachdem er aufgelegt hatte, gab er seiner Sekretärin den Auftrag, das Protokoll von Dowds Vernehmung abzuschließen und diesen danach nach Hause zu schikken. Den Assistenten nahm er mit.

Wie immer um diese Zeit war es schwer, mit dem Auto voranzukommen. Varney schlängelte sich durch Seitenstraßen, kam an Macintoshs Haus heran, fand keine Parklücke und wies seinen Begleiter an, den Wagen ein paar Straßen weiter abzustellen. Er lief die Treppe hinauf, klingelte, wartete, wobei ihm das Herz heftig schlug und seine Stirn feucht wurde. Macintosh öffnete selbst; sein großes, gefältetes Gesicht war voller Trauer. »Er war es nicht.«

Varney folgte dem Makler in dessen Büro, fiel auf einen Stuhl, wischte sich den Schweiß ab. »Und ich habe im Yard alles stehen-

und liegenlassen. Bin durch den dicksten Verkehr hindurch, habe immer zwei Stufen auf einmal genommen.«

»Es tut mir furchtbar leid«, sagte Macintosh. »Aber Sie wissen, wie es mit meinem Gedächtnis bestellt ist. Als ich vor fast einer Stunde durchs Vorzimmer ging, sah ich einen Mann sitzen und war sofort sicher: Das ist Webster. Ich bat ihn, kurze Zeit zu warten, dann rief ich Sie an. Kurz darauf ließ ich ihn in mein Zimmer kommen. Dabei stellte sich heraus, daß es nicht Webster war, sondern ein gewisser Peterham, der mir schon einmal ein Mietshaus angeboten hat und dieses Angebot wiederholte. Ich habe Sie sofort verständigen wollen, aber Sie waren schon unterwegs.«

Varney bewegte sich nicht, sprach nicht. Es kam in der letzten Zeit immer häufiger vor, daß ihn eine Enttäuschung so tief deprimierte, daß er danach längere Zeit brauchte, um seinen Arbeitselan wiederzufinden. Jetzt überlegte er, ob es nicht besser wäre, vor seinen Chef hinzutreten und zu bekennen, daß er erledigt war, ausgebrannt, am Ende seiner Kraft. Heute war Freitag, der 22. Juli 1966. Ihm blieben noch eine Woche und zwei Tage, dann würde sich zeigen, ob Sheperdson seine Drohung wahrmachte. Warum nicht diesem Urteil zuvorkommen.

»Ich glaube«, sagte Macintosh leise, »ich habe Sie sehr enttäuscht.«

»Nicht nur Sie. Aber ich werde schon darüber hinwegkommen. Und ich bin sicher: Sie besinnen sich noch, wie dieser Webster aussah. Vielleicht läuft er Ihnen einmal über den Weg? Es gibt solche Zufälle.«

Sie tranken noch eine Tasse Tee, rauchten, sprachen über das Haus in der Luton-Street und über den indischen Professor. Varney fragte: »Und wie hat es Webster begründet, daß er das Haus mietete?«

»Ich glaube überhaupt nicht. Jedenfalls kann ich mich nicht besinnen. Aber Sie wissen ja, wie wenig das besagt.«

»In den nächsten Tagen«, sagte Varney, »werde ich Ihnen einen meiner Leute schicken, der die Fotos aller Londoner mit dem Namen Robert Webster vorlegt. Ich habe wenig Hoffnung, daß der richtige dabei ist, aber wir dürfen keine Chance auslassen.«

Dann verabschiedete sich Varney und fuhr in sein Büro zurück. Er beauftragte den Beamten, der die Verbindung zu Sientrino hielt, diesem mitzuteilen: Betsy Ambrose war mit einigen Pfunden abzufinden; sie wurde fürs erste nicht mehr benötigt.

Spät wie meist in den letzten Tagen kam Varney nach Hause; die Kinder schliefen längst. »Mir scheint«, sagte seine Frau, »du siehst nicht gerade glücklich aus.«

»Ich hatte am Nachmittag eine Viertelstunde, in der ich am liebsten aufgegeben hätte.«

»Solange es nur eine Viertelstunde ist, geht es noch. Ich habe ein Stück Kalbsnierenbraten aufgehoben. Möchtest du?«

»Unbedingt.«

»Dann ist ja das Schlimmste schon wieder vorbei.«

An diesem Sonnabend stand Bicket zeitiger auf als sonst, wischte den Fußboden, rieb die Fensterscheiben blank und stapelte Zigarettenpäckchen in die Regale. Sein erster Kunde war wieder der Bäcker, der es als selbstverständlich bezeichnete, Bicket am Nachmittag bei sich zu sehen: England spielte gegen Argentinien, zur gleichen Zeit fanden drei andere Spiele statt.

Am Abend würde man klüger sein: Dann standen die letzten vier fest.

Kurz vor Mittag trat der Mann in Bickets Laden, der ihm einst ein Steak in den Keller gebracht hatte und sich Bobby nannte. Bicket faßte hinter sich und schob ihm eine Packung Camel über den Tisch. »Du bist sehr aufmerksam«, lobte Bobby. Als er nach den Zigaretten griff, sah Bicket, daß sich eine schmale Narbe über den Mittelfinger der rechten Hand zog. Er beschloß, sich das zu merken; man konnte nie wissen, wie diese Tatsache noch einmal zu verwerten war.

Bobby begann eine belanglose Unterhaltung über Fußball; dann kam er auf Betsy Ambrose zu sprechen, aber Bicket winkte ab: Das war aus und vorbei, er hatte sie hinausgeschmissen, er war nicht der Mann, der sich belügen und betrügen ließ. »Wunderbar«, sagte Bobby. »Da wohnst du also jetzt allein hier? Ich habe dir schon einmal das Angebot gemacht, mir für einige Stunden deinen Laden zu überlassen. Wie wäre das: Ich schenke dir eine Karte für das Endspiel heute in einer Woche. Dafür vergißt du, den Laden abzuschließen. Oder besser. Ich komme, ehe du gehst. Bei deiner Rückkehr ist alles vorbei, und hundert Pfund liegen auf dem Tisch.«

»Ich habe die Nase voll von allen krummen Sachen.«

»Ist doch nicht krumm, zumindest nicht sehr. Und wer will dir was nachweisen?«

Bicket zögerte noch immer. Dabei war er sich jetzt schon im klaren, daß er zusagen würde. Die Karte für das Endspiel lockte, die hundert Pfund würden allerhand Anschaffungen gestatten.

»Wie ich euch kenne«, sagte er, »gebt ihr euch nicht mit kleinen Fischen ab. Dicke Beute für euch und für mich bloß hundert Pfund. Und wo treffe ich dich wieder, wenn du vergißt, das Geld hierzulassen?«

»Ehrenwort«, sagte Bobby.

Bicket seufzte. »Wir machen es so: Wenn ich dir den Schlüssel lasse, übergibst du mir außer den Karten huntertfünfzig Pfund.«

»Bißchen reichlich. Da muß ich erst mit meinem Chef reden. Es kann nämlich sein, daß wir vor unserem kleinen Manöver gar nicht so viel Geld haben.«

Bobby ging, als der nächste Kunde kam, und wie üblich bezahlte er seine Camel nicht. An diesem Tag schwoll gegen Mittag der Käuferstrom an wie immer, wenn ein Spiel im Wembley-Stadion bevorstand. Als der Betrieb in Bickets Laden nachließ, schloß Bikket die Tür und ging hinüber zum Bäcker. Wie schon bei der letzten Übertragung saß außer dem Bäcker auch dessen neuer Untermieter vor dem Apparat, ein junger Mann mit Namen Williamson. Er erlaube sich, eröffnete Williamson, eine Flasche Whisky zur allgemeinen Gemütlichkeit beizusteuern; er entkorkte die Flasche, goß ein, prostete auf den Sieg Englands. Sie sahen ein unschönes, verkrampftes Spiel. Die Engländer verließen sich zu sehr auf ihre Kraft, alle Aktionen waren durchsichtig und einfallslos. Die Argentinier waren technisch überlegen, ließen es aber an Schnelligkeit und Torgefährlichkeit fehlen. Härten schlichen sich ein, und in der 35. Minute kam es zu einer häßlichen Unterbrechung, als ein Argentinier vom Platz gestellt werden sollte und sich minutenlang weigerte, die Anweisung des Schiedsrichters zu befolgen. Bis zu dieser Zeit geschah in Liverpool wahrhaft Sensationelles: Die Nordkoreaner narrten die portugiesische Abwehr, führten 3:0 gegen die Mannschaft, die Brasilien und Ungarn geschlagen hatte! Jubel in der Stube des Bäckers, Jubel jedesmal auf den Rängen im Wembley-Stadion, wenn auf der großen Anzeigetafel ein weiteres Tor der flinken Stürmer aus Ostasien vermerkt wurde. Später schoß Eusebio ein Tor, und kurz vor der Pause verkürzte er auf 2:3.

Bittere Minuten mußten Bicket, der Bäcker und dessen Untermieter noch überstehen, ehe Hurst in der 78. Minute ein Tor für England schoß. Bis zu diesem Zeitpunkt hatte Eusebio zwei weitere Tore für Portugal erzielt, Westdeutschland führte 3:0 gegen Uruguay, die Sowjetunion steuerte einem Sieg über Ungarn entgegen. »Mein Gott«, stöhnte Bicket, »was kostet dieser Tag Nerven! Es war eine glänzende Idee von Ihnen, eine Flasche zu spendieren.«

»Was tut man nicht alles für England«, sagte Williamson.

Westdeutschlands Stürmer Haller schoß noch ein weiteres Tor, die Portugiesen erhöhten auf 5:3, dann endeten in den Stadien von Sheffield, Sunderland, Liverpool und London die Spiele. Noch ehe sich das Fernsehstudio meldete und die weiteren Ansetzungen bekanntgab, hatten Bicket und Williamson herausgefunden, daß nun England gegen Portugal und Westdeutschland gegen die Sowjetunion spielen mußten. »Wir haben«, urteilte der Bäcker, »wahrscheinlich den härtesten Brocken erwischt.«

Es war ziemlich spät, als sich Bicket verabschiedete. Zur gleichen Zeit zog sich Williamson, der Untermieter, in sein Zimmer zurück, nahm einen Kasten aus dem Schrank, klappte ihn auf, schaltete ein Tonband ein und stülpte einen Kopfhörer über. Er hörte leises Knacken: Bicket schloß die Ladentür auf. Von da an bis zum letzten Seufzer des einschlafenden Bicket vernahm Williamson jedes Geräusch. Es war nichts dabei, was wert gewesen wäre, in den Bericht an Varney aufgenommen zu werden.

James Horrocks schob die Entscheidung noch immer hinaus; jetzt war ohnehin keine Gelegenheit, mit seiner Enkelin ein Wort unter vier Augen zu sprechen. Die Familie saß am Abendbrottisch, man aß gebackenen Fisch mit Blumenkohl, man sprach von den Reisevorbereitungen für den Urlaub im August und vom noch immer anhaltenden Seeleutestreik. James Horrocks überlegte dabei, ob er sich an Babettes dringende Bitte halten sollte, nie wieder auch nur mit einem Wort von ihrem ehemaligen Freund zu sprechen. Aber das heutige Ereignis schuf zweifellos eine neue Situation.

Nach dem Essen lockte er sie unter einem Vorwand in den Garten. »Farrish hat mich wieder abgepaßt«, begann er und sah sofort den Zorn in Babettes Augen. »Reg dich nicht auf, Mädchen. Du mußt wissen, Farrish hat höllische Angst. Seine Stimme zitterte. Glaub mir, ich habe manches auszusetzen an dem Bengel, aber in diesem Augenblick tat er mir leid.«

»Mir tut er nicht leid.«

»Vielleicht solltest du alles noch einmal überlegen. Er hat mir gesagt, daß er deine Hilfe in einer ungeheuer wichtigen Sache braucht.« James Horrocks zögerte, seiner Enkelin alles mitzuteilen, dann fügte er hinzu: »Farrish behauptet, es ginge für ihn um Leben oder Tod. Zugegeben, der Junge war schon immer ein bißchen überspannt. Jedenfalls: Er will dich heute um zehn vor dem Gloria-Kino treffen. Du kannst nun tun, was du willst.«

Babette machte sich noch ein wenig im Garten zu schaffen, dann ging sie in ihr Zimmer hinauf und legte sich auf die Couch. Sie war wütend, daß Farrish es gewagt hatte, ihren Großvater erneut für einen Vermittlungsversuch einzuspannen. Aber in gewisser Weise fühlte sie sich auch geschmeichelt, daß Farrish immer und immer wieder ihre Nähe suchte, und allmählich gewann dieses Gefühl die Oberhand. Und: Sie war neugierig. Auf Leben und Tod ging es höchstwahrscheinlich nicht, aber irgendwas Aufregendes mußte geschehen sein.

Gegen halb zehn stand sie auf, kämmte sich, zog eine Jacke über und ging hinunter. Sie wollte nur einen kleinen Bummel machen, erklärte sie ihrer Mutter, um dann besser schlafen zu können.

Farrishs Wagen stand vor dem Eingang des Gloria-Kinos. Sie stieg ein, er sagte: »Ich danke dir sehr, daß du gekommen bist. Wollen wir ein Stück fahren?«

»Bitte nicht. Ich habe ganz wenig Zeit. Was ist passiert?«

Farrish ging direkt auf das Ziel los: »Die Polizei ist hinter mir her. Jawohl, da brauchst du mich gar nicht so zweifelnd anzusehen, ich bilde mir nichts ein. Zwei meiner Freunde sind befragt worden, was sie von mir wissen, einer hat sogar ein paar Stunden im Scotland Yard gesessen. Und heute nachmittag ist mir ein Auto nachgefahren.«

Babette hörte schweigend zu. Sie hielt es für unwahrscheinlich, daß Farrish solche Dinge aus der Luft griff. Aber warum erzählte er ihr das alles? Konnte sie ihm helfen?

»Natürlich«, fuhr er fort, »überlegt man sich in einer derartigen Situation, was man auf dem Kerbholz hat. Trotz gründlichsten Nachdenkens ist mir nur eines eingefallen, was eventuell die Polizei interessieren könnte: Ich habe dich vor einiger Zeit gebeten, mir den Stand einiger Konten zu verraten. Aufforderung zum Bruch des Bankgeheimnisses, zweifellos. Und nun bitte ich dich um eines: Sag mir auf Ehre und Gewissen, ob du davon jemandem etwas erzählt hast. Babette, ich nehme nicht an, daß du zur Polizei gelaufen bist, aber vielleicht hast du zu irgendwem davon gesprochen? Und irgendwie ist es der Polizei zu Ohren gekommen?«

Sie zögerte, dann sagte sie: »Ich habe es meinem Freund erzählt.«

»Dann ist alles klar.« Er krampfte die Hände ums Steuer und legte seine Stirn darauf. »Und natürlich wirst du, wenn du befragt wirst, gegen mich aussagen. Mußt du ja nun.«

Sie ereiferte sich: »Wie kommst du darauf, meinem Großvater zu sagen, es ginge um Leben und Tod? Das ganze ist doch eine Lappalie!«

»Wenn mein Vater davon erfährt, bin ich erledigt. Leben und Tod – du hast recht, darum geht es nicht. Aber um meine Anstellung, meine Prokura, meine Existenz.«

Als Farrish den Kopf hob, sah er zwei Männer auf seinen Wagen zukommen. Ohne daß etwas in ihrem Aussehen oder in ihren Bewegungen darauf gedeutet hätte, wußte er sofort, daß es Polizisten waren, und spürte ein schmerzendes Ziehen in der Magengegend. Einer öffnete die Tür und fragte: »Herr Farrish, Kriminalpolizei. Steigen Sie bitte aus. Und die Dame auch.«

Als Farrish neben dem Wagen stand, sah er zwei weitere Männer auf der anderen Straßenseite; sie kamen langsam herüber. Der Polizist, der die Tür geöffnet hatte, fragte: »Haben Sie eine Schußwaffe bei sich?«

»Ich besitze keine.«

»Und es befindet sich keine im Wagen?«

»Natürlich nicht.«

Der Polizist bückte sich in den Wagen, klappte die Rückenlehne nach vorn und tastete in den dahinter befindlichen schmalen Raum. Er förderte ein Päckchen zutage, das mit einem Lappen umwickelt war, und als er den Lappen auseinanderschlug, sah Babette eine große, schwarze Pistole. Sie stieß einen leisen Schrei aus. Als der Polizist sie fragte, ob ihr diese Waffe gehöre, schüttelte sie entsetzt den Kopf.

Farrish stammelte: »Ich habe diese Pistole nie gesehen.«

Der Polizist ließ sich nicht beeindrucken. »Herr Farrish, ich verhafte Sie wegen Mordverdacht.«

Inspektor Sheperdson erhob sich und kam mit vorgestreckten Händen um den Schreibtisch herum. »Ich gratuliere, Varney. Ich habe mich eben bei unseren Zauberkünstlern im Keller erkundigt. Sie schwören, daß mit dieser Arbogast 22 Mont und die Hetshop erschossen worden sind.«

»Dank für Ihren Glückwunsch.«

»Hat Farrish gestanden?«

»Hoffentlich gesteht er nicht.« Als Varney das Erstaunen auf dem Gesicht seines Chefs sah, fuhr er fort: »Natürlich müssen wir Farrish jetzt pausenlos vernehmen. Farrish ist ein bißchen weich, es könnte sein, daß er, bloß um Ruhe zu haben, erst mal den Mord zugibt und drei Tage später alles widerruft.«

»Sie sind nicht von seiner Schuld überzeugt?«

»Nicht völlig.«

Sheperdsons Gesicht nahm den Ausdruck eines berühmten Arztes an, der davon hört, daß einer seiner Patienten, der schon auf dem Wege der Besserung war, einen Rückfall erlitten hat. »Lieber Varney«, sagte er mit leichtem Vorwurf, »was ist denn das? Auf einmal Zweifel? Dicht vor dem endgültigen Erfolg?«

»Es fehlt noch allerlei dazu. Ich habe mir bisher vorgestellt, daß alles in der Hand oder besser im Kopf eines Mannes zusammenläuft: der Befreiungsversuch, bei dem versehentlich Bicket entkam, der Mord an Mont und der Hetshop, die Befreiung von Woodward, dessen Untertauchen – und für alles das erscheint mir Farrish nicht der richtige Mann.«

»Und was ist mit dessen Freund?«

»Es hängt von den Aussagen von Farrish ab, ob wir Dowd verhaften. Zur Zeit lasse ich Dowd beschatten, damit er uns nicht durch die Lappen geht. Dowd behauptet hartnäckig, das Bäckerauto erst einige Tage nach dem Mord an der Hetshop gekauft zu haben. Bisher konnten wir ihm nichts anderes nachweisen.«

»Wie sind Sie denn darauf gekommen, in Farrishs Wagen nach einer Pistole suchen zu lassen?«

»Ein weiterer anonymer Anruf. Höchstwahrscheinlich von dem Mann, der uns schon auf Dowd aufmerksam gemacht hat.« Das ließ auch Sheperdson an Farrishs Schuld zweifeln. Hier waren offenbar Kräfte im Spiel, die ein Interesse daran hatten, Farrish zu belasten. Um einen Verdacht von sich abzulenken? Aus Rache? »Wie wäre denn das«, mutmaßte er, »die kleine Horrocks will sich an ihrem verflossenen Liebhaber rächen und legt ihm die Pistole hinter die Polster?«

»Aber woher hat sie die? Und es ist ja nicht irgendeine Waffe, sondern die, mit der zwei Menschen erschossen worden sind. Trauen Sie das der Horrocks zu? Oder ihrem Großvater?«

»Wir wollen uns nicht zu sehr auf unsere Menschenkenntnis verlassen.« Er sei von jeher, entwickelte Sheperdson in wohlgeformten Sätzen, ein berühmter Psychognomiker, aber im Laufe seiner Praxis habe er feststellen müssen, daß diese Wissenschaft auf tönernden Füßen stünde. Hinter samtenen Gesichtern und kindlichreinen Augen verberge sich bisweilen das Hirn eines Teufels. Eine der schönsten Frauen, die er je sah, war eine Giftmischerin von Rang und Raffinesse. Zugegeben, im Fall der Babette Horrocks sei er selbst geneigt, an Unschuld zu glauben, aber war nicht im Kriminalistenberuf Wissen dem Glauben hundertfach vorzuziehen?

»Wir haben auch diesen anonymen Anruf auf Tonband aufgenommen«, sagte Varney, nachdem Sheperdson seinen Vortrag beendet hatte. »Ein Mann, offenbar ziemlich jung. Londoner Dialekt, nicht ganz korrekte Sätze, Slangausdrücke. Ich habe das Band heute morgen Dr. Tasburgh vorgespielt. Auch er ist überzeugt: Woodward war es nicht. Leider haben wir niemanden, der Grebb aus jüngerer Zeit kennt.«

»Sie sind also überzeugt, daß der Anruf aus dieser Richtung kommt?«

»Überzeugt nicht, aber ich halte es für möglich.«

Inspektor Sheperdson beendete die Unterredung mit der Bitte, ihn über jede Veränderung auf dem laufenden zu halten und im Fall Farrish außerordentlich korrekt vorzugehen. Vorläufig wäre kein Grund vorhanden, die Untersuchungshaft aufzuheben, aber man müsse damit rechnen, daß Farrish senior Himmel und Hölle in Bewegung setzen würde, um seinen Filius herauszupauken. Selbst wenn es nicht aus väterlicher Liebe geschehen sollte – aber es wäre für kein Unternehmen eine gute Reklame, den Prokuristen und Nachfolger wegen Mordverdacht hinter Gittern zu wissen.

Varney stieg nach dem Gespräch noch einmal in den Keller hinab. Er wollte sichergehen, daß die Waffenspezialisten nicht in der begreiflichen Freude, einen Erfolg vorweisen zu können, kleine Unstimmigkeiten als unwesentlich abgetan hätten. Was er erfuhr, war eindeutig: Die Geschosse, die Mont und die Hetshop getötet hatten, waren unzweifelhaft aus dieser Pistole abgeschossen worden, die modernen Verfahren ließen daran keinen Zweifel.

»Haben Sie bei der erneuten Prüfung Fingerabdrücke gefunden?«

»Nicht die geringsten. Wir haben die Waffe noch einmal auseinandergenommen und jeden Zentimeter untersucht. Auch Fingerabdrücke, die beim Zusammensetzen normalerweise entstehen, sind nicht vorhanden.«

Das allerdings sprach ein wenig zu Farrishs Gunsten. Warum sollte er sich derartige Mühe gegeben haben, alle Spuren zu tilgen, wenn die Pistole doch in seinem Auto lag und ihn auch so im höchsten Maße verdächtig machte?

In der Kantine aß Varney eine Scheibe Brot mit Fleisch, dann ging er wieder hinauf in das Zimmer, in dem Farrish vernommen wurde. »Farrish«, sagte er, »ich habe es Ihnen schon einmal gesagt, und ich wiederhole es, damit Sie später nicht behaupten können, wir hätten Sie nicht korrekt behandelt. Sie können sich zu essen bestellen, was Sie wollen. Sie können Kaffee trinken und rauchen. Sie bekommen alles außer Alkohol.«

Farrish nickte. Er war, so wunderte er sich selbst, nicht erschöpft durch diese Vernehmungen, die nun schon über zwanzig Stunden andauerten. Trotzdem sagte er: »Und wenn ich einfach nicht mehr mitmache?«

»Dazu haben Sie jederzeit das Recht. Nur ziehen Sie dann die Zeit, die Sie in diesem Hause zubringen müssen, selbst in die Länge. Und ich kann mir nicht vorstellen, daß es Ihnen hier besonders gefällt. Außerdem könnte Ihnen ein solches Verhalten vor Gericht angekreidet werden.«

Farrish lächelte schwach. »Im allgemeinen fragen ja Sie hier und Ihre Kollegen. Darf ich auch einmal Fragen stellen?«

»Bitte!«

»Erstens: Halten Sie Fräulein Horrocks noch immer fest? Zweitens: Wie haben Westdeutschland und die Sowjetunion gegeneinander gespielt?«

Nun lächelte auch Varney. »Auf die erste Frage muß ich Ihnen jede Antwort verweigern. Zur zweiten: Westdeutschland hat gewonnen. Wenn unsere Leute Portugal schlagen, heißt das Endspiel also England–Westdeutschland.«

»Und Weltmeister werden wir.«

Varney hatte nach den ersten Stunden der Vernehmung nicht geglaubt, daß Farrish um diese Zeit noch nach einem Fußballergebnis fragen würde. Farrish war verstört gewesen, einmal hatte er fast geweint. Jetzt aber schien er sich damit abgefunden zu haben, hier sitzen und immer wieder die gleichen Fragen beantworten zu müssen. »Nun noch einmal: Wie war es mit dem Wagen, der Ihnen nachfuhr?«

Farrish stöhnte. »Also zum zehnten Mal: Ich war mit meinem Wagen in der City; ich hatte eine Besprechung im Hotel Collins. Als ich anfuhr, startete hinter mir ein blauer Hillman. Mir wurde das erst bewußt, als dieser Hillman an der nächsten Straßenkreuzung fast einen anderen Wagen gerammt hätte, nur um hinter mir zu bleiben. Da dachte ich: Den hast du ja schon gesehen, der parkte ja schon bei Collins. Sie wissen ja, wie so was manchmal ist. Dann blieb der Hillman hinter mir bis fast nach Tottenham hinauf.«

»Wer saß darin?«

»Ein Mann, sonst niemand. Ich dachte mir: Einer von der Polizei und wurde schon wütend. Dann habe ich ein paar Versuche gemacht, um sicherzugehen. Ich bin langsam gefahren, schnell, in eine Seitenstraße hinein. Immer kam mir der Bursche nach. Dann habe ich vor Bornes Geschäft in der Wildhouse-Street in Tottenham gehalten. Der Hillman fuhr vorbei und kurvte um die nächste Ecke.«

»Wann war das?«

»Kurz nach sechs.«

Varney rechnete nach. Wenn Farrishs Angaben stimmten, dann war folgende Kombination zu dessen Gunsten möglich: Der Mann, der ihm nachgefahren war, hatte sich an Farrishs Wagen herangemacht, ihn geöffnet und die Pistole hinter dem Polster versteckt. Dann hatte er Scotland Yard angerufen und den Rat gegeben, doch einmal in Farrishs Auto nachzuschauen. Zeitlich war das möglich: Der Anruf war zwölf Minuten nach sieben Uhr erfolgt. »Wie lange waren Sie bei Bornes?«

»Bis kurz vor acht. Dann bin ich nach Hause gefahren, habe gegessen und bin gegen neun Uhr wieder fort, diesmal nach Hertford. Und dort haben Sie mich dann verhaften lassen.«

Eines war sicher: Niemand von Scotland Yard hatte an diesem Abend den Auftrag gehabt, Farrish zu beobachten. Varney hielt es für angebracht, einen höhnischen Ton anzuschlagen: »Farrish, nun halten Sie uns doch nicht für so dumm. Der große Unbekannte verfolgte Sie und schmuggelte die Mordwaffe in Ihren Wagen. Nun sagen Sie doch mal selbst: Ist das nicht alles reichlich billig? Sie sind ein intelligenter junger Mann in leitender Stellung und bieten uns solchen Schmarren an. Wollen Sie nicht endlich auspacken?«

Farrish beharrte: »Es gibt nichts auszupacken.« Plötzlich überfiel ihn eine solche Müdigkeit, daß sich seine Kehle verengte und ein solcher Druck auf seinen Lidern lastete, daß er nicht dagegen ankam. Wie durch eine Gummiwand hindurch hörte er Varneys Stimme, er solle nun endlich die Wahrheit sagen, dann könnte Varney auch dafür sorgen, daß ins Protokoll hineingeschrieben würde, Farrish hätte sofort und ohne Drängen ein umfassendes Geständnis abgelegt. So etwas machte den besten Eindruck. Alles das erreichte Farrish kaum noch. Er kippte nach vorn, riß die Augen auf, legte die Arme auf den Tisch und den Kopf darauf.

»Schluß mit der Vernehmung«, sagte Varney zu seinen beiden Kollegen und der Protokollantin. »Der Haftbefehl wird aufrechterhalten.«

Am Nachmittag dieses Tages führte Varney ein Gespräch mit Williamson. Er ließ sich über alles berichten, was in den letzten beiden Tagen in Bickets Laden vor sich gegangen war, und hörte sich das Band an mit dem entscheidenden Gespräch zwischen Bicket und dem Mann, der ihm hundert Pfund geboten hatte. Von einem kleinen Manöver war da die Rede und von einem Chef, der gefragt werden mußte, ehe dieser Betrag erhöht werden konnte. »Dicke Beute für euch«, sagte Bicket und: »Na, eine Firma wie eure!«

Varney fragte: »Haben Sie den Mann gesehen?«

»Ich bin nach Beendigung des Gesprächs sofort auf die Straße hinaus. Er scheint nicht älter als fünfundzwanzig zu sein, ist mittelgroß, untersetzt. Er stieg in einen blauen Hillman. Die Nummer war erst verdeckt durch einen anderen parkenden Wagen, dann fuhr er so rasch an, daß ich sie nicht erkennen konnte.«

»Bleiben Sie am Mann«, sagte Varney. »Ich hoffe bloß, daß die kleinen Richtfunksender an den Mikrophonen nicht ausfallen; wir haben damit schon einmal Ärger gehabt. Und noch eins: Ihre Arbeit ist jetzt so wichtig, daß ich jederzeit, wenn Sie es für nötig halten, für Sie zu sprechen bin. Sie haben die Pflicht und das Recht, mich aus jeder Sitzung und sogar aus dem Bett herauszuholen.«

Nachdem Williamson gegangen war, wurde ein Rechtsanwalt angemeldet, Dr. Corft, ein bekannter Mann, energisch, ein glänzender Redner, nicht billig; man sagte ihm nach, daß er bei der nächsten Wahl als Unterhauskandidat der Konservativen Partei vorgesehen wäre. Er wies eine Vollmacht von Farrish senior vor, die

Interessen von dessen Sohn zu vertreten. Das Gespräch, das Varney mit Dr. Corft führte, war kurz und sachlich wie zwischen Männern, die sich in ihrem Beruf auskennen und wissen, daß sie ihrem Partner nichts vormachen können. »Die Vernehmungsprotokolle sind jederzeit einzusehen«, sagte Varney. »Sie werden gerade abgetippt, in einer Stunde sind sie fertig. Wenn Sie es eilig haben, können Sie sogar der Stenotypistin über die Schulter schaun.« Dann unterrichtete er den Anwalt in kurzen Zügen, was dem jungen Farrish vorzuwerfen war. »Wenn der Staatsanwalt im jetzigen Augenblick die Anklage erheben würde, hätten Sie eine wunderbare Gelegenheit, alle Register Ihres Könnens zu ziehen und den Unglücksraben mit Bravour herauszupauken. Im Vertrauen: Ich hoffe, daß Farrish in wenigen Tagen ein freier Mann sein wird. Wahrscheinlich ersparen Sie sich unnütze Arbeit, wenn Sie sich nicht sofort mit ganzer Kraft in diesen Fall hineinstürzen.« Dr. Croft bedankte sich für diesen Hinweis und verabschiedete sich.

An diesem Abend sah Varney am Fernsehapparat das Spiel der Engländer gegen die Portugiesen; er erlebte traumhaft schönen, überaus fairen Fußball und den Sieg seiner Mannschaft über einen kaum weniger großartigen Gegner. Bobby Charlton führte Regie im Mittelfeld und trieb seine Sturmspitzen nach vorn, auf der anderen Seite beschworen Eusebio und Torres gefährliche Situationen herauf, aber die englische Abwehr beherrschte ihre Gegner besonders im Kopfballduell, und damit machte sie deren gefährlichste Waffe stumpf. Hunderttausend Zuschauer auf den Rängen sangen: »When the Saints go marching in«, jubelten, klatschten und feierten zum Abschluß ihre Mannschaft als den glücklichen Sieger. Dieses Spiel war die beste Werbung, die für den Fußballsport möglich war.

Varneys letzter Gedanke vor dem Einschlafen war der: Die Weltmeisterschaft dauerte noch vier Tage, dieser Monat noch fünf. In fünf Tagen mußte er seinen Fall geklärt haben. In dieser Minute zweifelte er nicht daran, daß es möglich sein müßte.

Am Morgen des 30. Juli 1966, einem Sonnabend, erwachte Bicket mit den gleichen Gedanken wie Millionen und aber Millionen auf der ganzen Welt: An diesem Tag würde die Weltmeisterschaft entschieden werden. Dazu dachte er noch: Hoffentlich bringt Bobby die Eintrittskarte, und hoffentlich verdiene ich ein bißchen mehr als hundert Pfund. Alle guten Vorsätze, sich aus krummen Sachen herauszuhalten, waren verflogen, und verschwunden waren auch die ängstlichen Gedanken der Tage vorher. Die Freude, das Endspiel sehen zu können, unterdrückte alles andere.

Gegen neun Uhr kam Bobby. Er ließ sich eine Schachtel Camel geben, brannte sich eine Zigarette an, wartete, bis er mit Bicket allein war. Dann schob er ihm die Karte hin und sagte: »Ich komme kurz nach eins. Du verschwindest dann, nicht wahr? Wenn das Spiel vorbei ist, trinkst du irgendwo noch ein Bier. Hier hast du fünf Pfund als Anzahlung.«

»Bleibt es bei den hundertfünfzig Pfund?«

»Der Chef hat zugestimmt. Vor neun Uhr abends brauchst du nicht zurückzukommen.«

»Und wenn's schiefgeht: Ich habe nichts mit der Sache zu tun.«

Dieses Gespräch hielt Williamson, des Bäckers Untermieter, für so wichtig, daß er sofort Varney anrief. »Derselbe Mann, dasselbe Angebot. Heute wird es ernst.«

»Ich werde ab zwölf Uhr bei Ihnen sein.«

Um diese Zeit staunte der Bäcker nicht wenig, als sein Untermieter zu ihm sagte: »Darf ich Ihnen Kommissar Varney von Scotland Yard vorstellen? Übrigens: Ich bin selbst Mitarbeiter des Yard.«

»Wir werden«, erklärte Varney behutsam, »Ihre Wohnung und Ihren Laden heute nachmittag in ein kleines Heerlager verwandeln müssen.«

Der Bäcker riß die Augen auf. »Ich habe immer geglaubt, so was gibt's nur im Kino.«

Varney bat den Bäcker, die Wohnung vorerst nicht zu verlassen, und beruhigte dessen Frau, es würde in ihrer Wohnung auf keinen Fall geschossen werden, niemand würde eine Bombe werfen, und sie brauchte sich weder um sich noch um ihre Möbel und Vasen zu sorgen. Nach und nach schwand die Angst der Bäckersfrau; sie fühlte sich sogar geschmeichelt, einen echten Kommissar des echten Scotland Yard vor sich zu haben, der obendrein so ausgezeichnete Umgangsformen bewies. Sie setzte Teewasser auf und fragte, was die Herren zu essen wünschten, einen kleinen Imbiß doch wenigstens. »Ich werde es schon machen!« rief sie, als Varney beteuerte, er hätte soeben erst gegessen, und eilte in die Küche. Nach einer Viertelstunde kehrte sie mit einer Platte mit Ei, Schinken, Salat und Weißbrot zurück und plazierte sie zwischen Varney und Williamson, die inzwischen am Fenster Posten bezogen hatten.

Sie tat so, als wäre sie böse auf Williamson, weil er sie länger als eine Woche hinters Licht geführt hatte, aber Williamson entschuldigte sich so zerknirscht, daß sie ihre Rolle nicht länger aufrechterhalten konnte. So kam es, daß die beiden Kriminalisten, während sie hinter den Gardinen lauerten, die angenehme Nebenaufgabe hatten, ein überaus reichliches Lunch zu sich zu nehmen und einen ausgezeichneten Ceylontee zu trinken.

»Nicht immer«, lobte Varney, »fing ich Gangster unter solch lukullischen Umständen.«

»Dieser da«, sagte Williamson kurz nach ein Uhr und wies auf einen untersetzten Mann in einem hellen Jackett, »ist der Bursche.« Er drehte den Kurzwellenempfänger, der neben ihm stand, voll auf und reichte seinem Chef einen Kopfhörer. Während das Tonbandgerät zu laufen begann, hörte Varney die Türglocke drüben in Bickets Laden und gleich darauf folgenden Dialog:

»Alles so, wie wir's besprochen haben. Komm nicht zu zeitig zurück.«

»Das Geld legt ihr am besten da in die Zigarrenkiste.«

»Klarer Fall. Wir werden uns nicht so bald wiedersehen. Alles Gute. Und viel Spaß beim Spiel.«

Wieder läutete die Glocke, dann sahen Varney und Williamson, wie Bicket den Laden verließ und zwischen den Menschen verschwand, die dem Wembley-Stadion zustrebten. Hin und wieder klinkte jemand an Bickets Tür, aber die war jetzt verschlossen. Kurz vor zwei sagte Varney überrascht: »Kennen Sie den da, den Kleinen?«

»Der neben der Ladentür steht? Nicht das ich wüßte.«

»Das ist Oakins, Londons kleinster Privatdetektiv. Ich möchte bloß wissen, was der jetzt hier herumzulungern hat.«

Als wenige Minuten später ein auffällig großer Mann die Klinke an Bickets Ladentür niederdrückte, ging diese überraschenderweise auf. Mit zwei raschen Schritten war Oakins an der Tür und schlüpfte neben dem Hünen hinein. Varney hörte, wie der Mann, der Bicket die Karte fürs Wembley-Stadion gegeben hatte, fragte:

»Sie wünschen?«

»Ich möchte Herrn Bicket sprechen«, antwortete Oakins.

»Der ist nicht da.«

»Wissen Sie, wann er wiederkommt?«

»Keine Ahnung.«

»Dann möchte ich auf ihn warten. Ich bin nämlich mit ihm verabredet.«

Varney war wütend. Das sah dem Gernegroß ähnlich. Man hatte ihm den kleinen Finger geboten, nun nahm er mehr als die ganze Hand, drängte sich in einen Fall hinein, der ihn nichts anging. Vielleicht machte er die Bande argwöhnisch, verscheuchte sie, und dann war alle Mühe umsonst gewesen. Varney malte sich allerlei Vergeltungsmaßnahmen aus, mit denen er Oakins strafen wollte, bis hin zu dem härtesten Schlag, nämlich dafür zu sorgen, daß ihm die Lizenz entzogen wurde. Gerade als er das erwog, hörte er:

»Hier können Sie nicht warten, ich gehe auch bald.«

»Wo ist denn Herr Bicket?«

Wieder ging jemand auf die Tür zu, wieder wurde die Klinke niedergedrückt, in diesem Augenblick hörte Varney einen dumpfen Schlag, ein leises Stöhnen, einen Fall. »Gib ihm noch ein Ding«, sagte jemand. Was kriecht die Kröte hier herum. Noch eins!«

»Was ist denn hier los?«

»Irgendso ein kleiner Pinscher. Jesse hat ihn fertiggemacht. Wo schmeißen wir die halbe Portion hin?«

»Am besten ins Hinterzimmer. Und schön verpacken.«

»Und wenn er später quatscht?«

»Soll der Delphin entscheiden, was mit ihm werden soll.«

Eine Weile war es still, dann sagte einer der drei, wahrscheinlich der, der zuletzt gekommen war: »Jungs, ich habe noch einmal mit dem Delphin gesprochen. Es ist alles sonnenklar, und diesmal klappt es, darauf könnt ihr euch verlassen. Kurz vor drei wird er uns die erste Anweisung geben. Der Wagen fährt hier durch die Straße, wir machen kurzen Prozeß und türmen durch den Laden und durch die Höfe. Auf der anderen Seite steht ein Auto.«

»Das letzte Ding war auch großartig vorbereitet, und was war dann?«

»Jesse, nun fang nicht wieder damit an!«

Varney verstand jedes Wort. Jesse, das war Jesse Wooodward, und wo der war, war Grebb nicht weit. Wer war der dritte Mann? Und vor allem, wer war dieser sagenhafte Delphin, der Mörder der Hetshop, und wo hielt er sich jetzt auf?

»Greifen wir zu?« fragte Williamson.

»Ich möchte gern, daß der Delphin noch hinzukommt.«

Im Nebenzimmer schaltete der Bäcker den Fernsehapparat ein; leise schloß er die Tür, um die beiden Detektive nicht zu stören.

Varney vermutete, daß die beiden jungen Männer, die er mit hierher genommen hatte, ihren Chef und ihren Beruf in diesem Augenblick verfluchten, da sie vom Spiel der Spiele ausgeschlossen
waren. Einer saß im Flur neben dem Telefon, ein anderer wartete
an der Haustür, um jeden Augenblick auf die Straße hinausstürzen
zu können. Durch die Tür drang die Stimme des Kommentators;
Varney hörte die Namen einiger westdeutscher Spieler: Tilkowski, Weber, Schnellinger, Beckenbauer, Haller, Held, Seeler.
Der Anpfiff mußte schon erfolgt sein, eine Beifallswoge brandete
auf. Da trat der Mann herein, der das Telefon bewachte, und sagte:
»Herr Macintosh möchte Sie unbedingt sprechen.«
Varney streifte den Kopfhörer ab und ging hinaus in den Flur.
Nachdem er sich gemeldet hatte, hörte er die aufgeregte Stimme
des Maklers: »Ich versuche schon seit zehn Minuten, Sie zu errei-
chen. Ihre Dame im Yard war nicht sehr beweglich. Hören Sie: Ich
habe vor einer Viertelstunde Webster gesehen.«
»Wo sind Sie denn?«
»Im Wembley-Stadion. Webster ist vor mir die Treppe hinaufge-
gangen. Ehe ich durch die Menge an ihn heran konnte, ist er ver-
schwunden.«
»Und wenn Sie sich wieder irren?«
»Diesmal nicht«, schrie Macintosh. »Ich bin absolut sicher. Sie
müssen unbedingt hierher kommen!«
Was war in dieser Situation wichtiger? Da drüben saßen Woodward und vermutlich auch Grebb, und selbst wenn sich Macintosh
ausnahmsweise nicht von seinem Gedächtnis hatte narren lassen:
Wie sollte man Webster unter den hunderttausend herausfinden?
Einige Sekunden zögerte Varney, dann entschied er: »Ich komme
sofort. Wo kann ich Sie treffen?«
»Am Eingang B.«
Die Anweisungen, die Varney seinen Leuten noch gab, beschränk-
ten sich auf wenige Sätze; Williamson würde das meiste selbständig entscheiden müssen. Bis zur nächsten Straßenecke ging Varney
in normalem Tempo, dann, als er von Bickets Laden aus nicht
mehr gesehen werden konnte, setzte er sich in Trab. Je weiter er
kam, desto mehr waren die Straßen von parkenden Autos verstopft. Vor einer Polizeikette mußte er seinen Ausweis zeigen,
rannte weiter, sah zwischen Häusern hindurch die ragende Mauer
des Stadions, hörte einen Schrei aus hunderttausend Kehlen,
rannte, daß ihm der Schweiß aus den Poren drang und seine Knie

schwer wurden. Er besann sich nicht, wann er zum letzten Mal eine solche Strecke in einem solchen Tempo hatte zurücklegen müssen, verfluchte Zigaretten, Tee, Auto, sah schon den Eingang B vor sich, taumelte, fiel in Schritt. Er zog den Schlips herunter, knöpfte das Hemd auf. Wieder mußte er seinen Ausweis zeigen, hörte, in diesem Fall müßte er eine besondere Bescheinigung besitzen, schob den verdutzten Mann beiseite. Macintosh kam ihm entgegen, hochroten Gesichts, faßte ihn am Arm, sprach auf ihn ein, schwor, drängte, gestikulierte.

»Wohin ist er gegangen?«

»Diese Treppe hinauf.«

Varney rannte nach oben, kam an einen Durchgang, stand plötzlich dem weiten Kessel gegenüber, sah unter sich den berühmten Rasen und neben sich und über sich Kopf an Kopf die Menge.

»Wie wollen Sie hier Ihren Mann finden?«

Unten gab es einen Freistoß für die Westdeutschen; Stiles hatte Seeler hart attackiert. Wie gewöhnlich geizte Stiles nicht mit Gesten, die andeuten sollten, daß er sich nicht der geringsten Schuld bewußt war, daß er überhaupt nicht verstand, was man eigentlich von ihm wollte. Dies alles sah Varney, ohne es voll in sich aufzunehmen. Noch einmal fragte er: »Wie wollen Sie hier Ihren Mann finden?«

In dieser Minute ging Grebb in das Stübchen hinter Bickets Laden; er beugte sich zu Oakins hinab, um zu sehen, ob sich der kleine Mann schon von Woodwards Schlägen erholt hatte. Der Knebel saß fest, die Stricke, mit denen Oakins gefesselt war, hatten sich nicht gelockert. Oakins hielt die Augen geschlossen, aber das konnte Täuschung sein. Es würde nichts schaden, diesem Mann noch eine Decke über den Kopf zu legen, damit er nichts von dem hören konnte, was vorn im Laden gesprochen wurde. Sorgsam wickelte Grebb den Kopf des Detektivs ein.

Grebb ging zurück und schloß die Tür hinter sich. Soeben sagte Woodward: »Mein Entschluß steht fest. Ich lasse mir vom Delphin meinen Anteil auszahlen, dann mache ich mich selbständig. Ich hab' das alles satt: einmaliger Schlag, glänzende Vorbereitung, kaum ein Risiko. Wir haben es ja erlebt: Eine unerwartete Reaktion einer alten Schachtel, und schon bricht alles zusammen. Und was wir heute erbeuten werden, ist wirklich nicht toll.«

»Ihr seid alle durch die Posträuber verwöhnt«, widersprach Grebb. »So was gibt es alle hundert Jahre nur einmal.«

»Und warum«, fragte Woodward gereizt, »spielt sich dann der Delphin auf, als wäre er besser als die Posträuber?«

Grebb gab klein bei. »Man wird heute abend oder morgen die Sache noch einmal durchsprechen müssen. Was wir heute machen, ist nicht das, was sich der Delphin vorgestellt hat. Ich glaube, er ist auch ein bißchen kleinlaut geworden.«

Bobby beteiligte sich nicht an dieser Unterhaltung. Er hatte einen Stuhl an den Ladentisch gezogen und sich rittlings daraufgesetzt. Vor ihm standen das Sprechfunkgerät und ein Transistorenradio. Drüben im Wembley-Stadion begannen eben die letzten zehn Minuten vor der Halbzeit. Es stand 1 : 1, England hatte ausgeglichen. Wenn diese zehn Minuten vorbei waren, würde es für ihn interessant werden, dann waren weitere Anweisungen des Chefs zu erwarten. »Jungs«, sagte er, »streitet euch jetzt nicht. Denkt mal daran: Als ich euch zur Celtic-Bank fuhr, fiel kein Wort. Da waren wir uns alle einig. Und dann lief es ab wie am Schnürchen.«

»Ich hätte mir das alles denken können«, maulte Woodward weiter. »Ein Eierkopf will klüger sein als wir alten Praktiker. Und wie ist das: Riskiert der Delphin heute eigentlich was? Oder müssen wir alles machen?«

Grebb konnte sich nur mühsam beherrschen. »Jesse, nun halte endlich das Maul. Mußt du uns denn mit Gewalt die Nerven kaputtmachen?«

In diesem Augenblick hatte Varney eine Idee. »Kommen Sie mit«, sagte er hastig zu Macintosh und rannte die Treppe hinunter. Er verlief sich in einem Gang, mußte umkehren, stand dann vor der Kabine der Fernsehoperateure. Er wurde eingelassen, zeigte seinen Ausweis, stieß hervor, was er wollte. Ein junger Mann hörte ihm mit aufmerksamem Gesicht zu, verstand zu Varneys Überraschung sofort. »Wir haben eine Reserve-Kamera«, sagte er. »Allerdings kann es sein, daß sie plötzlich gebraucht wird. Dann muß ich umschalten. Sie ist nicht das letzte Modell, aber für Ihre Zwecke genügt sie. Block B, das trifft sich günstig.« Währenddessen richtete er die Kamera auf diesen Block, Macintosh hockte sich hinter das Okular, sah, wie der Block scheinbar auf ihn zukam, erkannte Augen, Münder weit drüben auf der anderen Seite des Stadions, sagte: »Gut so, ja.« Der Techniker ließ die Kamera wandern über die Ränge des Blockes B. Sitzreihe für Sitzreihe, und Varney stand dabei und kämpfte beharrlich den

Argwohn nieder, Macintosh könnte sich auch diesmal geirrt haben. »Es ist großartig«, sagte er zu dem jungen Techniker, »daß Sie so schnell begriffen haben, was ich will, und daß Sie keine Angst haben, irgendwelche Kompetenzen zu überschreiten.«

»Mir ist eine Menge Zeug verboten«, sagte der Techniker. »Aber dieser Fall ist in meinem Kontrakt mit BBC nicht vorgesehen. Verbrecherjagd mit der Gummilinse – haben Sie je davon gehört? Agatha Christie würde erblassen vor Neid.«

Die Hunderttausend sangen wieder: »When the Saints go marching in.« Varney beugte sich vor, sah einen englischen Stürmer an der Außenlinie vorpreschen, ein blonder Abwehrspieler schob den Ball ins Aus. Das war Schnellinger, Varney erkannte ihn, er kannte alle da unten, wie Millionen sie kannten. Aber alles, was da geschah, war für ihn im Augenblick völlig unwesentlich; er überlegte, wie lange er es verantworten könnte, hier zu warten, er fragte den Fernsehtechniker, ob man von hier aus telefonieren könnte, und erwog, schnell einmal in der Wohnung des Bäckers anzufragen, was inzwischen in Bickets Laden geschehen war. Da rief Macintosh: »Stop«, und nach einigen Sekunden, die Varney wie Ewigkeiten erschienen, fügte er hinzu: »Da sitzt Webster. Links neben der Frau mit der hellen Bluse.«

Varney schob ihn beiseite, sah, erschrak, fragte noch einmal: »Der Mann mit der dunklen Krawatte? Der sich jetzt ans Kinn faßt?«

»Das sehen im Augenblick nur Sie. Aber es gibt dort nur eine Frau in einer hellen Bluse. Und der Mann links, das ist Webster.«

»Menschenskind. Sie wissen ja gar nicht, was Sie jetzt sagen!«

Unten auf dem Rasen ertönte der Halbzeitpfiff. Varney sah, wie der Mann, den Macintosh als Webster bezeichnete, aufstand, sich durch die Reihe schob, eine Treppe hinaufging. Varney stieß Macintosh fast um, als er von der Kamera weg zur Tür rannte. Er wollte so schnell wie möglich hinüber zu Block B, ehe die Gänge verstopft waren, er sah die großen Buchstaben an der Treppe H, G, F. Dort stauten sich vor einem Getränkestand die Menschen, er drängte sich hindurch, wurde beschimpft, kam frei, E, D, B – er blickte die Treppe hinauf und hinunter, wandte sich auf gut Glück nach links, sah den Ausgang von einem Fenster aus, und auf diesen Ausgang ging der Mann zu, den er verfolgte.

Varney sah ihn wieder, als dieser hundert Meter vom Stadion entfernt seine Aktentasche auf ein Fenstersims stellte, sie öffnete und sich so tief über sie beugte, als suchte er etwas auf ihrem Grund. Varney bückte sich und beobachtete durch die Fenster eines Autos hindurch. Es schien ihm, als spräche dieser Mann in die Tasche hinein, als verharrte er reglos und spräche dann wieder. Er wartete an einer Straßenecke, stellte wieder die Tasche ab, beugte sich über sie. Varney folgte, wobei er sich bemühte, ständig durch parkende Autos gedeckt zu sein. Aber der Mann, den Varney verfolgte, schaute sich nicht um.

Allmählich näherten sie sich der Beckerly-Street. Hier parkten keine Autos. Auch sie lag ruhig und leer wie alle Straßen in diesem Viertel, wie in allen Städten Englands und Westdeutschlands, wo die Menschen jetzt hinter den Fernsehapparaten saßen, und nicht viel anders würde es im übrigen Europa sein. Varney sah, wie der Mann an der Ecke der Beckerly-Street zum dritten Mal seine Tasche öffnete. Weit am Ende der Straße tauchte jetzt ein Wagen auf. Diesmal sah Varney deutlich, wie der Mann in seine Tasche hineinsprach. Langsam, jetzt kaum noch gedeckt, ging Varney auf ihn zu.

In diesem Augenblick bog ein Personenwagen aus einer Seitenstraße, stellte sich quer, blockierte die Fahrbahn. Aus Bickets Laden rannten zwei maskierte Männer heraus, Pistolen in den Händen, aber im gleichen Augenblick wurde die Tür des Bäckerladens aufgestoßen, und Williamson schrie so laut, daß es bis zu Varney zu hören war: »Hände hoch! Grebb und Woodward, machen Sie keinen Unsinn!«

Varney war inzwischen auf wenige Schritte an den Mann mit der Aktentasche herangekommen. Dieser wandte sich rasch um, wollte zurückrennen, sah sich plötzlich Varney gegenüber. Sein Gesicht verzerrte sich vor Schreck und Zorn. Varney sagte: »Geben Sie auf, Dr. Tasburgh!«

Fassungslos ließ Dr. Tasburgh die Tasche fallen.

Am nächsten Morgen, am Sonntag, dem 31. Juli 1966, klingelte Varney um elf Uhr an der Wohnungstür seines Chefs. Er entschuldigte sich bei der Dame des Hauses, daß er ohne Blumen kam und obendrein im Straßenanzug.

Sheperdson trat auf den Korridor, in einer Hausjacke, grobe Schotten, weich, wollig, eine Pfeife in der Hand. Wenn Sheperdson eine solche Jacke trug, dann beschäftigte er sich, daran zweifelte Varney keinen Augenblick, mit Büchern, hatte Folianten aufgeschlagen, kramte in Zettelkästen. »Ich danke Ihnen sehr, daß Sie die Mühe des Wegs nicht gescheut haben«, sagte Sheperdson und führte seinen Gast in die Bibliothek. »In meinem Alter verläßt man sonntags nicht gern seine Behausung.«

»Um so weniger, wenn sie so behaglich eingerichtet ist.« Varney hatte sich nicht getäuscht. Landkarten und Bücher lagen auf dem Tisch, ein Bogen war in die Schreibmaschine gespannt.

»Ich studiere ein wenig die Geschichte der britischen Luftabwehr im ersten Weltkrieg«, erklärte Sheperdson, »doch das ist im Augenblick unwichtig.« Mit einer Handbewegung, die um eine wohlabgemessene Nuance jovialer ausfiel, als Varney sie bisher an Sheperdson kannte, lud dieser zum Platznehmen ein. »Ich war sehr froh, als Sie mir gestern abend den Erfolg meldeten. Wie ist es weitergegangen?«

»Wir haben Dr. Tashburgh die ganze Nacht hindurch vernommen, ihn Grebb gegenübergestellt, ihm die Tonbänder der Unterhaltung in Bickets Laden vorgespielt. Zuerst stritt er alles ab, nach und nach, als Grebb alle Schuld auf ihn abzuwälzen versuchte, verstrickte er sich. Vor einer Stunde hat er ein volles Geständnis unterschrieben.« Varney zog es aus seiner Aktentasche und reichte es seinem Chef hin. »Dr. Tasburgh«, fuhr er fort, »ist ein Mann, der mit Gewalt nach oben kommen wollte, nachdem ihm seine Erbschaft einen kleinen Vorgeschmack gegeben hatte, wie süß das süße Leben sein kann. Weltreise, schöne Frauen, schnelle Autos, Elefantenjagd in Uganda – unsere Filme und Illustrierten haben ja nicht mit Anregungen gegeizt. Er wollte den großen Coup der Posträuber wiederholen und sich mit einem Schlag gesundstoßen.«

Sheperdson blätterte im Vernehmungsprotokoll. »Donnerwetter«, sagte er, »Sie selbst haben Dr. Tasburgh einen Tip gegeben?«

»Tatsächlich ist es so. In seiner Gegenwart fragte ich Direktor Carmecheel, ob er Bilder von Grebb besitze, und ließ überflüssigerweise die Bemerkung fallen, Grebb hielte sich vermutlich in einer bestimmten Gegend Spaniens auf. Dr. Tasburgh übernahm es, die Bilder kopieren zu lassen, und behielt von jedem einen Abzug für sich. Dann ließ er sich unter dem Vorwand, er müßte an der Universität von Brüssel einige Materialien einsehen, einen Urlaub von einer Woche geben. Er fuhr nach Spanien, fand tatsächlich Grebb und machte ihm den Vorschlag, unter seiner Leitung einen großen Schlag zu führen. Grebb, der am Ende seiner Mittel war, machte die Mitarbeit davon abhängig, daß Dr. Tasburgh seine Fähigkeiten zur Organisation eines Verbrechens durch die Praxis bewies. Dr. Tasburgh, der sich den Decknamen Delphin zulegte, versprach ihm, Woodward zu befreien. Beim ersten Mal ging es schief, Bikket war der Nutznießer. Beim zweiten Mal gelang es mit Grebbs entscheidender Hilfe. Grebb hatte unter anderem seinen alten Komplicen Bobby Richards mit ins Unternehmen gezogen, der schon beim Überfall an der Celtic-Bank den Fluchtwagen gesteuert hatte.«

»Und wer erschoß Mont?«

»Dr. Tasburgh. Er hatte vom Makler Macintosh das einsame Haus in Hempstead gemietet. Er bemerkte, am Fenster stehend, daß Mont auf das Haus zuging und von ihm wegrannte, folgte ihm und belauschte den Beginn des Telefonats mit dem Chefredakteur der ›Hertford News‹. Als ihm klar wurde, daß Mont das Geheimnis dieses Hauses entdeckt hatte und seinen Chef davon unterrichten wollte, erschoß er ihn. Kurz darauf kamen Grebb und Woodward bei der Flucht in eine böse Klemme. Bobby Richards, der einen Wagen besorgen sollte, hatte Pech. In der höchsten Not stellte Dr. Tasburgh seinen eigenen Sportwagen zur Verfügung, obwohl das den Verdacht auf ihn lenken mußte. Mehr routinemäßig, als daß ich an eine Mittäterschaft glaubte, ging ich damals der Spur nach, aber sie verlief im Sand. Woodward und Grebb entkamen und krochen in der Nähe von Birmingham in einer Laube unter. Dr. Tasburgh finanzierte ihren Lebensunterhalt und bereitete unterdessen den großen Schlag vor. Er wollte die Kasseneinnahme des Spiels England gegen Frankreich rauben. Mit dem Fahrer des Geldtransportwagens hatte er sich ins Einvernehmen gesetzt. Inzwischen aber tauchte für ihn eine neue Schwierigkeit auf: Die Hetshop sprang ab. Er beauftragte Bobby Richards damit, sie zu beobachten. Als die Hetshop das merkte, ging sie zur Polizei. Daraufhin fuhr Dr. Tasburgh selbst nach Blyth und erschoß sie, da er befürchtete, sie würde Verrat üben.«

»Furchtbar«, unterbrach Sheperdson. »Hätten Sie diesem Mann jemals derartige Verbrechen zugetraut?«

»Ich darf Sie an ein Gespräch erinnern«, antwortete Varney, »in dem Sie mir die Fragwürdigkeit der Psychognomik auseinandersetzten. Dr. Tasburgh ist ein Mann von hoher Intelligenz, aber von maßloser Habsucht. Eine Universitätslaufbahn, die wahrscheinlich keine großen irdischen Güter abgeworfen hätte, genügte ihm nicht. Sie kennen vermutlich den Roman von Braine ›Der Weg nach oben‹. In Dr. Tasburgh haben Sie dazu eine brutale Parallele.«

»Und dann?«

»Durch einen Zufall ergab sich für Dr. Tasburgh eine Möglichkeit, Scotland Yard auf eine falsche Fährte zu lenken. Farrish, der frühere Freund von Babette Horrocks, hatte diese gebeten, ihm den Stand einiger Konten zu nennen – das teilte uns Dr. Tasburgh brühwarm mit. Mir wollte diese Sache von Anfang an nicht so recht schmecken. Um uns noch mehr zu täuschen, ließ er durch Richards das Bäckerauto, das er zur Fahrt nach Blyth benutzt hatte und das schon bei der Flucht von Bicket verwendet worden war, einem Freund von Farrish andrehen. Richards machte uns am Telefon selbst auf Dowd aufmerksam. Schließlich schmuggelte Richards im Auftrag seines Chefs die Arbogast 22, mit der dieser Mont und die Hetshop erschossen hatte, in den Wagen von Farrish. Wieder wurden wir telefonisch in Kenntnis gesetzt. Es blieb uns nichts übrig, als Farrish und seine Begleiterin zu verhaften.«

»Was ist jetzt mit den beiden?«

»Babette Horrocks haben wir schon nach wenigen Stunden, Farrish gestern abend entlassen. Aber zurück zur Dr. Tasburgh. Der wohlvorbereitete Überfall auf den Geldtransport kam durch einen geringfügigen Zufall nicht zustande. Wäre er gelungen, hätte er Dr. Tasburgh und seinen Komplicen eine wirklich bedeutende Summe eingebracht. Jetzt begann Woodward zu meutern. Dr. Tasburgh, der am Ende seiner Geldmittel war und den aufgezogenen Apparat nicht mehr lange aufrechterhalten konnte, war nun gezwungen, einen schnellen Erfolg zu suchen. Durch den Fahrer des Geldtransportwagens erfuhr er, daß der Cup Rimet, die goldene Statue für den Sieger der Weltmeisterschaft, erst in der Halbzeitpause ins Stadion gebracht werden sollte. Dieses wertvolle Stück Gold war schon einmal gestohlen worden; man wollte es keiner neuen Gefahr aussetzen. Daraufhin wurde der Überfall von Bickets Laden aus organisiert und der Fahrer angewiesen, die Bekkerly-Street zu passieren. Dann kam das turbulente Finish. Dr. Tasburgh hatte sich eine Karte für das Stadion gekauft, um im

Notfall ein Alibi zu haben, und verließ es während der Pause, um letzte Anweisungen über ein Sprechfunkgerät zu geben und dem Überfall zuzuschauen. Williamson und seine Leute und die beiden Wächter im Wagen selbst machten Grebb, Woodward, Richards und den bestochenen Fahrer unschädlich. Dr. Tasburgh lief mir in die Arme. Am Abend haben wir dann noch Bicket bei seiner Heimkehr festgenommen.«

»Eine Frage nur noch: Wie ist es zu erklären, daß ein so intelligenter Mann seine ganze Karriere in einem derartigen Vabanquespiel riskiert, sogar Morde begeht? Gerade er mußte doch wissen, welch mächtiger Apparat dann gegen ihn in Bewegung gesetzt wird.«

»Dr. Tasburg hat am Anfang nicht im entferntesten damit gerechnet, daß sich sein Unternehmen so auswachsen könnte. Er glaubte, sofort nach Woodwards Befreiung losschlagen zu können. Was er als erstes geplant hat, wissen wir nicht und werden es vermutlich nie erfahren. Dann wurde er von den Ereignissen in die Abwehr gedrängt und verpulverte die gesamte Erbschaft. Als wir ihn fingen, besaß er nicht einmal so viel, daß er hätte Bicket entlohnen können. Ich glaube, sein größter Fehler bestand darin, im Verlauf der Aktion nicht zu erkennen, daß die Gegenkräfte stärker waren als er, und nicht beizeiten abzubrechen. Aber vielleicht nahm er auch an, nicht mehr zurück zu können, da ihn Grebb dann womöglich erpreßt hätte. Eines jedenfalls nehme ich ihm durchaus ab: daß er bei Beginn seiner Aktion nicht im entferntesten vermutet hat, zu zwei Morden getrieben zu werden.«

»Großer Sieg auf der ganzen Linie«, sagte Sheperdson. »Morgen ist der 1. August – was halten Sie davon, wenn wir Williamson nach Pembroke schicken? Für diesen jungen Mann wäre es gewiß eine Auszeichnung.«

»Ich kann es nur befürworten. Übrigens noch ein kleiner Spaß am Rande: In der Nacht, als wir mitten in der Vernehmung steckten, besann sich plötzlich jemand, daß Oakins ja immer noch, zu einem Bündel verschnürt, im Zimmer hinter Bickets Laden lag. Wir hatten ihn im Trubel der Ereignisse völlig vergessen. Wir haben ihn sofort befreit. Danach ist er weggeschlichen wie ein geprügelter Hund.«

Sheperdson lachte: »Ein schweigsamer Oakins, das ist wirklich ein wertvoller Erfolg.« Er stand auf und nahm eine Flasche Whisky und zwei Gläser aus dem Schrank. »Wir wollen auf Ihren Sieg trinken. Übrigens: Was sagen Sie zum Ausgang der Weltmeister-schaft?«

Varney zeigte sich so überrascht, als wäre er aus einem Traum er-wacht. »Sie werden es mir nicht glauben. Aber danach habe ich noch gar niemanden gefragt.«

Kriminalist auf eigener Spur*

Es wäre übertrieben zu sagen, in mir hätte sich Ende der sechziger Jahre die Ansicht ausgebreitet, London gäbe es gar nicht. Aber es war schon seltsam, wie ich da in der Deutschen Bücherei in Leipzig saß und »London für Anfänger« studierte. Freundliche Mädchen schleppten mir Folianten auf die Ausgabe-Theke: London im Nebel, *The Traditional Sights*. Ich folgte den bunten Linien der U-Bahn-Karte und ließ meinen Krimi-Helden, den eineinundfünfzig großen Privatdetektiv Pat Oakins, das Großmaul, den Karate-Kämpfer, in *Oxford-Circus* von der *Central-* auf die *Bakerloo-Line* umsteigen, er kaufte bei *Harrod's* ein. Mein London bastelte ich mir zurecht, ich, der Krimischreiber mit dem Pseudonym Hans Walldorf, der den Roman »Der Mörder saß im Wembley-Stadion« entwarf. Es war, so fand ich damals, eine für mich gute Zeit.
Vorangegangen waren sieben Jahre Zuchthaus, weil, so hatten Staatsanwalt und Richter gefabelt, ich die Regierung der DDR hätte stürzen wollen. Kenntnis allen Lebens mit Ausnahme des Knastalltags waren mir abhanden gekommen; über den zu schreiben hätte jedoch bedeutet, sinnlos die Schubladen zu füllen. Zeit zum Eingewöhnen mußte gewonnen, nötiges Geld verdient werden, und so kam ich auf eine der fruchtbarsten Ideen meines Lebens, Krimis in London anzusiedeln, wo ich sowieso nie gewesen war. Das geschah 1966, in England tobte eine Fußballweltmeisterschaft. Was also lag näher, als schnöden Mord mit Torschrei zu verbinden? Mein Mörder wurde schließlich im *Wembley-Stadion* geschnappt, während unten die Herren Stiles und Charlton, Seeler und Haller kunstvoll kickten. 240 Seiten, der Verlag nahm sie mit Kußhand.
Dieser Tage nun senkt sich eine British-Airways-Maschine auf die Piste von Heathrow, und nicht mein Kommissar Varney entsteigt ihr, sondern für mich beginnen Tage, die ich mir wundersam vor-

* Erstmals erschienen in der ›Zeit‹ vom 29. Januar 1982

gestellt habe: Ich erfülle mir einen alten Männertraum. Da muß ich irgendwann mal hin, habe ich immer gesagt, ich muß endlich erleben, wie sich London anfaßt, wie es riecht, muß weg vom glatten Papier.

Und gleich decken sich Vorstellung und Erleben, links und rechts der Rollbahn in die City hinein stehen reihenweise Landhäuser aus Backstein mit weißen Fensterrahmen und den typischen Kaminen, nördlich vom *Hyde-Park* liegt das Hotel, nicht weit ist es nach *Speaker's Corner*, wo ein weißhaariger alter Inder einem Australier die Leviten liest, ich verstehe genug und fast nichts, und die Posten vor dem *Buckingham-Palace* haben wirklich Pelzmützen auf, aber die Wachablösung ist »cancelled«, also ausgesetzt, denn es regnet. Fände doch überall Martialisches bei üblem Wetter im Saale oder überhaupt nicht statt – die Genossen Unter den Linden jedenfalls schmeißen die Knochen auch bei Hagelschlag. *Scotland Yard* habe ich mir traditioneller vorgestellt, mit bißchen Plüsch sozusagen, nicht als hypermodernen Hochbau. Wenn ich gewußt hätte, daß unweit davon, zwischen den Betontürmen, ein dreistöckiges Haus mit spitzem Dach übriggeblieben ist, dann hätte ich natürlich dort meinen Kommissar seinen Whisky und seinen Tee kaufen lassen. So entdecke und vergleiche ich, und allmählich wächst – damit hätte ich nicht gerechnet – in mir ein ganz spezieller, trauriger Zorn.

Dabei fühlte ich mich damals, während ich Krimis schrieb, als ziemlich freier Mann. Nach dem Zuchthaus Bautzen II gibt es überhaupt nur Freiheiten. Zwar murmelten meine Verleger, Papier sei so knapp, daß sie mir nur eine Auflage pro Jahr unter meinem Namen zugestehen könnten. Aber bei Krimis unter Pseudonym wäre das etwas anderes – ich sollte nicht zu schnell wieder ins öffentliche Blickfeld rücken. Die Idee, beim Schriftstellerverband einen Antrag zu stellen, zu Studien nach London fliegen zu dürfen, war so absurd, daß überhaupt keiner darauf kam. Dafür ein Visum? Dafür Devisen? Eine Wahnsinnsidee für einen gerade erst wieder geduldeten Schriftsteller. Also schrieb Walldorf aus zweiter und dritter Hand; aus dem verbrauchten Tee anderer machte er einen weiteren Aufguß.

Nun wirkt London wirklich. Seltsam: Pakistani kredenzen in Soho ein erlesenes Mahl aus Hühnchen in Kokosnußsoße mit Curry, grobem Spinat und ganz wenig Kresse, freundlichst und unter Verneigungen bereiten sie dem Gast eine Gaumenfreude.

Anschließend geht einer von ihnen über die Straße und kehrt mit einer Tüte wieder, und ich sehe die Koch- und Servierkünstler in einer Ecke des Lokals Hamburger von McDonalds aus der Pappe mampfen. Vorsorglich: Auf viele Pflaster ist an Übergängen aufgemalt: Look right! Look left! So will man, denn es tost ja Linksverkehr, den Verschleiß an kontinentalen Touristen so niedrig wie möglich halten. Ich richte mich auf diese Erkenntnis ein: Autos kommen immer von allen Seiten.

Nicht so schlimm: Da hat mich doch die Dämmerung im *Hyde-Park* überrascht, wohl hatte ich gelesen, daß bei Dunkelheit die Tore geschlossen werden; eine Kette ist vorgelegt, und ehe ich noch überlegen kann, wie und wo ich übers Gatter steige, rollt leise aus dem Parkesdunkel ein Auto heran, ein Uniformierter steigt aus, weiß leuchtet sein Schnauzbart. Er barscht nicht etwa sinngemäß, wie es mir in Leipzig geschähe: »Se genn wohl nich läsn!« Unter vielem gegenseitigen »Sorry« löst er mir die Kette und wünscht mir würdevoll »Good Night«. Es ist kurz vor fünf am Nachmittag.

Übertrieben: Da haben sich doch überall die verwandten Gewerke in denselben Straßen geballt: Da strotzt es von Antiquitätengeschäften in Kensington, Silber über Silber, und so viel Meißner Porzellan, daß mir die Augen übergehen, dann wieder Chinese neben Chinese, bei einem hängen Enten aufgeschnitten und flachgeklopft wie Fladen und gesalzen zum Trocknen im Fenster. Kino neben Kino um den *Leicester-Square*. Bedauerlich: Mein Schulenglisch ist einen Dreck wert, wäre ich doch fleißiger gewesen, hätte ich doch später…

Aber ich bin ja nicht zum Spaß hier: Natürlich fahre ich hinaus zum *Wembley-Stadion*, der Stätte meines kriminalschreiberischen Knalleffekts. Vor Scham und Wut rede ich drei Stunden lang kein Wort. So gut waren meine Stadtpläne, meine Photos nun wieder nicht, daß ich angenommen hätte, das *Wembley-Stadion* läge inmitten eines städtischen Bezirks mit dichten Straßen, gebaut um die Jahrhundertwende. Ein Tabakladen nicht weit vom Stadion spielt eine zentrale Rolle in meiner Geschichte, gegenüber liegt das Geschäft eines Bäckers – aber dort draußen ist alles windoffen, dort breiten sich Fabriken, Lagerhallen, öde Flächen und natürlich jede Menge Parkplätze aus. Seit 1966 sind in einiger Entfernung allerlei Betonklötze hinzugekommen, freilich auch sie ohne Tabakladen und Bäckerei. Wie in der Oststraße in Leipzig hatte ich mir alles vorgestellt, nun schlägt die Wirklichkeit mir mein Buch Seite für Seite um die Ohren.

Ich stehe im Wind und im Regen. Wäre ich doch gar nicht erst hierhergekommen. Wie gut, daß ich hierhergekommen bin. Man kann über sich selber gar nicht genug erfahren. Ich entsinne mich stückweise und mühselig: »Der Mörder saß im Wembley-Stadion« war ein Erfolg: Hardcoverausgabe, Taschenbücher immer wieder, Buchklub, Romanzeitung, Übersetzungen in Rumänien, Bulgarien. Das Fernsehen der DDR nahm sich den Stoff vor und verfilmte ihn mit erstklassigen Mimen des Deutschen Theaters, die Dame Habbema, die Herren Solter und Esche waren mit von der von Grund auf schmuddligen Partie.

Kein Lektor hatte dem Autor gesagt: Junge, das stimmt doch alles gar nicht! Leserbriefe hagelten keineswegs: Sie haben keine Ahnung, Herr! Die Fernsehzuschauer der DDR, in übergroßer Mehrheit dank umfänglicher Maßnahmen ihrer Regierung nicht weltläufig in westlicher Richtung, waren nicht schlauer als dieser Autor. Noch nicht einmal die Fußball-Nationalspieler der DDR hätten ihm Auskunft geben oder sich beklagen können, denn es fügte sich nie, daß sie auf diesen heiligen Rasen aufliefen. Dabei kochen Englands Kicker schließlich auch nur mit Wasser.

Fünfmal schlug Hans Walldorf mit seinen London-Krimis zu, dann fand er's genug in jeder Hinsicht. Den Schwur, derlei nie wieder zu tun, hab' ich längst abgelegt, es ist nicht nötig, ihn zu wiederholen. Im Blick zurück verblaßt der Zorn, es war für mich eine gute Zeit, selbst dieses Retortenschreiben machte ein bißchen Spaß, sonderlich anstrengend fand ich's nicht. Ich lebte nach sieben dürren, einsamen Jahren wieder einträchtig mit meiner Familie, hörte meinen Kindern englische Vokabeln ab: refrigerator – der Kühlschrank. Ich aß mich satt an Karpfen und Schnitzeln und lernte es, von etwas anderem als dem Knast zu reden und zu träumen. So gänzlich verlorene Zeit gibt es wohl nicht, irgendeine Erfahrung bleibt. Für den Schriftsteller E. L. aber waren die Hans-Walldorf-Jahre, endlich wird's endgültig klar, für die Katz.

Ach was, jetzt bin ich in London und will diese Stadt in mich aufnehmen und in mir speichern. Ich erlaufe sie mir, so weit die Füße tragen und fahre ermattet mit der U-Bahn zum Hotel zurück. Robin Cousins, einst meines Landsmanns Jan Hoffmann große Konkurrenz bei Eislaufmeisterschaften, springt jetzt für

»Holiday on Ice« seine Doppelaxel, und am Schluß stehen wir alle, als es klingelt: »God save the Queen«. Auf der *Petticoat-Lane«*, dem straßenweiten Budenmarkt im Osten, höre ich einem Verkaufsmeister zu, Jean Gabin-Typ, der Kleider, längst ausrangierte Kaufhausware, für ein halbes bis vier Pfund verschleudert: Anprobieren ist nicht. Zwischendurch nimmt er immer mal einen Schluck aus der Whiskyflasche; an den Wänden hängen Photos: Ihm drückten schon Prinz Charles und Frau Thatcher die Hand. Zu diesem Anlaß trug er Smoking.

Nach *Windsor Castle* fahre ich hinaus, höre die Namen der Könige, die hier gekrönt und begraben wurden, und vergesse sie sofort wieder. Das Wochenende verbringt die königliche Familie gern hier, erfahre ich; wenn sie auf einem der anderen Schlösser weilt, darf das Volk in den Garten. Solches, fällt mir ein, geschieht in Wandlitz, wo Honecker und seine engsten Freunde wohnen, nicht, wenn diese gerade mal auf der Krim sind. Was kostet ein Königshaus? Was kostet ein Politbüro?

Ich esse chinesisch, indisch und bangladeschisch und schaue mir einen Film über das Leben und die Liebe der Lady Chatterley an – oh, was brunstet da Fleischeslust! Im Theater läuft und läuft gleichzeitig: »Kein Sex – wir sind britisch!« Von der *Tower-Bridge* schaue ich auf den *River Thames* und wundere mich, gelesen zu haben, dieser sei einer der saubersten Flüsse der Welt, durch große Mühen und Kosten habe man das erreicht. Ich versuche die Weite der Stadt zu erfühlen, den Großraum London mit seinen zehn oder sechzehn Millionen Menschen, je nachdem, wie man rechnet. Dafür habe ich keine Vergleiche, Berlin taugt ja dafür nicht mehr. Und wieder ein Museum und noch eines, und noch ein Antiquitätengeschäft, und wieder zehn Teppichläden in einer einzigen Straße. Des Sonntags ernüchtert diese oft beschriebene Ruhe, die Lokale haben geschlossen bis in den frühen Abend hinein. Fish and Chips gäbe es an jeder Straßenecke, habe ich gelesen, aber es stimmt nicht. Hamburger und Pommes schon eher.

Von der Arbeitslosigkeit und den politischen Querelen im Land spürt der Stippvisiter natürlich nichts. Daß das Britische Museum das größte der Welt sei, steht in jedem Reiseführer, schon Hans Walldorf schmückte sein Werk mit dieser Erkenntnis. Der berühmte schwarze Stein ist hier zu sehen, der die Entzifferung der Hieroglyphen ermöglichte, das Beste aus dem alten Griechenland, aus Rom, in der Bibliothek stehen goldgeprägte Lederrücken in zwei Etagen die Wände hinauf. In Vitrinen werden kostbare Bücher ausgestellt, Gutenberg-Bibeln, der »Urfaust«, verlegt bei Göschen in Leipzig, die erste Ausgabe des »Kapital«, des »Robinson«.

Inmitten aller alten Erlesenheit verblüffen zwei Vitrinen mit Zeitschriften von »Solidarność« aus Gdansk, Wrozlav, Katowice und Krakow, dazu Flugblätter und Abzeichen. Da bewundere ich die Wachheit dieser Museumsleute und überlege: Wer in der Bundesrepublik Deutschland tut es ihnen in diesen Tagen gleich? Aber es besteht eben ein anderes Verhältnis der Briten zu den Polen, schließlich zogen sie 1939 für Polen in den Krieg. Ein heutiger Museumsleiter, der damals etwa als Panzerkommandant in den Weichselbogen einfiel, kommt offensichtlich auf andere Ideen als einer, der als Junge hoffend zu den Jagdfliegern aufschaute, die London vor Görings Blitzbomben schützten; jeder achte Jagdpilot war ein Pole. Mir fährt der Schreck in die Glieder: Es muß wohl wahr sein, daß diese Schriften, diese Abzeichen schon museumswürdig sind, totgetreten von Soldatenstiefeln. Vielleicht wurde in ein Lager verschleppt, der sie schrieb oder bei dem sie gefunden wurden. Vielleicht kommt, was Walldorf passierte, in Polen wieder, wenn erst einmal die schlimmsten Formen des Kriegsrechts gemildert sind. Mit Arbeitern wurden auch Maler, Musiker und Schriftsteller eingesperrt, man wirft ihnen vor, was man mir vorwarf: Sie hätten die Regierung stürzen wollen. Wenn die Schriftsteller in einiger Zeit freikommen, dürfen sie vielleicht Krimis montieren, die in London spielen? Vielleicht darf Andrzej Wajda, einer der größten Regisseure der Welt, in einem Studio in Galizien gelegentlich einen Western drehen?

Irgendwann mußte ich einmal nach London. Daß es so nötig war, hatte ich nicht geahnt.   *Erich Loest*

Wilkie Collins

*»Es gibt keinen zeitgenössischen Romancier, der nicht
etwas von Collins lernen könnte: die Kunst, den Leser
zu interessieren.«*
[T.S.Eliot]

Der rote Schal
Roman. Band 1993

Ein verhängnisvoller Name und eine schöne Unbekannte mit dem roten Schal bringen schicksalhafte
Verstrickungen und tödliche Gefahr in die spannende
Handlung dieses klassischen Kriminalromans, der bereits 1866, bei seinem Erscheinen, die Leser im vikto-
rianischen England in Atem hielt. »Der rote Schal« ist
das zweite Hauptwerk von Wilkie Collins, von dem
T.S.Eliot später sagte, er habe »die ersten und besten
modernen englischen Detektivromane« geschrieben.

Lucilla
Roman. Band 8135

»Einer der besten und einer der erfreulichsten und
psychologisch interessantesten Romane von Collins.
Hier werden wir endlich einmal mit Kriminal- und
Gespenstergeschichten verschont und erhalten dafür
eine höchst fesselnde Erzählung voll psychologischen
wie pathologischen Interesses. An Stelle des sonst
unvermeidlichen genialen Detektivs oder Advokaten,
welcher das übliche geheimnisvolle Verbrechen ans
Tageslicht bringt, ist hier ein deutscher Augenarzt
getreten, welcher die Katastrophe herbeiführt, indem
er der blinden Heldin die Sehkraft wiedergibt.«
(Interpretation von 1885)

Fischer Taschenbuch Verlag

Martine Carton

Medusa und Die Grünen Witwen
Band 8023

**Nofretete und Die Reisenden
einer Kreuzfahrt**
Band 8038

Victoria und Die Ölscheiche
Band 8067

Apollo und Die Gaukler
Band 8068.

**Martina
oder Jan-Kees verliert seinen Kopf**
Band 8113

Hera und Die Monetenkratzer
Band 8141

Fischer Taschenbuch Verlag

Mary Higgins Clark

»Wenn Mary Higgins Clark einen neuen Thriller geschrieben hat, mögen die Zutaten zwar vertraut sein, aber das Ergebnis ist allemal neu und aufregend.«
Hamburger Anzeigen und Nachrichten

Wintersturm
Roman. Band 2401

Eigentlich könnte dieser beklemmende Psycho-Thriller ein ganz friedlicher Unterhaltungsroman sein über eine kleine Familie in einer romantischen Siedlung an der amerikanischen Ostküste, wenn da nicht ein geheimnisvoller, neurotischer Mörder wäre, der die Kinder des jungen Ehepaars entführt. Eine grauenvolle Vergangenheit wird aufgedeckt und droht sich zu wiederholen. Die Suche nach den Kindern, die Jagd nach dem Mörder endet in einem unheimlichen Haus hoch über den Klippen des Meeres...

Die Gnadenfrist
Roman. Band 2615

»Wer ein paar Stunden Nervenkitzel will, sollte zu dem neuen Roman ›Die Gnadenfrist‹ der Amerikanerin Mary Higgins Clark greifen. Ein Thriller par excellence, ein brilliant konstruierter Alptraum.« Welt am Sonntag
Wie schon »Wintersturm« beruht auch dieser Roman auf einer wahren Begebenheit.

Wo waren Sie, Dr. Highley?
Roman. Band 8057

Der Frauenarzt Dr. Highley unterhält eine renommierte Privatklinik in New Jersey. Er hat sich als Spezialist für komplizierte Schwangerschaften einen Namen gemacht, so daß auch Frauen in seine Klinik kommen, die bisher kein Kind austragen konnten. Dr. Highley ist jedoch ein pathologisch geltungssüchtiger Mensch, der Frauen ohne ihr Wissen und Einverständnis als Forschungsobjekte seiner ehrgeizigen, aber wissenschaftlich noch nicht fundierten Versuche benutzt.

Fischer Taschenbuch Verlag